Cuando seas mío

Cuando seas mío

REBECCA SERLE

TITANIA

Argentina • Chile • Colombia • España
Estados Unidos • México • Perú • Uruguay

Título original: *When You Were Mine*
Editor original: Simon & Schuster, Inc.
Traducción: Nieves Calvino Gutiérrez

1.ª edición Abril 2023

Copyright © 2023 *by* Rebecca Serle
All Rights Reserved
© de la traducción 2023 *by* Nieves Calvino Gutiérrez
© 2023 *by* Ediciones Urano, S.A.U.
Plaza de los Reyes Magos, 8, piso 1.º C y D – 28007 Madrid
www.titania.org
atencion@titania.org

ISBN: 978-84-19131-13-3
E-ISBN: 978-84-19497-80-2
Depósito legal: B-2.423-2023

Fotocomposición: Ediciones Urano, S.A.U.

Impreso por: Romanyà-Valls – Verdaguer, 1 – 08786 Capellades (Barcelona)

Impreso en España – *Printed in Spain*

Para Rom y Ranjana Serle con infinito amor

Querido lector:

Hace diez años, justo antes de escribir lo que se convertiría en Cuando seas mío, estaba pasando por un desengaño muy duro y doloroso.

Me carcomía la sensación de que había hecho algo mal, de que la historia no tenía que acabar así.

Rosaline entra en escena. Todo el mundo conoce la historia de Romeo y Julieta, pero a mí siempre me había fascinado Rosaline, la mujer a la que ama Romeo al principio de la obra. ¿Quién era? ¿Correspondía a su amor? Y ¿cómo le fue al ser casi olvidada, como una nota al margen en la más bella historia de amor jamás contada?

Inspirada por las películas de mi juventud (*Fuera de onda, 10 cosas que odio de ti, Alguien como tú*), decidí escribir una versión moderna de *Romeo y Julieta* desde la perspectiva de Rosaline, la mujer a la que se «suponía que amaba» Romeo.

Esta historia trata sobre el sufrimiento y el desengaño, pero también sobre crecer y encontrar tu lugar en el mundo, identificando lo que te está destinado y dejando atrás lo que no. Se trata de madurar.

Han pasado diez años y mi trabajo se parece y difiere a un mismo tiempo de lo que hay en estas páginas. Me sigue fascinando el amor; entre amigos, el romántico y por la familia. Sigo escribiendo sobre la batalla entre las fuerzas del destino y el libre albedrío. Sigo escribiendo para ver dónde y cómo termina mi propia historia. Mi vida ha resultado ser muy diferente a como pensaba que sería hace diez años. Mi corazón se ha curado y me lo han roto, se ha curado, me lo han roto y se ha vuelto a curar.

Rosaline me ayudó salir por medio de la escritura. A ella y a ti ahora os digo: cielo, esto es solo el principio.

Besos y abrazos,
Rebecca

Ella está fuera del alcance de las flechas de Cupido,
Tiene el espíritu de Diana y bien armada de una castidad a toda prueba,
Vive sin lesión del feble, infantil arco del amor.
La que adoro no se deja importunar con amorosas propuestas,
No consiente el encuentro de provocantes miradas ni abre su regazo al oro.
Seductor de los santos.
¡Oh! Ella es rica en belleza, pobre únicamente porque al morir mueren
con ella sus encantos.

—Romeo, de *La tragedia de Romeo y Julieta*, ACTO I,
ESCENA PRIMERA

ACTO I

Prólogo

Shakespeare se equivocó. Su obra más famosa y se equivocó por completo. Ya sabes de qué obra hablo. La de los desventurados amantes y su trágica historia de amor. Separados por la familia y las circunstancias. Es la historia de amor perfecta. Que alguien te ame tanto que estaría dispuesto a morir por ti.

Pero la gente siempre olvida que *Romeo y Julieta* no es una historia de amor, sino un drama. De hecho, *Romeo y Julieta* ni siquiera era el título original. Se titulaba *La tragedia de Romeo y Julieta*. La tragedia. Todo el mundo suspira por esta historia de amor que, a mi parecer, no era tan sólida desde un principio. Sus familias se odiaban, así que, aunque hubieran sobrevivido, todas las fiestas y cumpleaños habrían sido un auténtico suplicio. Por no hablar de que no tenían amigos comunes, así que olvídate de las citas dobles, y lo cierto es que no debía terminar de esa forma.

Si lees con atención te darás cuenta de que había otra persona antes de que Julieta apareciera en escena. Alguien a quien Romeo quería mucho. Se llamaba Rosaline. Y Romeo fue a la fiesta esa primera noche, la noche en que todo empezó, para verla a ella. Todo el mundo piensa siempre que Romeo y Julieta estaban indefensos ante el destino, a merced de su amor mutuo. No es cierto. Julieta no era una chica dulce e inocente desgarrada por el destino. Sabía muy bien lo que hacía. El problema era que Shakespeare, no. Romeo no le pertenecía a Julieta, sino a mí. Se suponía que íbamos a estar juntos para siempre y así habría sido si ella no hubiera llegado y me lo hubiera robado. Tal vez entonces se podría haber evitado todo esto. Tal vez todavía estarían vivos.

¿Y si la más bella historia de amor jamás contada fuera la equivocada?

Escena primera

—No tenía que ser así.

Abro un ojo y me tapo la cabeza con las sábanas. Charlie está de pie encima de mi cama, con los brazos cruzados, una bolsa de gominolas con forma de pez en una mano y un vaso de Starbucks en la otra.

Parpadeo y miro el reloj de la mesilla; las 6:35.

—¡Por Dios! Aún es de noche.

Charlie deja escapar un suspiro dramático.

—¡Venga ya! Solo me he adelantado diez minutos.

Me froto los ojos y me incorporo. Ya ha amanecido, pero eso no es de extrañar teniendo en cuenta que estamos en agosto en el sur de California. También hace calor y la camiseta de tirantes con la que duermo está empapada. No entiendo por qué mis padres aún no han instalado el aire acondicionado después de tantos años.

Charlie me da el vaso de Starbucks, se sienta junto a mí en la cama, encogiendo las piernas, y se mete otra gominola en la boca mientras sigue sermoneándome. Charlie nunca bebe café porque piensa que afecta al crecimiento, pero aun así me trae uno todas las mañanas. Un café con leche de vainilla de tamaño grande. Con una cucharada de azúcar.

—¿Me estás escuchando? —pregunta irritada.

—¿Estás de coña, Charlotte? Estoy durmiendo.

—Ya no —dice Charlie, tirando de las sábanas—. Es el primer día de clase y no voy a dejar que me arrastres contigo. Es hora de levantarse y brillar, señorita Caplet.

Frunzo el ceño y ella sonríe. Charlie es una preciosidad. De hecho, es espectacular. Tiene el pelo rizado de color rubio rojizo y los ojos verde claro. A veces es tan imponente que incluso a mí me sorprende. Y eso que soy su mejor amiga.

Nos conocimos en el patio de recreo en primero de primaria. John Sussmann me había quitado mi sándwich de mantequilla de cacahuete y mermelada y lo había tirado al cajón de arena. Charlie le tiró al suelo, sacó el sándwich e incluso se comió la mitad para demostrar que él no había ganado. Eso sí que es auténtica amistad.

—En fin, mira, Ben y Olivia acaban de empezar a salir. Me lo ha dicho Ben —dice mientras me levanto de la cama y me dirijo al baño.

—Ya era hora. —Me meto un cepillo de dientes en la boca y busco el desodorante en el amarito del baño. Por el parloteo impaciente de Charlie me doy cuenta de que no hay tiempo para ducharse.

—Esto es importante. Es mi hermano.

De hecho, Ben es el gemelo de Charlie, pero no se parecen en nada. Es alto, rubio y larguirucho y le gusta el Inglés, una asignatura que a Charlie le parece frívola. A ella le gusta la historia: «¿Por qué leer sobre cosas que no han ocurrido, cuando puedes leer sobre cosas que sí han pasado? La vida real es mucho más interesante».

Olivia es nuestra otra mejor amiga. Lleva con nosotros desde el octavo curso, cuando se trasladó a San Bellaro.

—Oye —digo y escupo—, llevan siglos coqueteando. Se veía venir.

—Pero ¿y qué va a hacer ahora? ¿Venir después de clase?

—Ya viene después de clase.

—Sé por qué estás tan tranquila —dice Charlie.

—¿Porque todavía estoy dormida?

—No, porque Rob volvió anoche y vas a verle hoy. —Se mete otra gominola en la boca con aire triunfal.

Se me encoge el estómago y luego vuelve a aflojarse. Me lleva pasando toda la semana. Me carcomen los nervios al pensar en ver a Rob.

Han pasado ocho semanas, que supongo que es mucho tiempo, aunque me niego a verlo así. Visto desde una perspectiva más amplia, ¿qué son dos meses? Un milisegundo. Vale, es lo máximo que hemos estado separados y, sí, le he echado de menos, pero conozco a Rob de toda la vida. En realidad, no es para tanto volverle a ver. Ha sido un verano muy ajetreado y tampoco es que Robert Monteg sea mi novio ni nada parecido. ¡Por Dios! Me entran náuseas solo de pensar en su nombre. No lo entiendo. No debería. Somos amigos. Solo es el vecino de al lado.

—Vais a ser la nueva pareja del último curso —dice Charlie—. Lo he decidido.

—Bueno, si lo has decidido tú... —Me pongo una falda azul y me meto por la cabeza una camiseta blanca de tirantes. Charlie parece que acaba de llegar de la peluquería y me permito echarme un vistazo en el espejo. Tal y como sospechaba, menudos pelos los míos. Charlie me lanza un sujetador y me da en la cara—. Gracias.

—¡Oh, venga ya! —dice—. Es Rob. Por fin os besáis el curso pasado y entonces él se va de monitor de campamento todo el tortuoso verano, te escribe un montón de cartas de amor diciéndote lo mucho que le importas, ¿y crees que ahora que ha vuelto no vais a estar juntos? ¡Por favor!

Por supuesto, así es como lo ve Charlie. El problema es que eso no es exactamente lo que pasó. Ni se acerca. Deja que me explique.

El «beso» del que habla no fue realmente un beso. Y el hecho de que Rob y yo hayamos ido juntos al baile de graduación no tiene ninguna importancia. Somos buenos amigos y ninguno de los dos tenía pareja. Rob es guapo e inteligente y no me costaría nada enumerar a diez chicas de nuestra próxima clase del último curso que habrían cambiado sus mochilas de Gucci por ir al baile de graduación con Rob, pero creo que a él le asusta la especie femenina. Bueno, en realidad, es Charlie la que piensa eso. Dice que es la única explicación de por qué aún no tiene novia. La única explicación, además, del hecho de que me está esperando a mí (sus palabras, no las mías).

En fin, estábamos en la pista de baile y el pelo se me metió en los ojos, así que Rob lo apartó y me dio un beso en la mejilla. El pelo siempre se me mete en los ojos y mi padre me besa la mejilla, así que no creo que eso cuente como un morreo. Resulta que ocurrió en público mientras sonaba una canción lenta.

¿Y esos correos electrónicos? Desde luego no son cartas de amor. Por ejemplo:

Hola, Rosie:

Gracias por tu carta. Me alegra saber que Charlie está tan loca como siempre y gracias por el chicle. Lo estoy masticando ahora. ☺

El campamento está bien, pero echo de menos mi casa. A veces pienso que ha sido una estupidez volver aquí este verano, sobre todo después de que acabaran las clases. Supongo que está bien. Otra vez tengo la litera 13. ¿Te acuerdas de cuando estábamos aquí juntos? Parece que fue hace mucho tiempo. Supongo que sí. De todas formas, te echo mucho de menos. Imagino que eso es lo que quería decir cuando te he dicho que echaba de menos mi casa. Esto no es lo mismo sin ti aquí. Anoche fui al muelle y me acordé de aquella vez que nadamos ahí después de que apagaran las luces. ¿Te acuerdas de eso? El agua estaba helada. Fue aquel verano en que nuestros padres tuvieron que enviarnos más sudaderas. En fin, pienso en ti y espero que estés bien.

Rob

Charlie examinó ese correo electrónico y se inventó uno nuevo, que básicamente decía: «Te quiero, siento mucho haberme ido de campamento, se me rompe el corazón al estar lejos de ti y vamos a pasar la eternidad juntos cuando vuelva. Corazón, Rob».

Es lógico que le guste la historia, ya que siempre anda reescribiéndola.

Vale que su fantasía es agradable, pero nada rigurosa. Es de esos pensamientos que siempre mete a las chicas en problemas. Y no es solo Charlie. Por ejemplo, el año pasado, cuando Olivia estuvo saliendo con Taylor Simsburg (y por «salir» me refiero a que se morrearon dos veces y una de ellas fue más o menos en público en el baile de invierno), él le dijo que le quedaba bien el amarillo y ella le hizo una lista de reproducción llamada *Here Comes the Sun*. También empezó a llevar girasoles sin ninguna razón.

No es que a la mayoría de las chicas se les vaya la pinza, *per se*. Lo que pasa es que tienen una sutil habilidad para deformar las circunstancias reales y convertirlas en algo diferente. Por cierto, esto se debe a que los chicos no suelen molestarse en decir lo que en realidad quieren y mucho menos lo que sienten. Pero eso no cambia nada. Si hay algo de lo que estoy en contra de verdad es de ignorar la realidad. ¿Qué sentido tiene? Las cosas son como son y lo mejor que podemos hacer es aceptarlo. Nadie ha muerto por tener demasiada información. El problema son los malentendidos. Y hasta que Rob no diga, o me diga, lo contrario, no tengo motivos para pensar que quiere algo más que mi amistad.

Excepto por eso que pasó la noche antes de que se fuera. No se lo he contado a Charlie ni a Olivia porque no estoy segura de lo que siento al respecto. Pero no dejo de darle vueltas. Llevo dos meses dándole vueltas.

Estábamos sentados en el suelo de mi habitación viendo un viejo episodio de *Friends*. Esta parte no es demasiado inusual; siempre lo hacemos. A Rob le gusta escapar del caos de su casa, ya que tiene tres hermanos pequeños. Pero esa noche había algo diferente en él. Cuando Ross hacía un chiste, Rob no se reía, lo cual era absurdo, porque Ross es su personaje favorito y Rob siempre se ríe. Tiene una risa grave de barítono. Me recuerda a Santa Claus.

Estábamos viendo el episodio en el que Rachel se muda del apartamento que comparte con Monica y hay una escena en la que intenta robar los candelabros de Monica. En fin, Rachel los está sacando de la caja y de repente la televisión se pone en pausa y Rob me mira con esa intensidad que a veces invade su mirada antes de un gran partido de baloncesto.

«¿Qué pasa?», le pregunté. No contestó. Se limitó a seguir mirándome. Tiene unos enormes ojos castaños que parecen pequeñas tazas de chocolate caliente. No es que piense en eso cuando le miro. Ni siquiera me gusta el chocolate caliente. Solo intento describirle con precisión.

No dijo nada, sino que se limitó a mirarme y luego se acercó y me sujetó la barbilla con la mano. Nunca había hecho eso. Ningún chico había hecho eso antes. Y entonces, sujetándome aún la barbilla con la mano, dijo: «¡Dios mío! Eres preciosa». Así, sin más. «¡Dios mío! Eres preciosa.» Lo cual es una locura porque: (a) no soy demasiado diferente a los demás. Quiero decir que tengo los ojos y el pelo castaños y lo que Charlie llama «una nariz respingona», así que si alguien me describiera, seguro que pensarías que me conoces y, al mismo tiempo, nunca serías capaz de distinguirme entre la multitud. Salvo porque me pongo roja como un tomate cuando me siento avergonzada, pero eso no hace que sea más deseable, precisamente.

Así que (a) y (b): es supercursi. Por eso me reí, porque era lo único concebible que se me ocurrió hacer, y entonces él apartó la mano y puso de nuevo *Friends*, y cuando nos dimos las buenas noches, me abrazó, aunque no de forma diferente a como lo hace de manera habitual, y a la mañana siguiente se fue. Llevo dándole vueltas a ese momento desde entonces. Hace ya dos meses.

—¿A qué hora llegó? —pregunta Charlie mientras bajamos las escaleras.

—No sé. Tarde.

Quiero decir: «Demasiado tarde para ver su luz encendida», pero no lo hago. Charlie no sabe que a veces me asomo a la ventana de mi habitación para ver si la luz de la habitación de Rob está encendida. Nuestras casas están separadas por una barrera de árboles, así que no se ve mucho, pero su habitación está justo enfrente de la mía y puedo saber si está en casa por la luz. La mayoría de las noches espero a que se encienda para saber que está ahí, justo al lado. Creo que es una de las cosas que más he echado de menos durante su ausencia. Ver esa luz encendida.

—Me sorprende que anoche no viniera a verte. —Mueve las caderas y se ríe.

Me encojo de hombros.

—Solo me mandó un mensaje.

Charlie se gira en las escaleras y me agarra por los hombros.

—¿Qué te dijo exactamente?

—¿He vuelto?

—He vuelto —repite Charlie, con aire pensativo. Luego se le dibuja una sonrisa sarcástica en la cara—. He vuelto y estoy listo para la acción.

—Vamos, que estamos hablando de Rob —digo—. Estás haciendo una montaña de un grano de arena.

—Puede que sí, puede que no. —Enlaza su brazo con el mío mientras entramos en la cocina—. Pero sabes que siempre me gusta pecar de precavida.

—De melodramática —la corrijo—. Te gusta pecar de melodramática.

Mis padres están en la cocina bailando con un zumo de naranja, todavía en bata. Ella lo sujeta por encima de la cabeza y él le hace cosquillas.

—Lo siento, chicas —dice mi madre, con la cara roja—. No os había visto.

Mi padre se limita a guiñar un ojo. ¡Qué asco! Además, ninguno de los dos está arrepentido. Siempre están haciendo este tipo de cosas. No paran de besarse en nuestro salón y se dejan notitas de amor en la nevera: «Guisantes para mi amorcito», ese tipo de cosas. Supongo que debería alegrarme que mis padres estén enamorados y sigan juntos después de veinte años, pero me da escalofríos.

—Es evidente que siguen practicando sexo —dice Charlie en voz baja, como si estuviera zanjando un debate—. Créeme, no es un tema de discusión. La verdad pura y dura es que sí, lo hacen.

Supongo que tal vez no sería un problema tan grande si yo también me hubiera acostado con un chico. No es que me oponga ni mucho menos al sexo. Me refiero desde una perspectiva moral. ¿Quieres saber cuál es en realidad mi problema? Pues que no me tomo demasiado en serio toda la cuestión moral. Me recuerda a una chica que conocía, Sarah. No comía carne. Jamás se había comido una hamburguesa en toda su vida. Sus padres eran vegetarianos y así la criaron. Pues un buen día su padre empezó a comer carne otra vez. De repente había carne en la mesa y recuerdo que me dijo que le resultaba muy extraño, que le parecía antinatural. Como si de repente tuviera que empezar a comer carne y considerarlo lo más normal del mundo. ¡Era vegetariana, por el amor de Dios! Volverse carnívora de la noche a la mañana no era normal. Pues es lo mismo que cambiar algo que define quién eres.

Puede que también tenga algo que ver con que, en realidad, nunca he estado ni cerca de hacerlo. El año pasado salí con Jason Grove. Nos enrollamos unas cuantas veces, sobre todo en la parte trasera del Audi de su padre y en su sótano. Supongo que estuvo bien, pero no fue capaz de desabrocharme el sujetador y nos dimos por vencidos después de varios intentos.

Charlie piensa que esto es trágico. La virginidad de Olivia y la mía son como una afrenta a sus valores o algo por el estilo. Eso sí, ella ya lo ha hecho con dos personas. El primero fue Matt Lester, su novio de segundo curso. Lo hicieron después de la fiesta de bienvenida y Charlie me dijo que fue horrible y no volvieron a hacerlo. Ahora está Jake, su novio intermitente, y como dice Charlie: «He perdido la cuenta». Lo que imagino que es lo normal. Nadie cuenta el número de veces que practica sexo. Creo que, llegados a cierto punto, se convierte en sexo sin más.

—Seguro que este va a ser tu año —me dijo Charlie la semana pasada—. No vas a perder la virginidad en la habitación de una residencia de estudiantes. No es una opción.

—¿Cuáles son mis perspectivas?

—Solo una —dijo Charlie—. Rob. Estáis predestinados.

«Predestinados.» Mentiría si dijera que nunca se me ha pasado por la cabeza esa idea en referencia a Rob y a mí. Se me ha ocurrido que podría pasar algo entre nosotros. Aunque a Charlie no le he confesado casi nada al respecto, sobre todo porque reconozco que cabe la posibilidad de que estos pensamientos sobre Rob tengan más que ver con todos esos programas de televisión que me obliga a ver que con mis verdaderos sentimientos. Sí, vale que me preocupo por él. Es mi mejor amigo. Por supuesto que le quiero. Pero ¿deseo besarle? ¿Deseo que me bese? Y ¿estoy dispuesta a poner en peligro nuestra amistad por la remota posibilidad de que pueda funcionar de verdad una relación romántica entre nosotros? Por no hablar de que ni siquiera sé lo que está pensando. Lo más probable es que se arrepienta de haber dicho que soy preciosa. Seguro que ya ha pasado página. Bueno, Rob se ha pasado todo el verano en la otra punta del país, y que yo no me haya enrollado con nadie más en dos meses no significa que él haya hecho lo mismo.

Mi madre se quita a mi padre de encima y deja el zumo.

—¿Estáis listas para el primer día de clase?

—Claro —dice Charlie, guiñándome un ojo.

—¡Qué bien! —exclama. Sirve huevos en un plato y se los da a mi padre—. ¿Rob ha vuelto hoy?

¿Cómo no iba a preguntar eso mi madre? Para colmo, mis padres y los suyos son, además, muy amigos. Son vecinos desde hace quince años. Mis padres se mudaron a San Bellaro unos meses antes de que yo naciera. La familia de Rob se mudó aquí dos años después. Mi madre era una estrella de cine en Los Ángeles. No de las más importantes ni nada, aunque me parece que iba bien encaminada antes de conocer a mi padre. Él era un organizador comunitario con grandes planes de convertirse en senador y le invitaron al estreno de una de sus películas. Era una proyección de *La última desconocida*, sin duda el papel más importante que tuvo mi madre, y mi padre siempre dice que se enamoró de ella al instante, con solo verla en la pantalla. Que ella era su última desconocida. Se casaron seis meses después y al cabo de un año me tuvieron a mí. Mi padre nunca llegó a ser senador (enseña Historia en la universidad local), pero su hermano, sí. Creo que a mi padre aún le resulta difícil que su hermano consiguiera hacer realidad su sueño y él no. Hace años que no se hablan y cada vez que su nombre aparece en el periódico, mi padre tira las páginas a la papelera de reciclaje.

Mi madre sigue mirándome, esperando una respuesta sobre Rob, pero yo me encojo de hombros y me llevo una tostada a la boca. Charlie me la quita de inmediato.

—Miércoles de panecillos —dice, dejándola en la encimera como si fuera radiactiva—. ¿Te acuerdas?

Mi padre se golpea la frente con el dorso de la mano con aire dramático y mi madre exhala un suspiro.

—Bueno, que tengáis un buen día —dice.

—¡Oh! Lo tendremos —replica Charlie, colgándose mi mochila al hombro—. No esperéis levantados. —Le lanza un beso a mi madre y me acompaña fuera.

Charlie tiene un viejo Jeep Cherokee al que llamamos Big Red. No es tan elegante como el coche de Olivia, pero no importa. Charlie quedaría bien hasta en un triciclo. Nos montamos y me llega el familiar olor del perfume de Charlie. Una combinación de lilas y plumaria que se preparó ella misma en The Body Shop el año pasado. Su coche está siempre lleno hasta los topes, como si fuera a irse en cualquier momento a otro lugar. En el asiento trasero hay una gigantesca bolsa de lona con sus iniciales, CAK, que contiene absolutamente todo lo que puedas necesitar. Una vez estábamos en la casa de Olivia en la playa de Malibú y se me quedó un trozo de maíz tan atascado entre los dientes que me empezaron a sangrar las encías. Charlie me llevó al Big Red y me hizo una pequeña cirugía dental.

Arranca el coche y sale de mi entrada mientras se aplica brillo de labios en el espejo retrovisor. Me arriesgo a echar un vistazo a la casa de Rob, pero cuesta distinguir algo entre los árboles. O ver si hay algún coche todavía aparcado en su entrada.

Alcanzo su iPod y pongo Radiohead.

—¡Puaj! —Me lanza una mirada malhumorada y me quita el iPod de la mano. Pone Beyoncé y se vuelve hacia mí—. ¿Qué te pasa hoy? Es el primer día de clase. Tenemos que estar exultantes. Empezar con buen pie es la única manera de tener éxito.

Esta es una de sus teorías. Charlie tiene teorías a puñados. Tiene una teoría para todo. Por ejemplo, cree firmemente que solo puedes cambiar de peinado una vez durante el instituto. Olivia se cortó el pelo cuando rompió con Taylor, y Charlie le dijo que había agotado su oportunidad de reinventarse. «Espero que haya valido la pena», recuerdo que dijo.

—Estoy entusiasmada. —Me obligo a sonreír y le quito el brillo de labios de los dedos.

Charlie suspira y se incorpora a la carretera.

—Vamos. Lo digo en serio. Deberías estar entusiasmada. Jake y yo, Rob y tú, Olivia y Ben. —Traga saliva después de decir Ben, como si tuviera mal sabor de boca—. Este año nosotros mandamos en el insti.

Otra de las teorías de Charlie es que vivimos en una película de instituto. Olivia parece pensar que esto también es cierto. Me refiero a que pueden decir cosas como: «En el insti mandamos nosotros» y no sentir la necesidad de añadir un toque sarcástico. Supongo que somos populares. Charlie es formidable y se compromete de una manera que hace que sea temida y querida a la vez. En cambio, Olivia es básicamente la chica ideal del instituto. Tetas grandes, nariz bonita y buen carácter. Literalmente no hay ningún chico del instituto que no esté colado por ella. Además, sus padres tienen más dinero que Dios. Su padre se dedica a la industria de la música. Es productor o dueño de un sello discográfico. Creo que tal vez las dos cosas. Para ser sincera, a veces no sé muy bien cómo terminé en este grupo.

Por eso, siempre me ha encantado ser amiga de Rob. Es popular, claro, casi seguro que el más popular de nuestra clase, pero es Rob, nada más. Con él no tengo que fingir ni medir lo que voy a decir. No es que lo haga con Charlie ni con Olivia, pero a veces parece que las tres estemos en una especie de obra de teatro. Como si tuviéramos que interpretar bien nuestros papeles. Como si la obra entera dependiera de ello. A veces es un coñazo ser una chica.

—¿Te cuento una cosa sobre Len Stephens? —pregunta Charlie—. Ya lo han expulsado del instituto.

Len Stephens es un chico de nuestra clase con el que no salimos. Charlie dice que es «tóxico», pero la mayoría de la gente se limita a llamarle «imbécil». Es sarcástico y tiene el pelo demasiado largo y desgreñado, como si se lo cortara él o algo así.

—Ni siquiera han empezado las clases.

—Parece ser que se ha encargado de gastar la tradicional broma de los del último curso y antes de tiempo.

—¿Qué ha hecho?

—Ha configurado el sistema para que borre todos los expedientes académicos.

—No puede ser.

—Te lo juro. —Charlie se pone la mano sobre el corazón como si estuviera haciendo un juramento de lealtad.

—¿Cómo es posible?

Charlie se encoge de hombros.

—Ha hackeado el sistema informático del instituto.

Lo único que en realidad sé de Len es que solía dar clases de piano antes que yo con una mujer alemana llamada Famke. Me parece que yo lo dejé en sexto y supongo que él también. Más o menos por entonces, la mayoría de la gente se volcaba de lleno en el deporte o en la danza y dejaba otras aficiones. Me parecía que era bastante bueno, pero, claro, también pensaba que las camisetas de tirantes eran bonitas, así que ¿qué sabía yo?

—En fin —dice Charlie, cambiando de tema—. Hablemos de Jake.

—Así que ¿habéis vuelto?

Veo pasar los árboles por la ventanilla. No es que no me importe la vida amorosa de Charlie. Claro que me importa. Lo que pasa es que no hay quien la entienda. Que hoy esté con Jake no significa que vaya a estarlo mañana. O, para el caso, ni siquiera cuando lleguemos al instituto. Tienen una relación muy extraña. A Charlie le gusta actuar como si todo fuera desgarrador y perturbador. Como si no pudieran estar juntos, aunque en realidad lo deseen. Para ser sincera, yo no veo los obstáculos. A no ser que el hecho de que él lleve casi siempre gorra de béisbol y llame a todo el mundo «colega» sea un obstáculo. Lo cual es posible. Rompieron porque él la llamó «colega» en el baile del año pasado y después se pasaron toda una semana sin hablarse. Han mantenido una relación informal todo el verano, pero tampoco me sorprende una reconciliación oficial. Sobre todo, creo que se han topado con tantos baches porque a Charlie le gusta inyectar dramatismo para que su novio no parezca tan simplón. Y, en realidad, ¿qué es más dramático que el desamor?

—Ya te digo —dice ella—. Anoche vino y me dijo que quería que este año fuera diferente.

Jake ha dicho que quiere que las cosas sean diferentes unas cuarenta y dos veces en el último año y medio, así que me lo tomo con humor.

—Genial.

—Hablo en serio, Rose. Creo que esta vez va a funcionar.

La miro y su rostro parece imperturbable, decidido. Con ganas de celebración, incluso. Algo que, si conoces a Charlie, tiene mucho sentido. En su mundo, decidir hacer algo y hacerlo es básicamente lo mismo.

—Eso es genial —digo—. ¡Guay! —Trato de parecer emocionada, pero Charlie no se lo traga.

—¿Cómo se supone que voy a trabajar contigo este año si vas a estar toda deprimida y tristona? —Me pasa su bolsa de maquillaje y me baja el espejo de la visera—. Maquíllate, por favor. Intentemos canalizar parte de esa energía de «fingir hasta que lo sientas de verdad» cuando entremos en ese auditorio.

Escena segunda

Vivimos exactamente a siete minutos del instituto, y cuando digo que nunca hemos llegado tarde, lo digo en serio. Nunca hemos llegado tarde. Charlie me recoge desde que le compraron el coche el pasado mes de octubre, pero llevamos yendo juntas a clase desde el colegio. Primero con su madre y luego, cuando esta enfermó, con la mía.

Charlie dice que lo malo de ser popular es que no se puede abusar. Es decir, que puedes salirte con la tuya en muchas cosas, pero tienes que saber qué límite no puedes cruzar. Para nosotros ese límite es llegar tarde y por eso nunca lo hacemos. Ni siquiera Olivia, que tarda más o menos cuatro horas en arreglarse cada mañana. No creo que ser puntual sea algo que le interese demasiado, pero tampoco pone pegas.

Mi registro de asistencia es perfecto desde el primer curso, con la única excepción de la vez que Olivia se rompió el pie y tuve que ir con ella al hospital. Acepto lo de la puntualidad porque pienso entrar en Stanford el año que viene. También tengo una buena oportunidad. Solo tengo que concentrarme y no perder de vista el objetivo durante este primer trimestre. Lo que significa que seguiré la regla de Charlie de no llegar nunca tarde, aunque mis razones sean otras.

Charlie entra en el aparcamiento del primer piso y durante un segundo abro la boca para corregirla, pero entonces recuerdo que ahora somos estudiantes del último curso, lo que significa que en realidad aparcamos aquí. Desde el aparcamiento se puede ver todo el instituto. El año pasado, nombraron el campus de San Bellaro el más bello en alguna búsqueda nacional y por un momento, sentada en el coche de Charlie, comprendo por qué. Antes era una hacienda, y Cooper House, el edificio principal de nuestro instituto, es esta antigua mansión. Los despachos de los profesores son antiguos dormitorios reconvertidos y en muchas aulas hay lámparas victorianas. Jake quiere asaltar el vestuario de las chicas y colgar toda nuestra ropa interior, o lo que sea, de las lámparas de araña como broma del último curso este año. Charlie ha intentado explicarle que los alumnos del último curso no tienen que ser objeto de dicha broma, pero me parece que no lo ha entendido.

El resto de los edificios del instituto son casas de invitados y garajes reconvertidos e incluso un establo para caballos. El edificio que hay detrás del patio es nuevo, pero lo construyeron de forma que guardara semejanza con Cooper House, así que nadie lo diría. La hiedra cubre todos los edificios y si miras más allá del campo de fútbol puedes ver el mar. Sería un gran lugar para pasar el tiempo si no fuera el instituto, ya sabes.

Olivia ya está aquí cuando llegamos, bajando de su todoterreno BMW. Fue un regalo de su padrastro por su decimosexto cumpleaños. Es blanco y en la matrícula pone OLIVE16. Los padres de Olivia la llaman a veces Olive. Ella dice que no lo soporta, pero creo que en el fondo le encanta. Su familia es una piña. Su madre ha tenido dos hijos más con su padrastro y Olivia pasa mucho tiempo con sus hermanos pequeños.

—¡Eeeey! —dice Olivia. Lleva prácticamente lo mismo que Charlie: vaqueros pitillo, manoletinas moradas y una camiseta gris de tirantes, pero Olivia lleva una chaqueta de punto azul vivo en lugar de una sudadera con capucha. Se ha recogido el pelo en una coleta.

Olivia se estira, levanta los brazos por encima de la cabeza y se le sube la camiseta, dejando al descubierto una amplia extensión de abdomen. Charlie diría que esto es una jugada estratégica. Su teoría es que todas tenemos una. Es lo que haces para lucirte. Por ejemplo, a veces Beth Orden saca pecho porque tiene las tetas más grandes que la media desde la segunda mitad de segundo curso. Ojalá no funcionara, pero como he dicho, soy realista y los adolescentes pueden ser ridículos.

—Buena suerte con eso —dice Charlie, señalando su ombligo—. A pesar de lo que pueda parecer, tenemos un código de vestimenta.

Olivia bosteza, pone los ojos en blanco y se abrocha uno de los botones de la chaqueta.

—Vamos *allááá* —dice. Olivia tiene la costumbre de alargar la última palabra de todo lo que dice. Es molesto, pero como todo el mundo piensa que es perfecta, sus hábitos molestos no importan.

Es como si no importara si pides una Coca-Cola light o una normal en McDonald's con un Big Mac. En general, no influye demasiado en realidad. La forma de hablar de Olivia es así. Es irrelevante, y aunque la gente se dé cuenta, la mayoría de las veces piensan que es chulo.

—Tranquila —dice Charlie—. Todavía es pronto. ¿Has traído panecillos?

Olivia asiente y saca una bolsa del asiento del conductor. De la cafetería Grandma's. Todos los miércoles, Olivia tiene que dejar a su hermano pequeño Drew en el colegio y se pasa por la cafetería para comprarnos cosas. Todas pedimos cosas diferentes, pero nos sabemos los pedidos de memoria. Charlie se pide un panecillo multisemillas con queso crema, Olivia se pide uno de arándanos con mantequilla y mermelada de fresa, y yo uno de semillas de amapola con queso crema con cebollino. A veces Charlie y yo compartimos, mitad y mitad, pero rara vez.

Charlie abre la bolsa y nos da nuestros respectivos pedidos. Junto con mi panecillo me da un chicle que ha sacado del bolsillo de sus vaqueros.

—Para Rob —dice, y me guiña un ojo. Desvío la mirada porque noto que empiezo a sentir calor en la cara.

—¿Cómo está? —Olivia se cuelga la mochila al hombro y cierra la puerta.

—¿Cómo está Ben? —replica Charlie al instante.

Olivia traga saliva, pero Charlie le pasa un brazo por encima del hombro.

—Relájate. No pasa nada. De todos modos, Rose tiene la gran noticia romántica de hoy. Cuéntasela —dice, mirándome.

—¿Qué quieres que le cuente? —Me sujeto un mechón de pelo detrás de la oreja. No son ni las ocho de la mañana del primer día de clase y ya no quiero estar aquí.

—Lo del mensaje.

—Me acaba de decir que ha vuelto —digo en voz baja.

—¡Dios mío! —chilla Olivia—. ¡Estáis juntos!

Echo un vistazo al aparcamiento para ver si veo el Volvo plateado de Rob, pero siempre llega tarde, así que no espero encontrarlo, y no me equivoco. Charlie se limita a sonreír y a rodearme los hombros con su otro brazo y las tres nos dirigimos al campus.

Llegamos temprano, por supuesto, pero hoy hay una buena razón. Por fin podemos aprovechar la sala de descanso de los mayores (o SDLP, como nosotras la llamamos, porque técnicamente es la sala de los padres; ellos financian las máquinas expendedoras), una sala fuera de Cooper House que está reservada solo a los mayores. Las tres pasamos un tiempo allí de extranjis el año pasado. De hecho, fue donde dejé que Jason intentara desabrocharme el sujetador por primera vez, pero no teníamos permiso para entrar. Así que hoy es un gran día.

Olivia nos explica que esta mañana su hermano pequeño le ha mangado la bolsa de lona y se la ha escondido y que su madre le ha prometido un bolso Tod's nuevo este año, pero que todavía no lo tiene.

—¿No te lo puedes comprar tú? —le pregunta Charlie, con cara de fastidio.

—No se trata de eso —dice Olivia, y deja de hablar.

Cuando llegamos a la SDLP, son las 7:10, lo que significa que tenemos media horita para pasar aquí antes de la reunión.

La SDLP tiene ventanas en tres de sus paredes y una entrada que conecta con lo que llamamos «el pasadizo». Es una pasarela que va del interior de Cooper House al patio inferior en el que, al estar en California, solemos almorzar todo el año.

Hay tres máquinas expendedoras contra la cuarta pared. Una tiene café, capuchinos y cosas así; otra tiene agua y zumo, y la tercera es de aperitivos. Charlie marca algunos números y reparte botellas de San Pellegrino. Charlie solo bebe agua con gas. Es lo que le caracteriza. Otra de las teorías de Charlie es que es importante tener un rasgo distintivo. Algo que te diferencie del resto. Ella lo llama «un siete», porque es su número primo favorito. Significa que no se puede dividir, al igual que no se puede separar ese rasgo distintivo que te hace ser tú. Por ejemplo, el siete de Olivia es que siempre lleva algo de color morado, aunque solo sea el llavero. Olivia quiere que su siete sea su pelo, porque le encanta, pero Charlie dice que el morado es mucho más interesante. Mi siete es que no conduzco. Le mencioné a Charlie que eso es algo negativo, pero pasó de mí. «Es lo que te hace destacar —dijo—. Es guay.»

No me saqué el carnet hasta que cumplí diecisiete años. No es que no me guste la responsabilidad. Me encanta la responsabilidad. Soy una buena estudiante. Soy organizada. Soy una buena amiga, casi siempre. Pero me aterra conducir. Al ver esos enormes tanques metálicos que circulan a toda velocidad mientras intentan no chocar, la posibilidad de sufrir un accidente me parece muy real. Siempre que me siento al volante me invade la sensación de que tengo la vida de alguien en mis manos. Así que no he practicado mucho.

Sin embargo, mis padres me compraron un coche. Un viejo Camry blanco de un colega de mi padre que se iba a trasladar a vivir a otro sitio. Creo que pensaron que podría ser un incentivo para que me animara a conducir. No dio resultado. Cada vez que me siento al volante, me sudan las manos y se me desboca el corazón. Ya sé que es raro. Soy una adolescente, ¡por el amor de Dios! ¡Debería morirme de ganas de montarme en el coche! Libertad, evasión, independencia. Lo entiendo, créeme. Solo que a mí me resulta más aterrador que emocionante.

Hay unos cuantos alumnos veteranos en el banco junto a las ventanas de la derecha. Una chica llamada Dorothy a la que, por desgracia, la apodaron «la boba» desde tercero, más o menos, y Len, lo cual es chocante. Creo que nunca ha llegado puntual al insti. Además, ¿no se supone que le habían expulsado? Los rumores de Charlie no son siempre de fiar, pero al menos tienen un diez por ciento de verdad.

—Hola —saludo a Dorothy. Len me sonríe, como si acabara de saludarle a él.

—Es un plasta —me susurra Charlie. Luego levanta la vista y declara en alto—: Me sorprende que no te hayan expulsado.

—¿A quién, a mí? —Len descruza los brazos. Al hacerlo queda a la vista una camiseta morada con un rayo amarillo en la parte delantera. Otra cosa sobre Len: siempre lleva manga larga, incluso en verano. Es raro.

Inclina la cabeza y un rizo castaño le cae sobre la frente. Tiene una mata de pelo rizado que le hace parecer en parte un científico loco y en parte uno de esos que dejan el instituto. Creo que el único rasgo positivo que tiene son los ojos. Tiene unos enormes ojos azules, como si tuviera dos piedras preciosas ahí incrustadas.

—¿Por qué iban a expulsarme?

—Porque eres como una plaga —dice—. Infectas este lugar.

Len pasea la mirada de Charlie a mí.

—¿Tú qué piensas, Rosaline?

No es que Len y yo hablemos con regularidad, pero tiene la costumbre de llamarme por mi nombre completo. Es tan condescendiente... Ni siquiera puede dirigirse a alguien sin ser irritante. Está claro que eso es su siete.

—En verdad no tengo ninguna opinión —digo—. Porque en realidad no me importa.

Charlie y Len me miran, impresionados.

—¡Eyyy! —Olivia agita una mano en un intento de llamar nuestra atención. Está hablando con Lauren, que está en el consejo estudiantil con nosotros, o CE, para abreviar. El año pasado fuimos juntas a Inglés y ella vive muy cerca de Rob y de mí. El año pasado le propuse que se viniera en el coche con nosotras al instituto, pero Charlie dijo que no nos pillaba de paso. Lo cual es ridículo, por supuesto, aunque no de extrañar.

—¡Se me ve el sujetador! —chilla Olivia, mostrándonos su botella de agua con gas como prueba. Se está echando todo el líquido sobre la camiseta y Lauren se aparta, supongo que para buscar un terreno más seco.

—No es mala forma de empezar —dice Len.

—Eres vomitivo. —Charlie me agarra del codo y me arrastra hacia Olivia—. Hace que me sienta sucia —dice. Olivia enarca las cejas y Charlie se explica—: No en el buen sentido. Como si me acabara de bañar en aceite de pescado.

—Vas a conseguir que vomite el panecillo —anuncio, aunque todavía no he comido nada.

—Ten cuidado —dice Charlie, acercándose a ponerle el tapón a la botella de agua de Olivia—. Bueno, ¿qué pasa con vosotros dos?

—¿A quién te refieres? —Olivia abanica su camiseta de tirantes.

—A ti y a mi hermano.

Olivia se detiene, suelta la camiseta y bebe un enorme trago de agua con gas.

—Tres meses —dice mientras traga.

Eso me sorprende. Me imaginaba que se estaban acercando este verano, pero esto significa que estaban juntos al final del curso. Antes incluso de que Rob se fuera.

—¿Tres meses? —Charlie se pone roja. Se nota porque le salen unas manchitas donde no lleva tanta base de maquillaje.

—Sí, pero era verano —balbucea Olivia—. Ya sabes, en realidad no nos hemos visto mucho.

—¿Qué quieres decir con que «no nos hemos visto mucho»? Hemos estado juntos en la playa todos los días —dice Charlie.

Olivia frunce el labio.

—Me gusta —dice.

—Al menos sabemos que no se acuestan —intervengo.

Olivia me da un golpecito en el hombro, pero lo hace en broma, así que ni siquiera Charlie puede evitar sonreír. Olivia se está reservando para el matrimonio o hasta que pueda beber de forma legal. Su madre se volvió un tanto religiosa después de casarse con el padrastro de Olivia. Los domingos van todos a la iglesia en familia. Nunca hemos hablado del motivo exacto por el que quiere esperar, pero creo que tienen una comprensión mejor que yo. Al menos en lo que respecta a la parte moral. Por lo que sé, lo único que ha hecho hasta ahora es enrollarse. Apostaría lo que fuera a que tampoco ha ido más allá con Ben.

Olivia empieza a colocarse bien la camiseta de tirantes en la ventana de cristal. Me desplomo en un asiento y abro mi agua con gas. Todavía no he tocado mi panecillo. Cada vez que lo intento, mi estómago lanza un contraataque. Resulta que me aterra ver a Rob. Me está fastidiando la mañana. Siento un hormigueo en las manos y los dedos entumecidos. Me recuerda a lo que sentía cuando de niña actué en *El cascanueces*. Miedo escénico total y absoluto.

Veo a Len salir del SDLP y a Lauren seguirle. Dice algo por encima del hombro y Lauren se ríe. Lo más probable es que se haya burlado de nosotras.

—¿Nos vamos? —Charlie se acerca, masticando un trozo de panecillo de arándanos, así que sé que ella y Olivia se han reconciliado.

—¡Ajá! —Guardo el panecillo en la bolsa de los libros y me pongo de pie.

—Vámonos —dice Olivia detrás de nosotras, lo que hace que Charlie preste atención de inmediato. Se echa el pelo rojo por encima del hombro y se cuelga la mochila—. ¿Creéis que deberíamos pedirle a Len que se una al CE? —sugiere Olivia. Charlie le lanza una mirada que dice «Ni lo pienses» y gira sobre los talones, mientras nosotras dos la seguimos—. Estaba de coña —aduce Olivia. Me mira y articula en silencio un «¡Por Dios!». Luego pone los ojos en blanco, haciendo una gran imitación de Charlie, como solo pueden hacer las personas que son amigas desde hace tanto tiempo como nosotras. Salimos de la sala de los padres, cruzamos la pasarela y bajamos a la reunión. Lo único que puedo pensar es que, en el momento en que crucemos las puertas, Rob estará allí. Y después en lo poco preparada que estoy para verle.

Escena tercera

Si al igual que nosotras estás en el último año, te sientas en las sillas del lado derecho del auditorio durante la reunión, y no en las gradas. Como si al llegar al último curso te hubieras ganado el privilegio de sentarte en una silla. Esto suscita mucha polémica y los asientos para los veteranos acaban siendo como las entradas de los conciertos. Los asientos del lado derecho y de la parte delantera son los más cotizados y están reservados para los estudiantes más populares. Los del fondo y los de la izquierda son para el resto.

Luego está la trinchera, situada al otro lado de las gradas, donde la gente se queda de pie si llega tarde. La trinchera es sobre todo para chicos como Corey Masner, John Susquich y el ex de Charlie, Matt Lester, que siempre van a vapear antes de la clase y no se interesan demasiado. Quedarte en la trinchera dice algo de ti: que en realidad no participas de las cosas, ya sea porque no puedes o porque decides no hacerlo. Y, siendo sinceros, en el instituto ambas cosas bien podrían ser equivalente.

Busco a Rob y por fin le veo. Está hablando con Jake en la última fila de los asientos para los veteranos, pero a la derecha del territorio de los más populares, con la silla inclinada hacia atrás. Al verle, el corazón y el estómago me dan un vuelco a la vez. Aunque parezca imposible, está aún más guapo. Tiene el pelo castaño más largo, un poco despeinado, y aunque está sentado, veo que ha crecido este verano. Y está moreno. Seguro que por tanto enrollarse con otras socorristas buenorras en el embarcadero. En mi mente aparece de repente la imagen de Rob y de una chica en bikini abrazados y sacudo la cabeza en un intento de expulsar la imagen.

—El bomboncito está muy guapo —dice Charlie—. ¿Quién iba a imaginar que era tan... varonil?

Me giro para decirle que baje la voz, pero en ese momento él levanta la vista. Nuestras miradas se cruzan y ninguno de los dos mueve ni siquiera un músculo de la cara. Pero entonces esboza una sonrisa y ladea la cabeza, señalando un asiento vacío a su lado.

—¿A dónde vas? —dice Charlie entre dientes cuando me dispongo a ir con él—. Este año estamos en primera fila, ¿recuerdas?

—Voy a sentarme con Rob.

Charlie parece dolida, pero sé que no lo está de verdad. Solo tiene la teoría de que parecemos «visualmente poderosas» cuando nos sentamos juntas. Se le ocurrió el año pasado. Lo recuerdo porque después Olivia dijo: «Es una triste verdad. No quiero ser superficial, pero es la teoría de la atracción colectiva. Una chica guapa sola está bien, pero cinco chicas guapas juntas, aunque una no sea tan guapa, están mucho más buenas».

Juro que me miró directamente cuando dijo «aunque una».

—Me sentaré contigo mañana —le digo a Charlie—. No te preocupes.

Charlie suspira de forma exagerada, pero me guiña un ojo mientras me alejo.

Olivia y Charlie entran en fila en la parte delantera y yo salto entre carteras y mochilas. Casi tropiezo con el asa de la cartera de Megan Crayden, pero lo evito justo a tiempo.

Y por fin llego hasta Rob. Jake me hace un gesto con la cabeza y lanza un beso. Veo que Charlie lo atrapa dos filas más arriba. A las 7:42, las cosas con Charlie y Jake siguen en marcha.

—Hola —dice Rob. Endereza la silla, luego me quita la cartera del hombro y la deja en el suelo. Luego me mira y, por su penetrante mirada, durante un segundo creo que va a acercarse y tomar mi cara entre sus manos otra vez. Pero en su lugar sonríe y se arrima para abrazarme—. Te he echado de menos, Rosie.

En cuanto nos tocamos, me doy cuenta de lo mucho que le he echado de menos. Huele a manzanas verdes y a jabón, la mejor combinación, y sus fuertes brazos me rodean. «Podría quedarme así para siempre», pienso justo cuando me suelta.

Me siento a su lado y Jake se da la vuelta.

—Eh, colega —me dice—. ¿Qué tal el verano?

—Nos hemos visto este fin de semana.

—Alucinante, ¿a que sí? —Chasquea los dedos delante de la cara de Rob—. Tenemos que ir a pillar unas olas este fin de semana. Se supone que van a ser gigantescas.

—Claro —responde Rob, sin dejar de mirarme.

Sonríe solo con las comisuras de la boca, como si fuéramos las únicas dos personas que comparten un secreto. ¿Somos las únicas dos personas que conocen un secreto? Supongo que, si fuera que le gusto, Charlie también estaría al tanto, así que no. Además, no le gusto. Somos amigos. Amigos. Proceso la palabra en mi cabeza como si estuviera en una cinta transportadora. Solo amigos.

Todo el mundo está absorto en sus propios rituales del primer día. La gente habla, se abraza y chilla. Los asesores reparten los horarios a los chicos que olvidaron los que se enviaron por correo y los titubeantes novatos se sientan en las gradas, con la cara blanca y aterrorizados.

—No puedo creer que sea nuestro último año —le digo a Rob. Suena tan patético... ¿No es eso lo que todo el mundo dice el primer día del último curso? Pero es la pura verdad.

—Parece que seamos nosotros los que estamos allí —dice, señalando con la cabeza en dirección a los estudiantes de primer año. Tres chicas de la primera fila agarran sus ordenadores portátiles contra el pecho como si fueran un salvavidas—. Pues mira lo que ha pasado.

Se ríe y señala a Charlie y Olivia. Charlie está hablando de forma animada con nadie en particular y Olivia sigue frunciendo y relajando los labios, como si estuviera practicando un beso al aire. Ben está junto a ellos y tiene un brazo apoyado en el respaldo de la silla de Olivia, pero está de espaldas a ella, hablando con Patrick DeWitt, con quien Olivia fue a la fiesta del primer curso. Los asientos que tenemos delante parecen pequeños puntos de una gran red y resulta sorprendente pensar lo conectados que estamos todos, que un punto lleva al siguiente de forma sucesiva; cada uno buscando su propio destino individual, pero unidos de todas formas por fiestas de cumpleaños y noches de borrachera. Por besos y clases. Durante un breve segundo, parece que todos formemos parte de algo.

Sacudo la cabeza y Rob me pone una mano en el hombro.

—¿Todo bien?

—¡Oh, sí! —digo—. Solo estoy pensando.

—Por cierto, ¿cómo están? —Rob señala con la cabeza a Charlie y a Olivia.

—¿De verdad quieres saberlo?

Vuelve a dedicarme esa bonita sonrisa, elevando solo las comisuras.

—Es un cara o cruz.

Respiro hondo.

—Bueno, Charlie y Jake han vuelto. Hoy. —Rob asiente de forma circunspecta, como si se tomara esto muy en serio—. Olivia y Ben han empezado a enrollarse.

—¿Y qué hay de ti?

—¿Qué quieres decir?

—¿Alguna aventura de verano?

Se me forma un nudo en el estómago. Tenía razón. Me lo pregunta para poder contarme todo sobre su atractiva socorrista. Seguro que es la doble de Olivia en Los Ángeles, en Nueva York o en algún otro lugar donde ser guapa no sea nada del otro mundo.

Me encojo de hombros.

—Estaba ocupada.

—¿Eso es un no?

Me miro la camiseta de tirantes y jugueteo con el borde, sin saber qué decir. ¿Qué me está preguntando exactamente?

Rob se aclara la garganta.

—Yo tampoco he estado con nadie. Por si sirve de algo.

Al instante levanto la vista y sé que estamos pensando lo mismo. Es como en las películas, que suena un clip musical en el momento en que se revela la verdad y tú lo sabes, sin que nadie diga nada. Como si alguien en el rincón de este auditorio estuviera tocando nuestra canción. Que, por cierto, es *Fly Me to the Moon* de Frank Sinatra. A Rob le encanta la música antigua.

—De todos modos, curso nuevo —digo, mirando hacia otro lado. Estoy convencida de que se puede ver mi corazón latir con tanta fuerza que se me sale del pecho.

—Por supuesto —dice. Pero está sonriendo. Una sonrisa diferente. Una pequeña y divertida sonrisa como si fuera a reírse. Como si se estuviera contando un chiste a sí mismo y el remate estuviera por llegar.

—¿Qué vas a hacer esta noche? —pregunta.

—No sé. ¿Los deberes?

—¿Quieres ir a cenar?

—Sí, claro. Ven a casa.

—No, me refiero a salir a cenar.

Sé lo que Charlie diría. Charlie se echaría el pelo por encima de un hombro y respondería con tono coqueto: «¿Me está invitando a salir, señor Monteg?». Pero yo no tengo el valor ni el talento para esos juegos. En lugar de eso, digo:

—Esto... Claro. —Rob abre la boca para decir algo, pero el señor Johnson, nuestro director, entra en escena y todo el mundo guarda silencio.

—¡Buenos días! —dice el señor Johnson con esa falsa voz de pito que utiliza en todas las reuniones. Sé que es falsa porque cuando entras para reunirte con él en las horas de oficina o para decirle que no tenemos agua con gas en la sala de los padres (algo que siempre pasa por culpa de Charlie), en realidad es muy callado. Además, se parece un poco a un roedor. Medio calvo, nariz puntiaguda y unos ojillos que parecen siempre asustados. Pero ¿quién soy yo para juzgar? Seguro que si yo fuera directora tendría el mismo aspecto la mayor parte del tiempo.

—¡Buenos días! —le gritan algunas chicas de segundo año. El señor Johnson parece encantado y lo repite. Esta vez le responden unas cuantas personas más, pero es evidente que no las suficientes como para justificar una tercera vez, porque se limita a levantar las manos como si pidiera silencio.

—Empieza un nuevo curso y durante el verano he estado pensando en los cambios que puedo hacer aquí, en San Bellaro, para que podamos seguir creciendo en la dirección que queremos —comienza—. He pensado en cómo organizamos nuestros días aquí, a qué dedicamos el tiempo...

Y entonces, justo cuando estoy a punto de perder el control, ocurre algo increíble. La rodilla de Rob roza la mía y no la mueve. La deja ahí, contra la mía, de modo que nuestras rodillas se tocan. Ya tengo la cara roja como un tomate, así que no aparto la mirada del señor Johnson, pero puedo sentir que Rob me mira.

Entonces Rob desliza la mano sobre el respaldo de mi silla. «Nuestras rodillas se tocan y la mano de Rob está en el respaldo de mi silla.»

Intento recordar lo que la aplicación de yoga de mi madre siempre dice sobre hiperventilar. Que se puede evitar respirando hondo. Inspirar y exhalar. Inspirar y exhalar.

—Os veo como un bosque —dice el señor Johnson—. Todos somos árboles y componemos una gran zona boscosa. Sin nosotros, no habría vida.

Jake bosteza junto a nosotros. Luego se cruza de brazos y cierra los ojos. Al cabo de dos segundos ya respira con fuerza y con la boca abierta.

Me parece que la rodilla de Rob lleva ya un minuto entero junto a la mía. Tanto tiempo que me empieza a sudar la pierna. Me muevo en la silla, con cuidado de no apartar la rodilla. No quiero que Rob piense que estoy poniendo fin a nuestro contacto a propósito. Todo esto me recuerda a los concursos de miradas que hacíamos en el instituto, para ver quién aguantaba más tiempo sin parpadear. Excepto que esta vez no quiero ganar. Quiero perder. Quiero que Rob deje su rodilla ahí para siempre. Pero justo entonces Jake empieza a roncar y Rob le da un codazo, haciendo que nos separemos.

Jake se incorpora, asustado, y se limpia la baba de la boca. Menos mal que Charlie no está aquí ahora mismo. A las 7:59 habrían cortado sin duda.

El señor Johnson termina y los estudiantes rompen a aplaudir, aunque en su mayoría son estudiantes de primero y unos pocos de tercero muy ansiosos a los que sus amigos no tardan en acallar. Y, cómo no, Len. Aplaude un par de veces de forma constante desde el rincón. Charlie, Olivia y algunas chicas se giran para mirarle, pero él no parece inmutarse lo más mínimo. Entonces el auditorio estalla en un estruendo mientras todos recogen sus mochilas y se dirigen a la primera clase.

Charlie me hace señas con los brazos y señala su reloj. Rob se ha perdido en el barullo y me hace un rápido gesto de disculpa, siguiendo a Jake por la entrada lateral.

—Es tan guapo... —dice Charlie cuando la alcanzo—. Deberíamos tener una cita doble.

Todavía estoy un poco aturdida por el contacto tan estrecho con Rob y no le cuento a Charlie lo de nuestra cita de esta noche. Quiero mantener el secreto durante un poco más de tiempo. A nuestro lado, Ben le hace cosquillas a Olivia y ella se ríe. La verdad es que es muy tierno.

Charlie los mira y luego declara, en voz alta:

—Ya he superado esto. —Y luego tira de mi brazo para salir por las puertas dobles.

Escena cuarta

Nos reunimos todos en el patio durante el almuerzo. Olivia y yo venimos de Matemáticas, donde estoy bastante segura de que ella estaba coqueteando con el señor Stetzler. Quiero decir que ella sí estaba coqueteando, pero no estoy segura de por qué. El señor Stetzler es viejo. Como unos cuarenta años. Bueno, entiendo que coquetee con el señor Davis porque él enseña Educación Física y es lo bastante joven como para llevar el pelo largo. Pero ¿el señor Stetzler? ¿En serio?

—Eres superguay —le dice antes de salir de clase, echándose el pelo por encima del hombro. Ni siquiera sé lo que se supone que significa eso, y al parecer el señor Stetzler tampoco, porque se limita a quitarse las gafas y a parpadear un par de veces con rapidez. Agarro a Olivia del brazo y la arrastro fuera, y ella saluda y mueve los hombros como lo hace con Ben. Como solía hacer con el belga.

El belga es un chico de nuestra clase que se trasladó aquí desde Bruselas. Esto ocurrió en algún momento de septiembre del año pasado y Olivia y él pasaron todo el otoño juntos. Ella empezó a comer muchas coles de Bruselas y a comer gofres belgas siempre que salíamos. Incluso los prefería a los panecillos, cosa que a Charlie no le parecía bien. Fue cuando Olivia y Taylor estaban en un descanso, así que ella nunca llamó al belga su «novio». Ni siquiera le llamaba Jhone, que es su verdadero nombre. Tan solo era «el belga». Me sigue pareciendo una locura que Olivia haya conseguido salir con tres chicos (Taylor, el belga y ahora Ben) y no haya ido demasiado lejos con ninguno de ellos. Creo que, en parte, terminé con Jason porque tenía miedo de que, si alguna vez me conseguía desabrochar el sujetador, tendríamos que seguir adelante. No es que crea que haya que acostarse con quien sales. Es que después de un tiempo resulta un poco difícil explicar por qué no lo haces. Sobre todo, si ni tú sabes la razón.

—Tú estás fatal —le digo a Olivia.

—¡Por Dios! Dame un respiro —replica—. Creo que voy a catear.

—Es el primer día de clase —señalo—. No vas a catear. Somos buenas estudiantes. —Es cierto que lo somos. No tengo una asignatura que se me dé bien, como Len y Lauren, que son increíbles en ciencias, o Charlie, que es una estudiante estrella de Historia. Le gusta venir a casa y preguntarle a mi padre sobre guerras de las que nunca he oído hablar. Hasta ese punto le interesa. Pero tengo una nota media bastante buena.

—Lo sé —replica Olivia—. Pero ni siquiera sé por qué estoy en Matemáticas. Debería haber optado por la estadística como un ser humano cuerdo.

Nos acercamos a la mesa en la que Rob y Ben están sentados con Jake. Los tres están bastante unidos, aunque Ben es más bien una incorporación reciente. No se unió a nuestro grupo hasta segundo curso. Charlie hizo todo lo posible para mantenerlo alejado durante más tiempo, pero Rob y él se volvieron uña y carne. En mi opinión, Ben es un buen chico. Charlie le fastidia por ser un empollón porque no hace surf como Rob y Jake. Sospechaba que algo estaba pasando este verano y a mí no me sorprende que Olivia y Ben estén juntos, pero aun así resulta raro que sean pareja. Ben siempre me ha parecido uno de esos tipos que acabarían siendo escritores y viviendo en Nueva York, que se sientan en cafeterías mientras beben café solo y tienen viejos cuadernos Moleskine. Olivia bebe té helado con leche y tiene una mochila de Louis Vuitton con la palabra MIAMI en la parte delantera. Así que puedes ver la falta de conexión.

Dejamos las mochilas cerca de ellos y veo la de Charlie, de cuero marrón, desgastada y clásica, que es justo de su estilo.

—¿Está dentro? —Hago un gesto con la cabeza a Rob. Desenfadado, guay. Como si mi corazón no estuviera latiendo a tres millones de kilómetros por minuto porque vamos a tener una cita esta noche.

—Sí. —Ladea la cabeza y entrecierra los ojos para mirarme. Desde esta mañana todo lo que hace parece un coqueteo—. ¿Qué tal? —pregunta, como si fuera la pregunta más importante del mundo, como si me estuviera preguntando cómo desactivar una bomba nuclear. Me encojo de hombros y él agarra su sándwich y me lo ofrece—. ¿Quieres un poco? —Pavo y mostaza. Sin tomate. Lleva comiendo lo mismo en la cafetería del colegio desde que éramos novatos.

—Claro. —Lo acepto y echo un vistazo al patio. Lauren está sentada con Dorothy Spellor. John y Matt están en un rincón, jugando al Hacky Sack. Charlie tiene razón. Supongo que todo está en orden.

—Otro año más y siguen sin tener una buena mantequilla de cacahuete —dice Charlie, acercándose por detrás de mí. Luego sonríe a Jake y se sienta a su lado.

Olivia se ha sentado al lado de Ben y se queja de que a nadie le importa la antigüedad en este instituto, lo que básicamente acaba siendo una discusión sobre por qué deberían permitir que se colara en la cafetería. Ben le pasa un brazo por los hombros y le da un apretón cariñoso.

—Estoy de acuerdo —dice Charlie, agitando una manzana—. Es ridículo que tengamos que esperar.

—¿Deberíamos siquiera molestarnos en conseguir comida? —pregunta Olivia. Ella inclina la cabeza por encima de mí para mirar hacia la cafetería.

A veces pasamos la hora del almuerzo fuera del campus, lo cual está permitido si estás en el último curso. El año pasado también lo hacíamos. Creo que los profesores lo sabían, pero no lo sé con seguridad porque nunca nos pillaron. El señor Davis únicamente solía hacer incisivos comentarios como: «¡Qué bien me vendría un sándwich de Subway ahora mismo!», después de que hubiéramos tirado los envoltorios.

Durante el último curso se puede salir del campus en tu rato libre o en el almuerzo, pero no en ambos, y si tu rato libre resulta ser antes o después del almuerzo, de modo que sean consecutivos, puedes salir durante una hora y quince minutos. Resulta que esto le ocurre a todo el mundo una vez durante la semana escolar, así que supongo que es justo, pero sigue sin tener sentido. ¿Por qué no se pueden disfrutar dos períodos completos?

¿Por qué negarnos esos quince minutos extra? Estas son las cosas del instituto que no entiendo.

Creo que no resulta igual de atractivo ahora que este año se nos permite hacerlo, pero solo es el primer día de clase y nadie se va el primer día de clase.

El sándwich de Rob está algo empapado y un trozo de pavo cae sobre la mesa cuando se lo devuelvo.

Jake le está haciendo a Charlie una llave de cabeza y ella está chillando a pleno pulmón y Ben y Olivia parecen enfrascados en una conversación, aunque no sabría decir sobre qué.

Miro a Rob. Su desgreñado pelo le cae sobre la cara y está tan guapo que me dan ganas de abrazarlo aquí mismo, en el patio.

—Tengo que irme, pero ¿te veo esta noche? —pregunta.

Asiento con la cabeza y él sonríe. Se inclina, pero entonces Charlie y Jake se separan y nosotros también. ¿Iba a besarme? No es posible. Aquí no. ¿Esta noche?

—Hasta luego —dice Rob a la mesa, y acto seguido se dirige a Cooper House.

—Colega, la cala, después de clase —le dice Jake, y Rob se da la vuelta y hace un pequeño saludo. Pero no va dirigido a Jake. Es para mí.

—Solo pensáis en surfear. —Charlie apoya un instante la cabeza en el hombro de Jake y exhala un exagerado suspiro.

—Oye, que no es lo único en lo que pensamos —dice Jake, haciéndole cosquillas.

Todavía estoy a tope por el hecho de que Rob esté tan cerca y por lo mucho que promete esta noche, así que tardo otro minuto en darme cuenta de que, en realidad, tengo hambre.

—Vamos —le digo a Olivia, y las dos nos levantamos y nos encaminamos hacia la cafetería.

—¿Puedes traernos agua con gas? —nos pide Charlie, y yo le hago un gesto de asentimiento por encima del hombro.

La cafetería es bastante pequeña para un instituto de nuestro tamaño. Solo hay unas quince mesas, ya que todo el mundo, o al menos los alumnos de cursos superiores, come fuera. Cuando llueve, solemos irnos a comer a Cooper House o a la SDLP. El interior de la cafetería es deprimente y básicamente todo son estudiantes de primer año.

Taylor está en la cola y Olivia se acerca a él, y se contonea para colocarse entre Dan Jenkins y él, de manera que queda pegada a él. A Taylor, quiero decir. Dan se da cuenta y empieza a tocar a Steve Gesher en el hombro para que vea que la cadera de Olivia está tocando la de Taylor.

En realidad, no es tan sorprendente. Ella sigue coqueteando mucho con Taylor.

—Píllame un sándwich vegetal —le digo a Olivia—. Yo voy a por el agua.

Olivia me ignora a mí y a Taylor. Se está preparando su ensalada como si nada, en apariencia ajena a la histeria que está causando a su alrededor. Al menos ha resuelto el problema de la cola.

Me doy la vuelta y me dirijo a las máquinas expendedoras, donde me cruzo con Brittany Fesner, a la que todos llaman Brittany Peste porque siempre ha tenido la piel fatal. Creo que se le ocurrió a Charlie en secundaria. Espero que Brittany no lo sepa.

Brittany me saluda a medias y yo le devuelvo el saludo a medias. A continuación, meto unos dólares en la máquina y espero mientras las botellas de San Pellegrino caen de golpe. Las saco y trato de sujetarlas con los brazos, pero son seis y no paran de escurrírseme.

—¿Necesitas ayuda, Rosaline? —Me doy la vuelta y las botellas se desparraman por el suelo. Son de plástico, así que no se rompen, pero sigo molesta. Me agacho para recogerlas y levanto la vista con los ojos entrecerrados para ver quién me habla. Es Len, cómo no, y tiene esa estúpida sonrisa en la cara.

—¿Tu objetivo es fastidiarme la vida?

—¿Yo te fastidio la vida? —Se lleva la mano al corazón—. Me siento halagado.

—No lo hagas.

—Es el primer día de clases, Rosaline. ¿Qué ha sido de eso de empezar de cero?

—No quiero empezar contigo, Len.

Él se agacha y recoge un agua con gas, colocándola junto a otras dos igual que soldaditos de juguete.

—¿Por qué eres tan hostil? ¿Es porque ese novio tuyo te tiene a palo seco?

En un arrebato de rebeldía, mi cara enrojece.

—¿Novio?

—Parecéis frustrados sexualmente.

—Rob no es mi novio.

—¿Y a qué vienen esas miraditas que os lanzáis todo el rato?

Recoge otra botella y la lanza al aire, luego la atrapa y me la da. Su pulgar cubre la etiqueta y noto que su piel está roja. Carmesí, en realidad. Una marca como de pintura derramada le recorre desde el pulgar hasta la muñeca y luego desaparece bajo la manga de la camisa. No recuerdo haberla visto antes. Lleva una carpeta sujeta bajo del brazo.

—¿Qué es eso? —le pregunto. No tanto porque me importe, sino porque creo que me ha pillado mirándole el pulgar.

Parece divertido.

—¿El qué?

—¿La carpeta?

—Hierba —dice, encogiéndose de hombros.

—¿Hierba?

—Un proyecto de Biología en el acantilado —dice—. Hay que entregarlo a primeros de año, así que no es precisamente una prioridad.

—¿El acantilado? —Rob me viene a la mente de inmediato. El acantilado siempre ha sido nuestro lugar favorito.

Len me mira.

—¿Corres por allí o algo así?

Sacudo la cabeza, apartando a Rob.

—¿Qué? No. Es que me sorprende que hagas algún trabajo por voluntad propia.

—¡Bravo! —dice—. La Rosaline del último curso tiene algo de coraje.

Agarro tres de las botellas por la parte de arriba y me sujeto las otras contra el pecho. Olivia me hace señas desde la puerta para informarme de que va a volver a salir.

—Discúlpame —digo.

Se hace a un lado para dejarme pasar.

—Ha sido un placer hacer negocios contigo, Rosaline.

Salgo con paso vacilante, sigo a Olivia al patio y dejo las botellas de San Pellegrino en la mesa.

—Me debéis una bien gorda —digo—. Voy a necesitar terapia física. También terapia regular.

—Pobrecita —dice Charlie, haciendo un puchero.

—¿Por qué parece que Len la ha tomado conmigo este año?

—Siempre nos ha tenido manía —dice Charlie—. Él no es nadie. Nosotros somos importantes. —Desde luego va a aprovechar cualquier excusa para usar esa palabra.

Olivia empieza a comerse la ensalada y me da un sándwich. Abre una botella de agua con gas y el líquido sale disparado y salpica la mesa y a Charlie.

—¡Por el amor de Dios! —grita Charlie—. Esta es la decimocuarta vez hoy.

—La segunda —la corrige Olivia, agarrando servilletas del plato de Ben.

Comienza a secarle la camiseta a Charlie, que le da un manotazo, y entonces se ponen a lanzarse servilletas de un lado a otro y el agua vuela por todas partes.

Jake se echa hacia atrás en su silla y observa la escena.

—¡Joder, me encanta el instituto! —declara.

Charlie le lanza una mirada fulminante y deja las servilletas sobre la mesa.

—¿Qué tienes después de comer? —me pregunta.

—Biología —le digo—. No tengo ni idea de por qué estoy en esta clase. Debería estar en Física.

Al igual que ocurre con la estadística y las matemáticas, todo el mundo sabe que la física es mucho más fácil que la biología. Sobre todo, porque la imparte el señor Dunfy, que tiene unos ochenta años y se olvida de ir a clase la mitad de las veces. Lleva unos cincuenta años en San Bellaro, así que no le van a despedir, pero reparte sobresalientes como si fueran caramelos.

—Sí, una decisión rara —dice Charlie.

—Pero ¿nos vemos en el CE?

—¿Tenemos nuestra primera reunión hoy? —se lamenta Olivia—. Quería ver a Ben.

Ben levanta la vista de su sándwich y sonríe.

—Le molo mogollón —dice antes de que Charlie le tire la servilleta empapada.

Escena quinta

Cuando llego a Biología, la mayoría ya está en sus asientos. Eso es lo que pasa con las clases de nivel avanzado. Te ves obligado a enfrentarte a todos los demás chicos supercompetitivos, así que aunque llegues pronto, acabas llegando tarde. El mero hecho de estar en el aula me produce urticaria, y eso que aún no hemos empezado. Lauren ya está allí, y Jon Chote y Stacy Tempeski, que se han presentado a la selectividad cada año desde décimo. Jon es un prodigio de la música y lo más probable es que vaya a Juilliard el año que viene. Stacy ganó un concurso nacional de escritura el año pasado y pudo pasar una semana en la ONU en Suiza. A ese tipo de cosas es a lo que me enfrento.

La señora Barch, nuestra profesora, es el tipo de mujer con la que no conviene meterse. Creo que, en realidad, antes era investigadora médica. Es muy probable que tenga más de cuarenta años, y por lo que se sabe en la escuela, no tiene esposo ni hijos ni nada. Así que es comprensible por qué es tan importante para ella la biología. Si le caes bien, estás dentro, no hay problema, pero si no, te hará la vida imposible. Y no creo que yo esté precisamente en lo más alto de su lista. Ya la tuve antes y no me fue muy bien.

Me siento junto a Lauren, que ya tiene su cuaderno abierto. Está lleno de tablas, de gráficos y de cosas escritas con bolígrafos de colores.

—¿Había deberes? —pregunto.

Me mira con los ojos entrecerrados.

—¿Deberes?

Señalo su cuaderno.

«¡Ah!», gesticula Lauren con la boca.

—No, solo me preparo. —Saca un bolígrafo y empieza a copiar el horario que la señora Barch pone en la pizarra.

—Hola, cielo. ¿Me echas de menos? —Me giro y veo que Len ocupa el asiento de al lado.

—¿Ahora te dedicas a acosarme?

—No te hagas ilusiones. —Sostiene el horario de sus clases y señala biología—. ¿Ves? Soy de fiar.

—He oído que los has falsificado.

—¿Falsificado?

—O cambiado, lo que sea.

Len enarca las cejas.

—Has estado preguntando por mí, ¿eh?

—Eres un pervertido.

Exhala un suspiro y saca un cuaderno de espiral.

—¿Siempre tenemos que pelearnos?

—¿Siempre tienes que ser tan insoportable?

Parece que se ha vuelto más tóxico con los años. No es que Len y yo hayamos sido nunca amigos, pero no suele hacerme objeto de una tortura tan especial. Me preocuparía que se estuviera obsesionando conmigo, pero no me lo imagino preocupándose demasiado por nada.

A la señora Barch le gusta empezar la clase con una palmada. Lo recuerdo de cuando la tuve en Biología en noveno curso.

—Esta clase no es sobre el examen —comienza la señora Barch.

—Sí, claro —murmuro.

—Estamos aquí para aprender conceptos avanzados de biología, no para dominar un examen de tres horas. Será duro, pero todo lo que merece la pena lo es. Espero que seáis puntuales y que estéis preparados para trabajar.

Jon y Stacy están garabateando a toda prisa en sus cuadernos. Agarro mi bolígrafo, pero no tengo ni idea de lo que pueden estar escribiendo. «¿No lleguéis tarde a clase?» ¿No es una perogrullada?

La señora Barch vuelve a dar una palmada y nos dice que quien esté sentado a nuestro lado será nuestro compañero de Biología durante el año. Nos cuenta y yo termino con Len. «¿Está de coña?», pienso mientras la señora Barch me lanza una mirada contrita. Dato curioso: hasta los profesores piensan que Len es una sanguijuela.

—Esto es una pesadilla —susurro.

Len me sonríe y entrelaza las manos detrás de la cabeza.

—¿El qué? —dice—. Vas a tener que hablar claro, Rosaline.

—Nada.

—Por mi parte, estoy entusiasmado con este acuerdo.

—No me cabe duda.

Empiezo a rellenar un folleto que Lauren está repartiendo. Es algo fácil, sobre todo el nombre, el curso, etc., y me da la oportunidad de dejar que mi mente divague. Vale, en realidad no deambula. Es más bien un paseo enérgico. Se centra en Rob de inmediato. Intento pensar qué ponerme esta noche, si debo recogerme el pelo o dejármelo suelto. No suelo usar demasiados potingues. Olivia y Charlie son las que tienen productos de todo tipo; espráis, brumas y un polvo desconcertante, pero quiero que esta noche sea perfecta.

—Oye, baja a la tierra —dice Len. Está inclinado hacia mí, con esa molesta sonrisa arrogante.

Me doy cuenta de que me he perdido la primera mitad de lo que me ha preguntado. ¡Mierda! Ahora va a pensar que soy aún más idiota. No es que me importe. Es que no quiero echar más leña al fuego, como diría mi padre.

—¿Qué?

—Problemas de concentración el primer día, ¿eh? —Ladea la cabeza y asiente de forma comprensiva.

—¿Debemos dividir los ejercicios o qué?

Me entrega una hoja de papel, con su pulgar rosa levantado hacia mí.

—Es una marca de nacimiento —explica.

—No te he preguntado.

—No hacía falta.

—Vale, ¿qué hago yo? —digo.

—¿Qué te parece si te encargas de los cinco primeros? —dice Len, frunciendo el ceño y asintiendo—. Podemos repasarlo todo durante la clase de mañana.

—No sabía que fueras tan organizado.

—Añádelo a la lista —dice. Y sale por la puerta antes de que se me ocurra una respuesta.

❧

Por lo general, solo los alumnos del último curso pueden formar parte del consejo estudiantil, pero Charlie lleva en él desde décimo. A Olivia, a Lauren y a mí nos admitieron a finales del año pasado, así que ya tuvimos unas cuantas sesiones en primavera. No tardé en comprender que todo iba a funcionar gracias a Lauren. Su hermana mayor se unió cuando Lauren era una estudiante del primer curso y Lauren lleva tomando notas casi desde entonces. Aunque es posible que Charlie no esté de acuerdo, Lauren es el punto de apoyo. Hacer que el CE funcione es, sin duda, su nuevo siete.

Supongo que intentamos implicarnos, pero es difícil hacer algo cuando Olivia quiere dedicar la hora a hablar con Charlie sobre el actual drama con Jake y si al señor Davis de verdad le han suspendido por coquetear con Darcy. Que conste que creo que eso es cierto. Ella no paraba de decirle cosas como: «¿De verdad es lo que quieres?» cuando nos pedía que corriéramos unas vueltas.

—¿Podemos empezar? —pregunta Charlie. Estamos todas sentadas en la SDLP y son las 3:15, lo que significa que llevamos diez minutos de retraso. Lo que a su vez significa que Charlie está mosqueada.

—Mmm... —murmura Olivia. Está en su teléfono mientras teclea y no levanta la vista.

—Estaba pensando que deberíamos organizar un baile para celebrar la vuelta a clase este viernes —dice Lauren—. Algo divertido.

Olivia se estira. Ha perdido la chaqueta y se le sale el ombligo por la camisa. Lauren también se da cuenta y le lanza una mirada que dice: «Por favor, tápate». Olivia la ignora y saca una piruleta. De regaliz negro. Al igual que Charlie con las gominolas, siempre tiene a mano.

—Ya lo he hablado con el señor Johnson. Ha dicho que le parece bien —dice Lauren.

—Creo que está bien —dice Charlie—. Vamos a llamarlo «Vuelta al insti».

—No lo entiendo —dice Olivia. Está deslizando la piruleta sobre sus dientes, un movimiento que sabe que molesta mucho a Charlie. Al parecer, Olivia está intentando sacarla de quicio, seguramente como venganza por haber protestado por lo de Ben esta mañana. Odio con todas mis fuerzas que los chicos se interpongan entre mis dos mejores amigas.

—¿Como la película? —dice Charlie, aunque lo que quiere decir es «¡Es de cajón!». Me lanza una mirada exasperada que Olivia no capta. Me encojo de hombros. Suelo hacerlo cuando Charlie me mete en líos con Olivia.

A decir verdad, tampoco estoy prestando demasiada atención. Pienso en la rodilla de Rob junto a la mía esta mañana. En que estar cerca de él, aunque solo sea pensar en estar cerca de él, hace que me empiecen a sudar las palmas de las manos y que sienta que el corazón se me va a salir del pecho. ¿Qué habría pasado si fuéramos las únicas dos personas en la habitación esta mañana? ¿Si se hubiera arrimado un poco más cerca?

—¡Eh, Rose! —dice Charlie—. ¿Qué te parece «Vuelta al insti»?

Parpadeo.

—Creo que me gusta.

—¿Alguien sabe cuál es nuestro presupuesto? —Charlie resopla y murmura la palabra «atención» en voz baja.

Lauren saca una carpeta, se la entrega a Charlie y empiezan a hablar de dinero.

—Bueno, ¿qué pasa con Rob? —pregunta Olivia, bajando la voz para que Charlie no pueda oírnos. Se guarda el móvil en el bolso y me mira con los ojos entrecerrados.

—No lo sé. Es decir, somos amigos.

—Sí, pero esta mañana parecéis muy amiguitos —dice Olivia.

Me encojo de hombros, intentando demostrar que no me importa. Me doy cuenta de que mi actitud despreocupada no engaña a nadie.

—Esto es una pesadilla —anuncia Charlie, volviéndose hacia nosotros—. ¿Y por qué nadie me ayuda?

Olivia arruga la nariz.

—Tengo hambre. No puedo pensar cuando tengo hambre.

—Apenas son las tres, Olivia. —Charlie levanta su reloj para demostrarlo.

—Lo sé, pero ni siquiera he podido comerme mi ensalada. Ben estaba...

Charlie agita la mano en el aire y la interrumpe.

—Escuchad, chicas. Pensé que ser del consejo estudiantil este año significaba que íbamos a tomárnoslo en serio. —Se cruza de brazos—. O habría pedido a otras personas que lo hicieran conmigo.

—¿Sí? ¿A quién? —Olivia gira su piruleta y sonríe de forma mordaz.

—Da igual. —Charlie le da la carpeta a Lauren—. Este viernes. «Vuelta al insti». Vamos a enviar un correo electrónico para repartir los suministros y preguntar al señor Johnson si a las ocho está bien. —Lauren le hace un pequeño saludo militar a Charlie que veo que le molesta de verdad. Ella hace esta cosa con su boca cuando está enfadada. Saca la barbilla y aprieta los dientes.

—Nos vemos mañana —dice Lauren. Se cuelga la mochila al hombro, se despide con la mano, se mete la carpeta del CE bajo el brazo y se larga de la sala de los padres.

—Ha ido bien. —Olivia tira la piruleta a la papelera. No acierta y tiene que ir a despegarla de la alfombra.

—¿En serio? —dice Charlie, mirándola—. ¿Podemos pirarnos de aquí?

—¿No llevo todo el rato diciendo eso yo? —Olivia me mira en busca de confirmación.

Las tres nos dirigimos al aparcamiento del primer piso, que está prácticamente desierto. El entrenamiento de fútbol aún no ha empezado. No lo hará hasta la semana que viene y Rob y Jake se han saltado el último tiempo libre para ir a surfear. Pienso si mencionar la cena con Rob de esta noche, pero decido no hacerlo. Quiero guardármelo para mí un poco más.

—¿Cal Block? —pregunta Charlie cuando llegamos a los coches.

California Blockade es un restaurante cercano al colegio al que vamos desde séptimo curso. Es mexicano, el mejor de la ciudad, y tienen una salsa de queso que a todas nos encanta. La llamamos «la S especial», aunque no recuerdo bien por qué. Creo que tiene algo que ver con la «siesta», pero podría estar equivocada. Las tres pedimos siempre exactamente lo mismo: dos raciones de S especial y una de guacamole.

—Sí —dice Olivia.

—Te juro que, si te casas con mi hermano, y emparentamos, te busco un logopeda.

—Sigue así y me llevo a Rose —responde Olivia.

Charlie planta los brazos en jarra y me mira. Una de las reglas no escritas de nuestra amistad es que, si las tres vamos juntas a algún sitio, yo siempre voy con Charlie.

—A lo mejor voy en mi propio coche —digo.

Charlie pone los ojos en blanco.

—Quizá cuando los cerdos vuelen —dice—. Anda, sube.

Escena sexta

Siempre nos sentamos en la mesa del rincón, cerca de las ventanas y lejos del ventilador. Hay una buena vista del aparcamiento y de la cafetería.

La camarera se acerca y Charlie pide por nosotras. Charlie siempre pide.

—Y agua con gas, por favor —dice cuando termina.

—¿Quiere decir agua carbonatada? —pregunta la camarera. La camarera siempre pregunta esto, pero Charlie sigue pidiendo lo mismo.

—Claro —dice Charlie, poniendo los ojos en blanco—. Lo que sea.

—Aquí hace un frío que pela. —Olivia se acurruca junto a Charlie y empieza a pegar su nariz a su hombro. Olivia siempre tiene frío. El año pasado fuimos a esquiar a Whistler y se negó a salir. Se quedó los cuatro días sentada en el salón bebiendo chocolate caliente y coqueteando con los instructores de esquí que estaban de descanso.

—¡Oh, Dios mío! ¿Habéis visto a Darcy Sugarman hoy? —pregunta Charlie—. Prácticamente se estaba restregando con Jake después de la tercera clase. —Charlie mueve los hombros para que Olivia se incorpore.

—¡Qué asco! —dice Olivia.

—No es asqueroso; es vergonzoso —la corrige Charlie.

Charlie dice que hay una diferencia entre querer ligar y estar desesperado. Cree que Olivia estaba demasiado desesperada por el belga, pero nunca se lo diría. Su teoría es que la distinción entre el interés y la desesperación es la diferencia entre la forma de actuar y quién eres. Lo de Olivia era una acción mientras que lo de Darcy es una cualidad que la define.

—¿Por qué todo el mundo quiere a mi novio? —se lamenta Charlie, levantando las manos por encima de la cabeza como si el techo se derrumbara.

—¿Así que ahora usamos el término «novio»? —pregunto.

—Te dije esta mañana que las cosas iban bien. Y no te pongas celosa solo porque vosotras tengáis que poneros al día.

—Eres una cerda —digo.

—Será mejor que te pongas a ello, guapita. Puede que Rob no esté aquí para siempre.

Olivia sonríe con las comisuras de los labios y Charlie gira su cuerpo como si tratara de salir de la mesa. Supongo que ahora es un momento tan bueno como cualquier otro para hablarles del comienzo del verano y de esta mañana, pero cuando abro la boca, lo único que sale es una especie de balbuceo.

No sé por qué tengo tantas dudas a la hora de decírselo. Son mis mejores amigas. Deberían saberlo. Quiero decir, es algo muy importante. A menos que haya soñado lo de esta mañana. ¿Tal vez pensaba que mi pierna era el borde de la silla? Es del todo posible. Puede que ni siquiera supiera que nos estábamos tocando. O ¿y si trató de apartarse, pero yo no me aparté y no quiso ser grosero? ¿Y ese comentario sobre no haber estado con nadie este verano? Desde luego que leí entre líneas. Él me lo cuenta todo. Por supuesto que Rob me lo diría si hubiera salido con alguien este verano. Fui la primera a la que le dijo que había besado a Tracy Constance jugando a la botella. Recuerdo que dijo que ella sabía a periódico.

—Entonces, ¿vas a contarnos lo de mi hermano o no? —dice Charlie. Se cruza de brazos y mira a Olivia enarcando una ceja. Olivia se muerde el labio inferior. Es evidente que está nerviosa. Hace ballet y se pone así antes de cada recital de danza. Charlie y yo solemos escabullirnos entre bastidores para verla y siempre se está mordiendo las uñas y dando saltos como si hubiera tomado demasiada cafeína.

—Ya te lo he dicho esta mañana. ¿Qué más quieres saber? —Bebe un pequeño sorbo de agua.

—No te hagas la graciosa —dice Charlie—. Todavía no has contado cómo empezó esto.

Olivia levanta la vista al techo y luego vuelve a mirar su vaso.

—¿De verdad quieres saberlo?

—Sí. Y todavía no lo he superado. ¿Desde cuándo puedes guardar un secreto? ¿Durante dos meses?

Olivia me lanza una mirada nerviosa en busca de apoyo.

—No estábamos seguros de que fuera a ser algo serio.

Sé que Charlie puede dar miedo y ser intimidante, pero creo de verdad que solo es por lo mucho que se preocupa. Sin embargo, es dura con Olivia. Sobre todo, porque es imposible que esto haya sido una sorpresa por completo para ella. A ver, yo los he visto besarse varias veces este verano. Estaba claro que se estaban acercando. No me creo que Charlie no se percatara.

—No puedo creer que te enrolles con mi hermano —dice Charlie.

—Besa bien.

Charlie abre los ojos como platos y levanta la mano, enseñando la palma, como si dijera «Para».

—He mentido. No tengo ningún interés en escuchar esto. —Olivia sonríe y le da un codazo, pero Charlie no se inmuta—. Pero sigo muy dolida porque me hayas mentido.

Olivia pone cara de cachorrito, lo que significa que no está muy preocupada. Yo tampoco lo estoy. De hecho, me estoy acordando de algo del baile de segundo curso. Que Olivia fue con Taylor y tuvieron una gran pelea cuando estábamos allí porque él quería fumar y ella estaba enfadada por ello y, esto lo recuerdo a la perfección, Charlie dijo: «Mi hermano jamás se presentaría colocado».

—Tengo una cita con Rob esta noche —digo. Las dos giran la cabeza para mirarme. A la vez, como en una de esas películas de terror—. Hum... Sí —prosigo—. Vamos a salir.

—¿Cómo? ¿En plan romántico? —pregunta Olivia.

—Claro, tal vez. No lo sé. —Y entonces todo sale a relucir. Esta primavera, nuestra despedida y sus cartas.

—Te lo dije —replica Charlie—. Te ha echado de menos. —Y luego les cuento lo de nuestras rodillas esta mañana. Olivia pierde la cabeza.

—¿Así que te ha invitado de manera formal a cenar?

—Sí —digo—. Ha sido muy concreto en esa parte.

—¿A qué hora?

—¡Oh! ¿Supongo que vendrá a mi casa sin más?

—No puede presentarse sin más —dice Charlie—. Si es una cita, debería recogerte. En un coche. No arrastrarse por la hierba y venir a llamar a tu ventana.

Me mira y enarca una ceja, dándose un golpecito con el dedo en la nariz. Es lo que hacemos cuando ambas pensamos lo mismo. Sé que en este instante está pensando en aquella vez en sexto, en la que Rob hizo un agujero en la valla de alambre que separaba nuestras casas para que no tuviéramos que subir y bajar por los caminos de entrada del otro. Era Halloween y vino vestido con una máscara de psicópata. Apareció al lado de la casa y Charlie y yo gritamos como locas. Parecía muerto de verdad.

Nos traen la comida y Olivia empieza a poner las patatas en su servilleta. Siempre hace esto. Como si temiera que fuéramos a comérnoslas todas sin ella o algo así. En su defensa hay que decir que come muy despacio.

—¿Vamos a ir a Malibú este fin de semana? —pregunto, tratando de cambiar de tema. No estoy segura de cómo seguir hablando de esto. No es como hablar de una cita con un chico normal. Es Rob. Por suerte, hoy Charlie y Olivia se distraen con facilidad. Sospecho que ambas siguen pensando un poco en Ben.

Me limpio las yemas de los dedos en la esquina de una servilleta. Los cocineros hacen las patatas fritas ellos mismos y siempre están deliciosamente grasientas.

—¡Sí! —dice Olivia—. Hagámoslo.

Olivia tiene una casa de playa en Malibú que sus padres nunca usan. Está a unos cuarenta y cinco minutos de distancia, pero siempre hacemos fiestas allí. Olivia lleva sobornando a su ama de llaves desde que teníamos quince años y solía ir en coche ilegalmente solo con un permiso de conductor principiante. Entonces había una complicadísima cadena telefónica rotativa para asegurarnos de que nuestros padres nunca se enteraran de que habíamos salido de San Bellaro.

—Este fin de semana no podemos —dice Charlie, llevándose a la boca una patata frita mojada en salsa de queso.

—¿Por qué? —pregunta Olivia.

—¿Hola? ¿El baile «Vuelta al insti»? ¡Por Dios! ¿Es que nadie estaba prestando atención ahí dentro? —Frunce los labios y mira al techo. Incluso cierra los ojos un breve instante para darle más efecto.

—¿Y el fin de semana siguiente? —pregunta Olivia, ignorándola.

—Ya veremos.

—¿Tienes otros planes? —La pincho y se encoge de hombros.

—Tal vez. —A Charlie le encanta ser la que hace sugerencias.

El año pasado celebramos una fiesta de Nochevieja en casa de Olivia, y Charlie estuvo a punto de no venir porque no se lo habían consultado de antemano. A pesar de que, técnicamente, estaba visitando a unos parientes en Oregón hasta el día 30. Pero por supuesto que vendrá. A Charlie le encanta Malibú.

—¿Por qué no decimos que sí y vemos cómo va la cosa? Los chicos vendrán, ¿no? —Olivia se vuelve hacia mí.

—Supongo que sí. —Intento que suene lo más relajado posible.

La verdad es que la perspectiva de un fin de semana entero en Malibú con Rob ha hecho que me estremezca.

—Claro, si Jake decide portarse bien durante otra semana —dice Charlie. Saca su móvil, lo mira y luego lo tira enfadada.

—¿Estás bien? —Le pregunto—. Pareces supernerviosa.

—Estoy bien. —Exhala un suspiro—. Es que estoy cansada.

—Es solo el primer día —le digo—. Las cosas se equilibrarán.

—Eso es justo lo que Ben me ha dicho hoy —añade Olivia—. Estaba muy disgustado porque no hemos podido estar juntos en Matemáticas y...

Pero miro a Charlie, que ha dejado de escuchar y señala un periódico en la mesa junto a la nuestra. Se dispone a levantarse.

—Ten cuidado —dice Olivia—. Son nuevos, ¿vale? —Señala sus zapatos. Unos zapatos planos de Burberry con el estampado en la parte inferior. Charlie la ignora y alcanza el periódico. Lo deja en la mesa, derribando las bien apiladas patatas de Olivia.

Es el periódico local y Charlie pasa el dedo índice por encima de las palabras: VUELVE EL SENADOR CAPLET. Y ahí, justo debajo del titular, hay una foto de mi tío, de su mujer y de una chica a la que no he visto desde hace diez años.

—¿Son familia tuya? —pregunta Charlie.

—Sí —digo, mirando con más atención.

—«El senador y su familia regresan a San Bellaro tras casi una década de ausencia» —lee Charlie. Tiene los codos sobre la mesa y se inclina sobre el periódico, como un niño pequeño en la biblioteca—. «La mudanza de los Caplet a Beverly Hills hace nueve años levantó muchos rumores y especulaciones. Esto marcará su primer regreso a nuestra ciudad desde su marcha.»

Charlie levanta la vista. Olivia también me mira a mí.

—¡Qué raro! —digo, porque no sé qué decir. ¿Lo sabe mi padre? ¿Está molesto por ello? ¿Y a qué instituto va a ir mi prima? ¿Conmigo?

—«La única hija del senador está encantada con la mudanza» —continúa Charlie—. «"Estoy deseando pasar mi último año en un nuevo lugar", dice. "Tengo muchas ganas de hacer de San Bellaro mi hogar"».

—¿Cómo se llama? —pregunta Olivia.

—Juliet —respondo. Charlie mira el periódico con los ojos entrecerrados y luego vuelve a mirarme—. Se llama Juliet.

«¿Qué importa el nombre, Shakespeare? Yo te lo diré: todo.»

Acto II

Escena primera

—Puedes enseñarle el jersey a tu prima —dice mi madre—. No tienes que llevarlo puesto ahora.

Es Nochebuena y voy en el asiento trasero de nuestra furgoneta con los brazos cruzados y gotas de sudor resbalando por mi frente de siete años. Llevo puesto mi nuevo jersey de reno, el que me empeñé en comprar para nuestro viaje a Los Ángeles. Es de lana y pica, pero tiene cuernos y cascabeles. Cascabeles de verdad. Y, por eso, creo que es espectacular.

—Tiene que verlo puesto —digo sin duda por enésima vez.

Mi madre asiente y vuelve a girarse en el asiento delantero, mirando a mi padre. Tiene agarrado el volante con fuerza y los dientes apretados. Llevamos un rato en el coche y las tensiones están a flor de piel.

Miro por la ventanilla y contemplo la costa pasar. Hoy tenemos una temperatura récord de treinta y cinco grados, la más alta en un mes de diciembre en más de una década. Sin embargo, no me molesta. Solo he viajado a Los Ángeles unas pocas veces en mi corta vida y estoy emocionada. Sobre todo, porque vamos a pasar la Nochebuena con mi prima, Juliet. Se fue de nuestra ciudad hace unos dos meses y estoy deseando verla. Somos muy buenas amigas. Juliet, Rob y yo hemos jugado juntos en nuestros patios prácticamente desde que nacimos, y aunque me gusta Rob y me estoy acostumbrando a la situación, echo mucho de menos a Juliet.

Llegamos a la casa de Juliet y mi madre saca un papel con unos números y se lo da a mi padre. Él los introduce en un teclado. Unas enormes puertas se abren y subimos por una carretera bordeada de rosales.

Tienen una casa gigantesca. No se parece en nada a la antigua casa de Juliet. Se parece más a la biblioteca a la que vamos mi madre y yo los sábados. La que tiene grandes columnas blancas y tantas habitaciones que es imposible no perderse dentro. Los jardines de alrededor están llenos de rosas y hay cerezos flanqueando el camino de entrada. Es como entrar en un cuento de hadas y pienso en la suerte que tengo de que mi prima viva aquí. Y que, como somos familia, es casi como si esta fuera también mi casa.

Mi madre se empeña en arreglarme la ropa, que es algo que no suele hacer. Me pregunta una vez más si me quito el jersey, pero yo me limito a negar con la cabeza. Llego a la puerta de Juliet. Me lo dejo puesto. Sé que a Juliet le va a encantar.

Llamamos al timbre y responde Lucinda. La llaman «ama de llaves», pero en realidad es como una gran abuela. Le doy un abrazo y ella me rodea la cintura con los brazos. La llamamos Lucy, pero no cuando está la madre de Juliet. A mi tía no le gusta.

Lucy nos conduce por lo que parece un enorme laberinto de mármol y cristal hasta que llegamos a un gran salón. En tres de las paredes de la estancia hay enormes ventanales del suelo al techo y un televisor que parece una pantalla de cine. Entonces la veo. Juliet está sentada en el suelo, jugando con una gigantesca colección de peluches. Deben de ser nuevos. Nunca los había visto antes.

Corro y la rodeo con mis brazos. Empiezo a balbucear sobre el viaje en coche, sobre nuestra casa del árbol y lo mucho que la he echado de menos. Me aparto lo suficiente como para ponerle mi jersey de reno delante de los ojos.

—¡Mira! —exclamo.

Juliet se retira el corto pelo castaño de la cara. Siempre ha sido un poco más baja que yo y ahora su pelo también es más corto que el mío. Pero no importa. Apuesto a que podríamos seguir poniéndonos nuestros vestidos a juego y parecer gemelas.

Lucy se va y la madre de Juliet se levanta del sofá. Ni siquiera la había visto. Su vestido parece tener el mismo estampado que el sofá.

—Me alegro mucho de que hayas venido —dice.

La madre de Juliet la llama, pero no va de inmediato. Me observa, con los ojos puestos en los cascabeles de mi jersey. Pero no parece impresionada, y de repente desearía no llevarlo puesto. No, que fuera gigantesco para poder meterme adentro y desaparecer.

Algo va mal.

—Juliet —dice su madre, levantando un poco la voz—, por favor, saluda a tu prima.

Juliet se levanta de mala gana, arrastrando un caballo de peluche por las crines. Estamos cara a cara, pero sigue sin abrazarme. Ni siquiera sonríe.

—Hola —digo.

—Hola —responde ella.

—¿Puedo jugar contigo? —pregunto.

—Ya he terminado.

¿Cómo es posible que Juliet haya terminado de jugar? Solíamos jugar durante horas. Fuera, dentro. En mi casa, en la suya, en casa de Rob. En nuestras entradas, en nuestros salones.

—Jules, vamos a jugar —propongo. Ella gira la cabeza y no me mira—. ¿Juju? —Todavía nada. Entonces lo pienso: «Está enfadada conmigo. El problema es que no sé qué he hecho».

Cuando el padre de Juliet llega a casa, yo estoy muerta de hambre y mi estómago emite fuertes gruñidos cuando todos nos sentamos a cenar. Nadie habla en realidad. Me dejo el jersey puesto porque hace mucho frío en su casa. Tanto frío como en la sección de helados del supermercado.

Después de la cena, mi padre dice que deberíamos abrir un regalo esta noche. Es una tradición en nuestra casa. Un regalo en Nochebuena, el resto en Navidad.

Mi madre empieza a decir que no deberíamos porque esta noche volvemos en coche y podemos hacerlo en casa, pero mi padre la convence.

—Vamos —dice—. Solo uno.

Juliet escoge el suyo de debajo del árbol. Elige uno gigantesco. Una caja tan grande que ocupa todo el lado izquierdo del árbol. Entonces mi madre me da el mío y, por la forma en que sonríe, sé que siempre ha sabido que íbamos a abrirlo aquí. Es una caja pequeña y alargada y el papel de regalo brilla como las luces blancas de Navidad. Se la quito a mi madre con cuidado y le doy la vuelta.

Juliet ya está rasgando el papel, rompiéndolo y tirando. Dentro hay una casa de muñecas. Es preciosa, como una pequeña copia de la casa en la que estamos. Incluso las columnas blancas son iguales. Estoy tan fascinada con ella que casi me olvido de abrir mi propio regalo. Pero Juliet no parece en absoluto impresionada. Echa un vistazo a la casa de muñecas y planta los brazos en jarra.

—¿Dónde está mi American Girl? —quiere saber.

—Ya las tienes todas —le digo.

—La más nueva, no —dice. Me mira como si oliera raro.

—Te toca —me susurra mi padre. Me aparta un mechón de pelo de la cara y me concentro en el regalo que tengo en las manos. Doblo las esquinas como hace mi madre, con cuidado de no romper nada. Siempre guarda el papel de regalo para otra ocasión.

—Date prisa —se queja Juliet. Todavía tiene las manos en las caderas y el ceño fruncido.

Cuando por fin veo lo que hay dentro, me quedo con la boca abierta. Es justo lo que esperaba: la Barbie playera. La nueva versión. Esa de la que todo el mundo habla en el colegio. La que no se puede comprar en cualquier juguetería. La que hay que pedir por encargo.

Empiezo a gritar y abro la caja sin cuidado. Mi padre abraza a mi madre.

Juliet no parece contenta. Está mirando la Barbie que tengo en las manos, inclinándose tanto hacia delante que se apoya sobre un pie.

—Déjame verla —dice con firmeza.

Tengo la muñeca en mis brazos y no quiero renunciar a ella, pero también quiero volver a caerle bien a Juliet. Quiero que me lleve a su nueva habitación y me enseñe todas sus cosas. Quiero que juguemos en el suelo como solíamos hacer. Quiero que seamos amigas del alma como antes. Y como el jersey de reno no ha servido de nada, la Barbie podría ser mi única opción.

—Vale —digo—. Pero ten cuidado. —Es lo que mi madre siempre dice cuando me da algo que le importa mucho. Como la vajilla buena para poner la mesa o el cepillo con el mango de porcelana que guarda en su tocador.

Juliet agarra la muñeca y la examina. Luego le arranca la cabeza de golpe. Ocurre tan rápido que ni siquiera sé si debería estar molesta. Simplemente agarra la muñeca, la mira y la parte en dos.

Todo el mundo empieza a hablar a la vez. Mi padre grita, mi madre murmura algo y la madre de Juliet habla alzando la voz, diciendo que cree que se puede arreglar. Yo no digo nada. No lloro ni intento quitarle la muñeca. Ni siquiera miro la Barbie o lo que queda de ella. En cambio, miro a Juliet. Ella me mira como si acabara de ganar una competición. Como si me hubiera ganado a mí. Después tira las dos mitades al suelo y se marcha de la habitación.

El padre de Juliet la sigue, pero no antes de que se dirija a mi padre y le diga un montón de cosas, que terminan con una palabra que nunca había oído antes: «traidor».

Esa noche volvemos a San Bellaro. Finjo dormir en el coche, pero no puedo. Lo único que veo es la cara de Juliet antes de irse de la habitación. Decidida. Furiosa. Como si yo le hubiera quitado algo a ella y no al revés. He dejado la Barbie rota en el suelo, donde Juliet la ha tirado. Mis padres se ofrecen a comprarme otra, pero yo lo rechazo. Ya no la quiero.

Escena segunda

Rob podría venir a recogerme para ir a cenar de un momento a otro y estoy muerta de nervios. Estoy segura de que tiene que ver, en parte, con el montón de queso que he inhalado después del colegio, pero sobre todo con que, en cualquier momento, mi mejor amigo va a llevarme a una cita. Que podría terminar con un beso. Rob. Un beso. Tengo que sentarme en la cama para que no me explote la cabeza.

Quería preguntarles a mis padres por Juliet. Incluso traje el periódico a casa para enseñárselo, pero no están aquí. Mi padre a veces da clases nocturnas y el horario de yoga de mi madre es imposible de seguir, pero no pasa nada. Ya tengo bastante en qué pensar con Rob.

Charlie y Olivia han venido y están tumbadas en mi cama, ojeando el anuario del año pasado. Mirar el libro del año pasado alrededor del primer día de clase es una tradición que tenemos. Por lo general, lo hacemos antes y decidimos quién creemos que se ha vuelto más guapo, peor, más inteligente, más sexi, más cambiado, etc.

—Creo que Jake está más guapo —dice Charlie. Tiene los pies colgando y está bocarriba, con el anuario en las manos. Parece un bicho muerto, de los que te encuentras panza arriba en nuestro porche trasero durante el verano.

—¡Eh! —dice Olivia—. Supongo que tiene un buen cuerpo.

—Por el surf. —Charlie se da la vuelta y enarca las cejas. Conozco esa mirada. Está intentando decirme que Rob también tiene el mismo cuerpo.

Me lanzo al armario, sonrojada.

—¿Dónde has puesto el blanco? —pregunto.

—En la cama —responde Charlie—. Relájate.

—Hablas como tu novio —dice Olivia, doblando una revista y dándole un golpe en la cabeza—. Tranquila, colega.

Charlie pone los ojos en blanco.

—Lo que tú digas. —Me lanza el vestido y me lo pongo. Es un vestido con cuello halter, que Charlie me regaló para mi cumpleaños el año pasado después de que me quejara de que no tenía vestidos de verano. Fue un regalo irónico, ya que mi cumpleaños es el día 1 de enero. Un vestido blanco en pleno invierno. Típico de Charlie.

El mero hecho de que Charlie y Olivia estén siempre dispuestas a celebrar mi cumpleaños es algo importante. A ver, nací el 1 de enero, que en esencia es el día nacional de la resaca. Es la fecha oficial en que termina la temporada de vacaciones, y todo el mundo suele estar agotado y exhausto. No es que me importe. De todas formas, nunca he sido una gran fan de los cumpleaños, pero, aun así, siempre resulta un poco decepcionante.

—¿Qué os parece? —Muevo los brazos a los lados para dar efecto, y el vestido se balancea despacio, como las olas en la orilla. «Shhh. Shhh.»

—Sexi —dice Olivia. Charlie me enseña un pulgar hacia arriba.

—Parece que tenga la cara hinchada. —Inflo las mejillas en el espejo, me aplico un poco de colorete y después máscara de pestañas. Miro a Olivia y a Charlie tumbadas en la cama, atractivas sin esfuerzo, y luego vuelvo a mirarme en el espejo. «Ha dicho que eres guapa. —Me recuerdo—. A ti y solo a ti.»

—Tómate dos paracetamoles y un zumo de naranja —dice Olivia.

Charlie la mira como si acabara de sugerirme que me pusiera un traje a rombos. Hay pocas cosas en este mundo que Charlie odie más que los cuadros escoceses. Una de ellas es, sin duda, los rombos.

—¿Qué? —dice Olivia—. Funciona.

Busco un par de paracetamoles y me los trago con un poco de agua del lavabo. Tendrá que bastar con eso.

—Estás muy guapa —dice Charlie—. Palabra de exploradora.

—Estoy de acuerdo —añade Olivia. Se pone de lado y me observa—. Estoy muy orgullosa.

Un coche toca el claxon. Charlie y yo nos miramos y nos asomamos todas a la ventana para ver el Volvo plateado de Rob. Veo que la puerta se abre y me aparto de la ventana antes de verle bajarse. Tengo el estómago como una pista de carreras: los coches pasan a cientos de kilómetros por hora por él y por mi pecho.

—¡Ha llegado! —Olivia chilla.

Charlie me hace un gesto para que me acerque y adopta la expresión seria que pone en clase de Historia.

—Me alegro mucho por ti —dice—. Esto es algo muy gordo y Rob es el mejor. Quiero que te lo pases muy bien.

—Momento Kodak. —Olivia sonríe y hace como si estuviera disparando una cámara de fotos.

—Somos adorables —digo con humor socarrón, dándole un abrazo a Charlie. La retengo más de lo que pretendía. Supongo que estoy algo nerviosa.

—Vale, pedazo de lapa. —Charlie se aparta y me mantiene a distancia—. ¡A por él!

—Va a ser genial —dice Olivia—. ¡No hagas nada que yo no haría!

—Excepto hacerlo —dice Charlie—. Es mucho más divertido.

Alcanzo la almohada de la silla del escritorio y se la lanzo.

—Adiós, gamberras.

—Adiós —dicen a la vez. Oigo a Charlie decir: «¡Chispas!» y entonces Olivia empieza a quejarse.

Bajo corriendo las escaleras y me detengo en la puerta para intentar recuperar el aliento. Solo es Rob, me recuerdo. Es solo una cita. Solo Rob.

Abro la puerta mientras sigo intentando sosegar los latidos de mi corazón. Rob casi ha llegado a la puerta y se detiene al verme. Entonces sonríe y parece que su cara ilumine toda la entrada de mi casa. Me quedo mirándole embobada.

—Estás muy guapa —dice, lo que hace que el corazón me dé un vuelco y casi se me salga del pecho. No puedo creer que sea la segunda vez que me lo dice. Casi parece que lo piense de verdad.

—Tú también. —Se ríe y yo me encojo—. Sabes lo que quiero decir.

—Lo sé —replica—. ¡Oh! Esto es para ti. —Saca un ramo de rosas que lleva escondido a la espalda—. Tus favoritas —dice—. Rosas para Rose.

Respiro hondo y me obligo a acercarme a él. Me da las flores y me abraza. Es breve, pero su aroma es abrumador. Manzanas y jabón, como siempre.

—Siento llegar tarde —se disculpa.

—No habíamos fijado una hora —digo—. No puedes llegar tarde.

—Supongo que quería verte antes. —Dejo las flores dentro y cierro la puerta, luego le acompaño hasta el coche. Abre la puerta del acompañante. Le cuesta un par de intentos agarrar el tirador y se ríe de forma nerviosa cuando lo consigue—. Pienso arreglarlo. —El interior sigue oliendo a pino. Huele así desde que recogimos un árbol de Navidad el invierno pasado. Por alguna razón decidimos que sería una buena idea meterlo en el asiento trasero en vez de sujetarlo en el techo. Hay un lugar junto al mar en el que los venden. Me refiero a los árboles. Me sorprende que el olor se haya mantenido durante todo el verano, a pesar incluso de que todavía encontramos agujas de pino en mayo—. ¿Qué tal el primer día?

—Bastante bien —respondo—. Lo de siempre. Excepto Biología Avanzada, que es ridícula. —Me dispongo a apoyar las rodillas en el salpicadero, pero me contengo. No me parece bien ser tan informal esta noche.

—¿La señora Barch?

—¡Ajá!

—Al menos quedará bien en la solicitud para Stanford. —Quita la mano del volante y se la pasa por la frente. Stanford también es el sueño de Rob. Llevamos planeándolo desde que éramos niños.

—¿Aunque suspenda?

Rob acerca la mano libre para darme una palmadita en la rodilla.

—Tú nunca cateas. Eres Rosie.

—Adivina quién ha vuelto —digo, recordando que aún no le he contado a Rob lo del artículo del periódico.

—¿Eminem?

—¡Qué gracioso! No. Juliet.

Rob frunce el ceño.

—¿Tu prima?

—La misma.

—¡Vaya! ¿Cómo es que han vuelto?

Me encojo de hombros.

—No lo sé. Todavía no les he preguntado a mis padres.

—¿Tus padres no se pelearon con ellos?

Asiento con la cabeza.

—Sí. En fin, creo que hace diez años que no veo a Juliet.

—Igual que yo.

—Es evidente. —Le doy un codazo y los dos nos reímos. Eso hace que me relaje.

Guardamos silencio durante unos minutos. Pienso en agarrar su móvil, pero no lo hago. No quiero que esto sea como una noche de miércoles cualquiera. No quiero que seamos solo Rob y Rose, pasando el rato. Esto es una cita. Tiene que ser diferente. Y del mismo modo que no puedo apoyar las piernas en el salpicadero, tampoco puedo ocuparme de poner la música.

—¿Quieres ir a Bernatelli's? —pregunta, rompiendo el silencio.

Bernatelli's es un restaurante italiano junto al mar que les gusta mucho a nuestros padres. Me sorprende que Rob quiera ir. Lo único que le he oído decir al respecto es que la *pizza* de Domino's es mejor. No saco el tema porque parece un buen sitio para salir y esta noche se trata de que las cosas sean diferentes.

—Claro —digo.

No dice nada y, de repente, soy muy consciente de que estamos solos. Hemos estado solos cientos de veces. Miles, incluso. Pero esta es la primera vez que me doy cuenta. Cedo, toqueteo su teléfono y pongo algo de música. Ni siquiera sé qué está sonando. No es que importe. Mis oídos siguen tarareando su propio ritmo acelerado al compás de mi desbocado pulso.

Abro la boca, pero no sé qué decir. No parece haber nada mínimamente importante que decir. Es como si en el momento en que puso su rodilla contra la mía esta mañana, o incluso antes, quizá cuando tomó mi rostro con sus manos en mayo, hubiera aniquilado todo lo trivial. Ahora parece imposible hablar de todas las cosas estúpidas que solían conformar nuestra amistad; cosas como si Jason besaba bien o si Rob realmente estaba tan ridículo como él se sentía con camisa. Ya no somos dos amigos que se cuentan qué tal les ha ido el día. Lo cual está bien y estoy contenta. Esto es lo que quiero. Lo que pasa es que tengo la sensación de que estoy sentada junto a un extraño.

—Así que Ben y Olivia... —dice Rob—. ¿Cuándo ha pasado eso?

—¡No lo sé! —prácticamente grito. Le agradezco tanto que diga algo que las palabras salen de mi boca a borbotones—. Este verano. Puede que en la playa. No lo sé. ¡No lo sé! —Rob se ríe. Eso hace que me sienta más tranquila. El nudo en mi estómago comienza a aflojarse—. Creo que le gusta mucho.

—Es mutuo —aduce—. Ben siente algo por ella desde que empezamos el instituto.

—¡¿En serio?! —chillo—. ¿Por qué nunca me lo habías dicho?

—El código moral de los chicos. —Aparta los ojos de la carretera y me mira—. Además, no pensaba que tuviera ninguna oportunidad.

La conversación sobre Ben y Olivia nos lleva hasta el restaurante. Se produce un pequeño tropiezo cuando Rob se acerca a abrirme la puerta y yo ya lo he hecho, pero las cosas parecen mejorar mientras entramos.

—¿Recuerdas cuando solíamos pasar el rato junto a esa cosa? —dice Rob cuando estamos dentro.

Está señalando el gigantesco acuario de langostas que hay junto a la recepción, donde la gente puede acercarse a elegir la que quiere para cenar. Rob y yo estábamos obsesionados con eso cuando éramos pequeños. El padre de Rob siempre nos mandaba a «elegir la más grande».

Ahora hay un niño pequeño delante, golpeando el cristal. Su madre está detrás de él, tirando de su camiseta.

—Sí —digo—. Nos gustaban mucho esas cosas.

—A mí ni siquiera me gusta la langosta. —Rob me regala una sonrisa torcida—. Debías de ser tú.

Estamos sentados al fondo, en la mesa del rincón. No me había dado cuenta hasta ahora, pero esto es romántico. Hay velas y la luz es tenue.

Vale. ¿Quieres que te diga la verdad? No he parado de imaginar cómo sería una cita con Rob. Es probable que desde que empezó el instituto, puede que incluso antes. No tenía ninguna importancia porque no creía que fuera a suceder de verdad, pero tenía mis fantasías. Hasta imagino lo que llevamos puesto, como si fuéramos muñecos recortables de papel. Siempre que no consigo conciliar el sueño y estoy tumbada en la cama, nos imagino a Rob y a mí en una de nuestras citas ficticias. Juntos y a solas. Pensar en él me ayuda. Siempre ha sido así. Estar cerca de él me infunde calma. En esta vida, Rob es la única persona con la que puedo contar de verdad.

Así que, sin ningún orden en particular, mis tres citas imaginarias favoritas con Rob son las siguientes:

1. Pícnic en un parque
   Yo: vestido blanco y rebeca amarilla.
   Rob: vaqueros y camiseta blanca.

   Diálogo:
   Rob: Siempre has sido la única para mí.
   Yo: ¿Por qué has tardado tanto en darte cuenta?
   Rob: Tenía miedo; éramos jóvenes.
   (Toma mi mano entre las suyas.)
   Rob: Quiero estar contigo. Para siempre. Tú serás la única para mí
       mientras me quede un resquicio de vida.

2. Restaurante romántico
   Yo: vestido negro y chal rojo.
   Rob: vaqueros oscuros y camisa azul.

Diálogo:

Rob: Estoy muy feliz de que hayamos acabado así.

Yo: No sé. Hace tanto tiempo que somos amigos...

Rob: Si tú no lo sabes, yo sí lo sé. Pero ahora basta con eso, y haré todo lo que esté en mi mano para convencerte de que somos el uno para el otro.

(Enmarca mi rostro entre sus manos y me besa de forma apasionada.)

Yo: Creo que me has convencido.

3. Baile del instituto

Yo: vestido plateado y zapatos de tacón.

Rob: traje negro.

Diálogo:

Rob: Estoy loco por ti.

Yo: ¿De veras?

Rob: No puedo creer que esté aquí, bailando con Rosaline Caplet. Tengo mucha suerte.

Yo: ¿Estás seguro de esto?

Rob: No hay nadie más en este mundo para mí. Eres mi alma gemela.

El Rob de mis citas imaginarias nunca está nervioso. Siempre está seguro de sí mismo. Pero el Rob que está sentado frente a mí parece un poco histérico. Pensaba que ya habíamos resuelto todo esto en el coche, pero en cuanto nos sentamos, es como si recordara que esto es una cita y se queda paralizado de inmediato. Bebo un trago de agua y empiezo a toser. Rob se sobresalta y me mira con una mezcla de confusión y sorpresa. ¡Genial! No soy lo que él esperaba. Seguro que ahora ni siquiera me besa. Me voy a graduar en el instituto con el maldito Jason Grove todavía en mis labios.

Pero entonces Rob alarga el brazo por encima de la mesa y pone las yemas de sus dedos justo al lado de mi plato. Me mira y se muerde el labio inferior, como si no estuviera seguro de que fuera el paso correcto. Muevo los dedos sobre la mesa para animarle y luego los acerco poco a poco. Esto es raro. Esto es raro, ¿vale? Es decir, ahí están las manos de Rob, justo delante de mí, y estoy intentando saber dónde poner las mías, cómo asir la suya, si es que eso es lo que quiere. (Aunque, si no es eso lo que quiere, ¿por qué iba a acercarla a mi plato? ¿Por qué iba a apoyar la rodilla contra la mía en la reunión de esta mañana? ¿Por qué íbamos a estar aquí?) Este baile de dedos parece ridículo. En mis fantasías siempre me agarra la mano con firmeza. No hay palmas sudorosas. No hay incomodidad. No hay incertidumbre.

Por fin toma mi pulgar con la mano. De todos los dedos disponibles, no es este el que yo hubiera elegido, pero da igual. Lo sostiene entre sus propios dedos pulgar e índice. Lo cual, a decir verdad, no es demasiado sexi. Deberíamos haber hecho todo esto de otra manera. Quiero pedir un tiempo muerto y empezar de nuevo. Las primeras citas son importantes. Quiero que hagamos esto bien.

—Bueno, ¿qué vas a pedir? —pregunto. Rob sigue sujetando mi pulgar y mi otra mano está ahí tendida, así que la uso para agarrar mi vaso de agua.

—Pasta —dice. Ahora está estudiando mi pulgar. Lo mira fijamente y desliza el dedo índice por el lateral.

—Genial.

—Tú vas a pedir la *pizza* Caprese, ¿verdad?

—No sé. —Mi carta está debajo de la debacle del pulgar, y aunque suelo pedir la *pizza* Caprese, me gustaría echarle un vistazo. Todo lo demás es diferente esta noche. No hay razón para que lo que pida no lo sea también.

Me suelta el pulgar y agarra su vaso de agua. Parece un tanto orgulloso de sí mismo, lo cual es desconcertante. ¿Cree que le ha ido bien? Me concentro en mi carta y finjo que considero de verdad la posibilidad de otra opción además de la *pizza* Caprese. No encuentro ninguna.

—¿Ya se han decidido? —El camarero me guiña un ojo y, durante un segundo, nos veo a Rob y a mí a través de sus ojos: una joven pareja enamorada. Tal vez un poco incómodos, pero sin duda no son solo amigos. Lo acepto.

—¿Qué quieres tú? —pregunta Rob.

—La *pizza* Caprese.

Rob se ríe y sacude la cabeza.

—Gracias por hacerme pasar un mal rato, Caplet.

—Él va a tomar la pasta boloñesa —respondo.

Rob abre la boca para protestar, pero el camarero de la pajarita le interrumpe:

—Su pareja tiene muy buen gusto.

Rob sonríe y levanta las manos.

—Eso no se lo puedo discutir.

Cuando se va, Rob vuelve a poner sus manos sobre la mesa, pero esta vez toma las mías de manera limpia y rápida. No me resulta incómodo, solo agradable. Creo que a lo mejor estamos mejorando en esto. Parece que la interacción con el camarero nos ha infundido algo de confianza.

—Todavía no me has contado qué tal el verano. —Intento mantener la voz firme porque tener sus dedos sobre los míos me distrae. Pero en el buen sentido. Como una gran canción que suena cuando intentas estudiar para un examen de Inglés.

—No ha estado mal. —Se encoge de hombros—. Ya conoces aquello; no hay mucho que contar. No ha cambiado. Larry sigue allí y está tan loco como siempre.

Larry es el director del campamento. Nadie sabe exactamente qué edad tiene. Unas veces parece que tiene ochenta años y otras que tiene cuarenta. Es muy raro. No está casado, así que no se puede adivinar en base a la edad de su mujer, y que yo sepa no tiene hijos.

—Genial.

—Llovió un montón. —Rob hace una pausa mientras piensa—. Sí, en realidad ha sido un poco molesto. No se puede mantener a los niños dentro durante mucho tiempo.

El camarero se acerca con nuestro pan, pero Rob no me suelta las manos de inmediato. En su lugar las gira entre las suyas y dibuja pequeños círculos en mis palmas. Traza las líneas como si fuera un adivino.

—¿Qué ves? —Miro sus dedos.

—Tendrás una larga vida —dice imitando la voz de Dumbledore.

—¿Eso es todo?

—¿Qué más quieres? —Me mira, y su voz vuelve a ser la suya.

—¡Estamos hablando de mi destino! Quiero algo bueno.

Separo nuestras manos para alcanzar un trozo de pan. Rob se pone a hablar de Jake y de si podrá o no seguir haciendo surf antes de ir a clase durante el otoño.

—Creo que lo más seguro es que Jake vaya a la CU el próximo año —dice. La CU es la universidad pública de aquí. Es diferente a la gran universidad de la ciudad, donde mi padre da clases. Un colegio universitario no es una gran universidad, pero Jake no es precisamente un gran estudiante. Creo que esto trae a Charlie de cabeza. Ella tiene las miras puestas en Middlebury, en Vermont, el año que viene, y cuando están bien, quiere que él la acompañe.

—¿Cuándo hay que presentar las solicitudes?

—Creo que a finales de septiembre —responde—. Vas a presentarla antes, ¿no?

—¿En serio me lo preguntas?

Sonríe, se acerca y me aprieta la mano. Parece que vuelve la normalidad.

—Crees que va a ir bien, ¿verdad? —pregunto—. Bueno, es que hay mucha competencia.

Rob hace un gesto con la mano para restarle importancia al comentario.

—No hay de qué preocuparse. A no ser que Lauren decida renunciar a Harvard. Entonces estamos jodidos.

Me río, pero puedo sentir que se me revuelve el pan en el estómago. Ni siquiera había considerado la posibilidad de que otra persona solicitara ir a Stanford. A fin de cuentas, ¿qué impide que Lauren o incluso Stacy Tempeski nos quite la plaza?

—¿Crees que nos admitirán a los dos?

Algo cruza en su cara durante medio segundo. Apenas me doy cuenta de que es una duda antes de que desaparezca.

—No creo que tengamos que preocuparnos.

Llega nuestra comida y dejamos de hablar de Stanford. Rob se interesa por mis padres y si al final vamos a construir esa piscina de la que llevan años hablando.

—Si te soy sincera, creo que primero deberían invertir en el aire acondicionado. —Él toma mis aceitunas; yo, su cebolla. Para cuando terminamos de cenar, no estoy nada nerviosa. Me siento como si hubiera salido con Rob. Mi mejor amigo, Rob, que sabe que odio los pimientos amarillos y que, cada vez que perdía un diente, me quedaba a dormir en su casa la noche siguiente porque creía que podía engañar al Ratoncito Pérez para que viniera dos veces.

Compartimos el postre —tarta de chocolate con helado de vainilla— y cuando llega la cuenta, Rob me ignora.

—De ninguna manera —dice—. Esto es mío.

Caminamos hacia el coche y hace un poco de frío. No he traído un jersey y me rodeo con los brazos. Rob me lanza la sudadera de Stanford desde el asiento trasero. Me la pongo y me sonríe cuando asomo la cabeza.

—¿Qué?

Sacude la cabeza.

—Nada. Es que te queda muy bien.

El comentario hace que se me acelere el corazón y que note las manos entumecidas.

—No quiero ir a casa todavía —continúa. Me pone la mano suavemente en la rodilla. Es cálida y seca, y la deja allí. La sensación es muy diferente a la de esta mañana. Más categórico, porque no tengo más preguntas. Ahora lo sé. Rob y yo nos vamos a besar antes de que acabe la noche.

—De acuerdo.

—¿Damos una vuelta por el acantilado?

Su mano sigue en mi rodilla y asiento con la cabeza. Emprendemos la vuelta, pasando de largo la cafetería Grandma's y el instituto, y nos dirigimos hacia el mar. El acantilado es la zona de San Bellaro que da al océano. En realidad, el nombre habla por sí solo, aunque cabe añadir que hay un cementerio allí. A Olivia y a Charlie eso les espanta. Siempre he ido allí con Rob. Es nuestro rincón. Es un lugar tranquilo en el que reina la paz, y aparte de algún que otro coche que pasa por allí, lo único que se oye es el sonido de las olas al romper.

He vivido junto al mar toda la vida, y aunque no hago surf y soy más blanca que la leche, ese sonido me resulta reconfortante. Parece inalterable. Al igual que Rob, es una de esas cosas con las que puedo contar.

Llevo la ventanilla bajada y puedo saborear la sal en el aire cuando me humedezco los labios. Rob y yo hacemos el trayecto en silencio, pero ahora se trata de un silencio cómodo, un silencio al que estamos acostumbrados. Igual que cuando vemos una película o estudiamos en la mesa de mi cocina. Es ese tipo de silencio.

Tardamos unos diez minutos en llegar, con las ventanillas bajadas, la música puesta en todo momento, el aire salobre asentándose en nuestra piel y su mano en mi rodilla. Está apoyada ahí, como si ese fuera su lugar. Como si fuéramos dos piezas de un rompecabezas que por fin han encajado.

Entramos en el aparcamiento del primer piso y Rob apaga el motor. Hay tanto silencio que puedo oír el silbido del viento en la hierba. Rob aparta la mano con suavidad y se baja. Esta vez espero a que rodee el coche y, cuando lo hace, me abre la puerta con facilidad al primer intento.

Me arrebujo en la sudadera de Stanford.

—Vamos —dice, tomándome de la mano.

Caminamos por la hierba hasta ese lugar al final del cementerio en el que hay dos grandes rocas asentadas tan cerca del borde del acantilado que parece que estén suspendidas sobre el agua. Tengo miedo a las alturas desde pequeña. Yo era la niña que se negaba a subirse a las barras y odiaba la gimnasia. A día de hoy, ni siquiera me gusta volar. Me aterra subirme a un lugar que esté demasiado alto. Al ver un espacio abierto tan grande se me pasan por la cabeza todas las posibilidades de sufrir un accidente mortal. Un movimiento en falso y se acabó.

—No te va a pasar nada —dice Rob. Es lo mismo que lleva años diciéndome. Cada vez que me acerco a las rocas, me paralizo. No puedo evitarlo. El agua está muy lejos. Seguro que si supiera algo de matemáticas o de geografía diría que a muchos metros.

—Ya lo sé. Pero dame un momento.

—Vale. —Se sube a una de las rocas, con los brazos extendidos como si estuviera volando—. Mira, Rosie. Sin manos.

—Por favor, para. —Se me acelera el corazón y me late con tanta fuera que puedo oír el rugido de la sangre en los oídos. Tengo la sensación de que se me va a salir del pecho.

Entonces Rob tropieza y agita los brazos en el aire; solo unos centímetros le separan del borde y está inclinado hacia delante, por lo que estoy convencida de que se va a caer. Empiezo a gritar, presa del terror.

Rob se endereza sin esfuerzo.

—Relájate, Rosie. Es una broma.

Intenta tomarme de la mano, pero me zafo de un tirón.

—No tiene gracia. —Sé que sueno petulante, como una niña pequeña, pero no puedo evitarlo—. Odio que hagas eso.

—Vale, vale —dice, ablandándose. Me pone una mano en la cintura y la otra debajo de mi barbilla para levantarme la cabeza—. Lo siento —dice, y por su expresión veo que lo dice en serio.

—De acuerdo —refunfuño. Dejo que me lleve hasta la roca que está justo antes de otra en la que él estaba y nos acomodamos uno al lado del otro.

Señala el cielo. Las estrellas brillan, tan nítidas que parece que podría contarlas si me lo propusiera. Y desde nuestro lugar en la roca da la sensación de que están a nuestro alrededor. Incluso debajo de nosotros. Como si estuviéramos en un universo compuesto enteramente por estrellas.

—¿Qué es eso? —pregunto, señalando una constelación circular.

Rob se ha colocado un poco más atrás de forma que una mitad de mi espalda descanse en su pecho y otra en su hombro.

—No estoy seguro. Nunca se me ha dado bien la astronomía.

—A mí tampoco.

Desliza la mano por mi brazo y luego me rodea con el suyo. Mi corazón empieza a acelerarse de nuevo, como un corredor en el último kilómetro de una maratón. Justo cuando creía que no podía ir a más, vuelve a despegar.

—Esto es raro, ¿eh? —dice. Se aclara la garganta—. Me refiero a ti y a mí.

—¿Raro?

—Vale, esa no es la palabra. Es simplemente diferente.

—Bueno, sí. Es verdad que no solemos sentarnos así. —Señalo su brazo, que aún me rodea.

—No, es cierto. —No retira la mano, sino que me estrecha con más fuerza.

Aunque quiero mantenerlo dentro, apoyar la cabeza en el pecho de Rob y disfrutar de lo maravilloso que es estar con él, hay algo que me preocupa y sé que tengo que decirlo. Me giro y le miro.

—Estoy preocupada —digo.

—¿Por qué? —Acerca la otra mano y me aparta un mechón de pelo de la cara como hizo en el baile de graduación del año pasado.

—Eres mi mejor amigo —susurro—. ¿Y si esto no sale bien?

—¿Ya estás planeando nuestro final?

—No es eso —murmuro—. Lo que pasa es que estoy preocupada, nada más.

Toma mi mano entre las suyas y aprieta el pulgar contra mi palma. Noto sus manos fuertes y suaves.

—Lo sé —dice. Y luego, con el pulgar todavía en mi palma, añade—: Pero ni siquiera te he besado aún.

Bajo la vista hacia la roca, pero sin necesidad de mirarle sé que me está mirando. Y cuando me suelta, me enmarca el rostro con las manos y levanta mi cabeza, veo que tengo razón.

Se inclina despacio. Tanto que parece que vamos a cámara lenta. Y entonces sus labios se posan en los míos. Son muy suaves y cálidos, y cuando se aparta con suavidad me doy cuenta de lo mucho que he deseado que me bese. Que en realidad es lo único que siempre he querido.

—Todo irá bien, Rosie —dice, acariciándome la mejilla—. Te lo prometo. —Y entonces me besa de nuevo y me siento tan bien cerca de él, con sus manos en mi espalda y sus labios en los míos, que me cuesta creer que hubiera un tiempo en el que solo éramos amigos.

Escena tercera

Cuando Rob me lleva a casa, estamos tomados de la mano en el asiento delantero, con mi palma apoyada ligeramente en la suya.

—¿Debería entrar? —me pregunta.

Desvío la mirada de nuestras manos entrelazadas y la dirijo a la puerta de mi casa.

—No —digo—. ¿Por qué no posponemos esta conversación? Solo un rato.

Que Rob entrara no tendría nada de raro; Rob y yo hemos salido un millón de veces y siempre pasa por casa después, pero no sé cuánto saben mis padres y cuánto estoy dispuesta a contarles.

Rob sonríe y apaga el motor, me suelta la mano y me da un beso más suave en los labios.

—Está bien —dice—. Dulces sueños, Rosie. —Son las mismas palabras con las que se ha despedido de mí desde que éramos niños, pero esta vez hace que el corazón se me agite en el pecho.

—Dulces sueños —susurro. Salgo a trompicones del coche y entro en mi casa, mareada por sus labios.

La puerta principal da a la cocina. Mis padres siempre están ahí, bebiendo té y leyendo el periódico en bata hasta medianoche. Juro que, si no fuera porque está oscuro, cabría pensar que es por la mañana.

Pero esta noche no están ahí cuando entro. Están en la sala de estar con los padres de Rob. Están hablando tan fuerte que no me oyen entrar.

—No sé qué decir —dice la madre de Rob. Está sentada en el brazo del sillón del padre de Rob. Tiene los codos sobre las rodillas y la cabeza entre las manos. Mi madre está de pie, con un vaso en la mano, y mi padre también, lo cual es extraño, porque ninguno de los dos bebe. Ni siquiera les gusta el vino con la cena.

—¿Has hablado con ellos? —pregunta el padre de Rob.

Mi padre niega con la cabeza.

—He dejado un mensaje en su despacho, pero nadie me ha contestado. —Mira a mi madre—. Ni siquiera tengo el número de su casa.

—¿Para qué llamar? —pregunta la madre de Rob—. ¿No es mejor dejar las cosas como están?

—Este es un pueblo pequeño, Jackie. Ya lo sabes. Nos encontraremos con ellos tarde o temprano —dice mi padre.

—Esto es una pesadilla —dice el padre de Rob. Parece enfadado, lo cual es nuevo para él. Tiene cuatro hijos y casi nunca alza la voz.

Mi madre da un sorbo a su bebida.

—¿Para qué vuelven ahora? —dice.

—¿No es obvio? —aduce la madre de Rob. Todos la miran con atención, irguiendo la espalda—. Quieren vengarse.

En ese preciso instante crujen las tablas del suelo bajo mis pies y las cuatro cabezas giran y me ven en la puerta.

—Rosie —dice mi madre. Se da la vuelta y debe de lanzarle a mi padre algún tipo de mirada, porque al instante deja su vaso y se acerca a mí.

—Perdón por todo el alboroto —dice.

—Hola —saludo a los padres de Rob.

La madre de Rob esboza una débil sonrisa y su padre rechina los dientes.

—Hola, chiqui. ¿Qué tal la cena?

Mis mejillas se sonrojan.

—Bien —digo—. Hemos ido a un italiano. —Todos asienten.

—Suena delicioso —dice el padre de Rob.

—¿Todo bien? —pregunto. Preguntarles a tus padres si todo va bien es casi como preguntarle a tu profesora de Matemáticas si de verdad va a poner un examen sorpresa. Ya sabes la respuesta.

—¡Oh, sí! —dice mi madre—. Solo hablamos de política.

Mi padre sonríe para secundar lo que ella ha dicho.

—Bueno, me voy a ir a la cama —digo—. Tengo Biología Avanzada por la mañana. —Les lanzo una mirada que dice: «Ya sabes», aunque nadie parece saberlo.

—Buenas noches, cielo —dice mi padre. El salón prorrumpe en un coro de buenas noches y me alejo de ellos, perpleja, y subo las escaleras. Pero no quiero pensar en la familia de Juliet ni adivinar de qué forma están involucrados los padres de Rob en lo que sea que ocurre. Esta noche se trata de Rob y de mí. Solo quiero dormirme recordando sus besos.

Escena cuarta

—¡Ya voy! —grito. Charlie está tocando el claxon fuera y yo corro de forma frenética por la cocina, alcanzo unas tostadas y me despido de mis padres. Los dos parecen un poco agotados esta mañana y están encorvados sobre sus tazas, bebiendo despacio.

—Que tengas un buen día. —Mi madre bosteza. Me planteo si preguntarles por Juliet, pero no tengo tiempo. Más tarde.

Salgo corriendo, con la tostada entre los dientes.

—Hola, *pibonazo* —dice Charlie—. ¿Te divertiste anoche?

Pongo los ojos en blanco y me monto en el coche. Olivia está en la parte de atrás, lo cual es diferente. No hemos compartido el coche las tres desde que Olivia tiene el OLIVE16.

—¿Qué pasa? —pregunto.

—Quería que me contaras qué tal tu cita —dice Olivia—. Además, mi coche lo tiene Ben.

Charlie resopla, pero Olivia no parece darse cuenta. Engancha los codos alrededor de nuestros dos asientos y se inclina tanto hacia delante que puedo oler su aroma a fresa. Olivia lleva el mismo perfume desde que la conozco. Una vez estábamos de compras y fue a comprar más. Resulta que es un ambientador en espray. Como el que se rocía en el sofá para tapar el olor a perro mojado. Se lo señalamos y nos pareció divertidísimo, pero Olivia se negó a cambiar.

—Eso es como usar Don Limpio como jabón de manos —dijo Charlie.

—No me importa —dijo Olivia—. Me gusta y no voy a cambiarlo.

Esa es una de las cosas que me gustan de Olivia. Si ella es feliz, no le importa lo que piensen los demás. Todavía se pone el pijama que tenía en quinto. Es demasiado corto, la cintura es demasiado grande y tiene caballos, pero dice que es suave y que le ayuda a dormir. Apuesto a que, si Ben se quedara a dormir, incluso se lo pondría con él.

—¿Y qué pasó? —dice Olivia—. Detalles.

—Fuimos a cenar. —Vuelvo la mirada hacia la casa de Rob mientras salimos derrapando del camino de entrada, pero nos movemos demasiado rápido para que pueda ver bien.

—Me aburro. —Charlie golpea el volante con la mano como si estuviera contando—. Ve a lo bueno.

—Vale, nos hemos besado.

Olivia empieza a quejarse y Charlie a tocar el claxon. Hace como si acabara de perder el control del coche y da un volantazo a la derecha. Me tapo los oídos y me hundo más en mi asiento.

—¿Podéis calmaros, por favor? ¡Me voy a quedar sorda!

Olivia no para de repetir: «¡Oh, Dios mío! ¡Oh, Dios mío!», hasta que Charlie le lanza una mirada por el retrovisor y se calla.

—¿Estuvo bien? —pregunta Charlie.

—Claro. —Me sonrojo y me doy la vuelta. Cuando les contaba que había besado a Jason, siempre era más o menos circunstancial. «Estábamos en una fiesta» o «Intentó hacerme un chupetón en el cuello». (Lo que, por cierto, es verdad. Fue horrible.) Nunca hablábamos de si me gustó o no. Ni de cómo fue.

—¿Claro? —Charlie se pone las gafas de sol a modo de diadema y me mira como si nunca hubiera estado tan decepcionada en su vida.

—Es Rob —digo.

—Lo sabemos —aduce Olivia—. Pero eso no responde a la pregunta.

—Estuvo bien, ¿vale? —Encojo las rodillas contra el salpicadero y mantengo la vista al frente—. Fue increíble.

—¡Lo sabía! —chilla Olivia.

—Bueno, es obvio —dice Charlie—. A ver, es Rob. Está claro que lo sería.

—Estoy entusiasmada con esto —dice Olivia.

—Sí —digo yo—. Lo sé, pero yo estoy un poco preocupada. —Por un millón de cosas. Como, por ejemplo, si esto significa que estamos juntos. ¿Debo preguntarle? ¿Va a besarme esta mañana? ¿Se lo ha contado a sus amigos?

—Está claro que le gustas —dice Olivia—. ¿Qué te preocupa?

—Es mi mejor amigo. —Las palabras salen con más aspereza de la que pretendo y de inmediato siento que Olivia se echa hacia atrás y Charlie me fulmina con la mirada.

—Ya sabes lo que quiero decir —repongo—. Mi mejor amigo chico. Mi amigo más antiguo.

—Las mejores historias de amor surgen de la amistad —dice Olivia.

—Vale. ¿Ya has estado leyendo otra novela romántica?

—Es verdad —dice Charlie—. Solo tienes que fijarte en Jake y en mí. No nos soportamos y desde luego no somos amigos. ¡Dios mío, Jake! —Golpea el volante con el dorso de la mano.

—¿Las cosas no van bien esta mañana? —pregunto.

—No, simplemente no le importa —dice, y asiente con la cabeza. Sus gafas de sol caen de nuevo sobre su cara.

—¿Qué ha pasado? —pregunta Olivia. Apoya los codos en el compartimento central y me dedica una amplia sonrisa. Tiene un trozo de arándano en los dientes y se lo digo.

—No lo sé —responde Charlie mientras Olivia saca una polvera y trata de quitarse el trozo de fruta con el dedo meñique—. A veces es cariñoso y otras es frío.

—Créeme, ya he pasado por eso —dice Olivia. Me doy la vuelta y le dirijo una mirada mordaz. Lo último que Charlie necesita oír en este momento es que Olivia critique a su hermano.

—Lo siento —dice, con el dedo aún en la boca.

—Tengo una idea —anuncia Charlie, mirando por la ventanilla y girando a la derecha.

—¿Hum? —murmuro.

—¿Y si vamos las tres juntas al baile?

—¿Qué quieres decir? —pregunta Olivia. Tiene un poco de baba en la cara y se pasa el dorso de la mano por la boca.

—Quiero decir que por qué no vamos sin los chicos. —Charlie gira para dirigirse al aparcamiento del primer piso y toca el claxon. Algunos estudiantes de primer año se dispersan. No está permitido tocar el claxon en las instalaciones del instituto. No es que esto la haya detenido nunca.

—Quería ir con Ben —dice Olivia. Hace un mohín, pero Charlie no se da la vuelta—. Rose, ¿no quieres ir con Rob?

—Sí, claro, pero no es que no vaya a estar allí. Además, tendremos que ir temprano para organizar.

—¿Qué? —pregunta Olivia. Parece consternada.

—¿CE? ¿Te acuerdas? —dice Charlie. Se detiene en una plaza y apaga el motor, pero ninguna se mueve. Charlie se desabrocha el cinturón de seguridad y se da la vuelta—. Solo digo que tenemos que permanecer juntas. Porque ahí fuera hay una auténtica batalla campal y los hombres están locos de remate.

—¿Has leído esto en el libro? —pregunta Olivia. Parece indecisa.

Las pasadas Navidades Charlie nos regaló a todas un ejemplar de *Por qué los hombres aman a las cabronas*. Dice que así consiguió a Jake, aunque (1) no estoy segura de que eso sea un logro, y (2) francamente, si está siguiendo los consejos, no están funcionando muy bien. No sé si reír o llorar porque hayamos llegado al extremo de seguir los dudosos consejos de libros sobre relaciones de mierda y ni siquiera hemos cumplido dieciocho años.

—No, hablo en serio —suelta Charlie—. Somos amigas, ¿verdad?

Olivia se encoge de hombros.

—Creo que es un gran plan —intervengo. Intento poner fin a la conversación porque acabo de ver a Rob. Está en la parte superior con Ben. El coche de Olivia está aparcado junto a ellos con las tablas de surf apiladas en el techo y Ben se está poniendo una camiseta por la cabeza. Parece que ha ido a surfear con Rob y con Jake. La familiaridad que emanan hace que me sienta inexplicablemente segura. Como si estar juntos fuera nuestro destino.

Estoy a punto de sugerir que hablemos de esto más tarde, cuando Olivia sale disparada del coche y va a atacar a Ben. Él la estrecha en un gigantesco abrazo, levantándola del pavimento. Se parecen a ese póster de la pareja besándose en París. Solía tenerlo en mi pared, pero Charlie dijo que iba a ahuyentar a los chicos y tuve que quitarlo. No es que ningún chico entre nunca en mi habitación, aparte de Rob. Y él lo había visto un millón de veces y nunca pareció importarle.

—¡Qué espanto! —dice Charlie mientras nos aproximamos a ellos. Me pasa el brazo por el hombro—. Ve a saludar. Rob no va a morderte. A menos que tengas suerte. —Mueve sus caderas como si tuviera un aro y yo pongo los ojos en blanco.

—¿Lo dices en serio?

—Muy en serio. —Me lanza un beso—. Nos vemos en clase de Español.

—Hola, Kessler —dice Rob. Le dedica a Charlie una sonrisa torcida mientras desliza un brazo alrededor de mi cintura.

No puedo creer que me esté tocando así. En público.

—Hola. Me largo de aquí antes de que mi hermano le arranque la cara a lametones. —Charlie mira la mano de Rob en mi cintura y luego a mí. Agradezco en silencio que lleve las gafas de sol, porque las expresiones faciales de Charlie suelen delatar todo lo que piensa.

—Chica lista. —Rob me acerca un poco más mientras Charlie se marcha hacia Cooper House.

—Hola —dice. Su cara está a unos centímetros de la mía y las imágenes de anoche vuelven a mí como la pólvora. Su abrigada sudadera y mi cabeza contra su pecho. Sus manos en mi cara. Sus labios en los míos.

Hoy está guapísimo con sus pantalones cortos de color caqui y su camiseta azul.

Todavía tiene el pelo un poco mojado por el surf y hay algunas gotas de agua en la espalda de su camiseta.

—¿Qué tal has dormido? —pregunta.

Me acerco un poco más a él y murmuro:

—Bien. ¿Y tú?

—Sí, lo mismo. —Ahueca la mano sobre mi codo para que nuestros torsos se toquen. Tengo su cara justo encima de la mía y la acerca para que nuestros labios estén a un suspiro de distancia. Cierro los ojos, dispuesta a que me bese, pero Olivia se acerca en ese preciso instante.

Rob aparta de inmediato la mano de mi cintura y yo debo parecer decepcionada, porque Olivia se muestra avergonzada.

—Siento interrumpir, pero Ben te necesita —dice.

—No hay quien aguante a tu novio —dice Rob, pero sonríe.

Esa es una de las cosas que me gustan de él. Nada le molesta demasiado tiempo.

—¡De eso nada! —exclama Olivia, pero me doy cuenta de que está contenta. Nunca había llamado a alguien su «novio» y ahora no corrige a Rob.

—Sois adorables —dice cuando él se ha ido—. En serio, perfecto.

No digo nada, pero en el fondo yo también estoy contenta. Todo parece ir bien. Como si por fin todos estuviéramos donde debemos estar. Estar con Rob es lo único que me faltaba, lo que hace que mi vida tenga sentido.

—¿Quién es? —pregunta Olivia.

—¿Quién?

—Ese. —Señala un Mercedes blanco que acaba de aparcar junto al coche de Charlie. Demasiado cerca. Todo el mundo sabe que Charlie se pone como loca si alguien se acerca a menos de un metro del Big Red. Y ese Mercedes no pertenece a ningún estudiante de último año de este instituto. Olivia tiene el coche más bonito del campus.

—Es probable que sea un padre. —Me encojo de hombros, pero Olivia niega con la cabeza. Se está apeando una chica.

Lo primero que noto es que tiene el pelo rubio. El tipo de rubio que Charlie llama «con receta», lo que significa que necesitas mucha ayuda química para conseguirlo. Lo segundo es que tanto su bolso como sus gafas de sol parecen mucho más grandes que ella.

Olivia y yo nos miramos y se arrima a mí.

—Viene de Los Ángeles —dice—. Sin duda. —Se cruza de brazos y la correa se desliza hasta el codo, de modo que su mochila de Miami cuelga peligrosamente cerca del suelo. No parece contenta.

—¿Estamos recibiendo nuevos estudiantes? —pregunto. Pero antes de que me dé tiempo a pensar en mi propia pregunta, ya sé quién es. La chica del periódico. Mi prima. Juliet.

—¿Qué haces? —espeta Olivia, pero me sigue hasta el coche, donde Juliet está ocupada descargando libros.

—Hola.

No suelo ser yo quien se ocupe de dar la bienvenida, ya que es Charlie quien acostumbra a desempeñar ese papel. Bueno, más bien lo que hace es que la gente nueva sienta miedo; Charlie no es exactamente de las que dicen: «Ven a unirte a nuestro círculo». Pero Juliet es mi prima. Que no hayamos sido amigas desde hace diez años no significa que no podamos empezar ahora. Es la única familia que tengo, aparte de mis padres.

—Hola —contesta. Me doy cuenta de que me mira de arriba abajo a pesar de que lleva puestas las gafas de sol. Además, lo hace despacio, como si no tratara de ocultarlo.

—¿Sabes quién soy? —balbuceo y sacudo la cabeza—. Quiero decir que somos primas. ¿Rosaline Caplet? —Me doy un golpe en el pecho como si tuviera una etiqueta con mi nombre.

Ella se aparta el pelo de los hombros.

—Sí, lo sé.

Me siento aliviada, hasta que me doy cuenta de que no añade nada más.

—Esta es Olivia —digo, por decir algo.

—Hola —dice Olivia. Tiene un ojo puesto en mí y el otro en Juliet. Intento ver lo que ella ve. Juliet es guapa. No es preciosa como Charlie, pero desde luego es atractiva. Siempre lo ha sido.

—Creo que no nos vemos desde que teníamos unos siete años. —Paso el pie de un lado a otro de la acera. De repente no quiero mirarla. Me pregunto si se acuerda del incidente de la muñeca.

—¿Rob todavía vive aquí?

—¿Qué? —Olivia responde por mí.

Juliet me mira.

—¿Rob Monteg? Seguro que te acuerdas. Erais buenos amigos.

—Sí, claro. Todavía vive aquí. —Puedo sentir los ojos de Olivia sobre mí, pero no digo nada más. De todas formas, no sé qué decir. ¿Que ahora Rob es mi novio? ¿Es eso cierto?

—Ha pasado mucho tiempo —dice, pero no está claro si me habla a mí o a sí misma.

—Así que ¿os acabáis de mudar? —pregunto, desviando la conversación de Rob.

Ella asiente con la cabeza.

—¿Te lo han dicho tus padres?

Niego con la cabeza.

—La verdad es que no. Lo vi en el periódico.

Ella sonríe un poco y cierra el coche.

—Es lógico.

—Esto es un poco raro —digo—. Ha pasado una eternidad.

—Sí —conviene, pero una vez más, no añade nada.

De pequeña solía imaginar este momento una y otra vez. Qué le diría si alguna vez volviera, si alguna vez pudiera verla de nuevo. Si la perdonaría, me disculparía o le echaría los brazos al cuello y le rogaría que jugara a las muñecas conmigo. Pero ahora tenemos diecisiete años, no siete, y no sé cómo actuar. A Rob se le da mejor esto. Puede hablar con cualquiera, de cualquier cosa. Una vez fuimos al Colonial Williamsburg en un viaje con nuestros padres y habló con el zapatero durante una hora sobre su amor mutuo por los Lakers. Ni siquiera sabía que la gente de allí veía la televisión, pero Rob se lo sonsacó. Su sonrisa derrite a la gente. Acaban soltando la lengua.

—Bueno, ¿dónde vivís? —pregunta Olivia.

—En una casa junto a la playa —dice—. Está bien.

—Genial. —Olivia me lanza una mirada que dice: «Buena suerte con eso» y se gira para volver con Ben—. ¡Encantada de conocerte! —dice por encima del hombro.

Juliet sonríe, pero se muestra estirada. Y no saluda. Es una sonrisa que encaja mucho mejor con la chica que decapitó a mi Barbie favorita que con la que fue mi mejor amiga en el jardín de infancia.

—¿Necesitas ayuda para encontrar las aulas o algo? Los jueves no tenemos reunión, así que vamos directamente a primera hora.

—Tengo que encontrar a... —Rebusca en su gigantesco bolso y saca un papel—. El señor Johnson —dice.

—Es probable que esté en su despacho en Cooper House —digo—. Vamos, te lo enseñaré.

Empezamos a caminar. Rob, Ben y Olivia se encaminan hacia Cooper House a cierta distancia, pero decido no llamarles.

—¿Cómo es que empiezas hoy?

—Ayer estábamos en Italia —dice—. Mi padre no pudo volver.

Italia. Sí, claro. Recuerdo cuando solíamos hacer *pizzas* juntos en casa de Rob. Supongo que la vida es bastante diferente ahora.

—Suena emocionante.

—Supongo —dice con rotundidad.

De acuerdo.

—Entonces, ¿por qué habéis vuelto?

—Mi madre quería un cambio. Los Ángeles cansa después de un tiempo. —Se cuelga la mochila. Es de Tod's. De cuero blanco. Del tipo que Olivia quería comprar este año.

—¡Ajá! Seguro que sí.

—¿Has vivido alguna vez allí?

—¡Oh, no! —digo—. Pero, ya sabes, lo entiendo. —Por supuesto que nunca he vivido allí. La habría llamado. Habríamos sido amigas, ¿no?

Me lanza una mirada que asumo que significa que no lo entiendo ni por asomo. Por suerte, hemos llegado al despacho del Johnson. Así que, por ahora, mi tiempo con Juliet toca a su fin.

—Aquí está tu parada. Debería estar ahí. —Señalo a la izquierda, pasada la entrada.

—Gracias.

—Solemos almorzar en el patio, por si quieres unirte a nosotros. Y supongo que nuestras familias se reunirán, así que ya nos veremos. —Me viene a la cabeza la imagen de los padres de Rob y de los míos en nuestra sala de estar anoche. Algo me dice que no están tan interesados en reavivar la amistad como yo. Y yo lo estoy. Verla de nuevo me hace recordar lo unidas que estábamos y cuánto la echo de menos, aun después de tantos años. Tal vez baje la guardia cuando se haya instalado.

—Claro —dice Juliet. Esboza una sonrisa y parece sincera, o al menos la más sincera que ha conseguido simular hasta ahora. Miro el reloj y ya llego un minuto tarde a Español. Charlie me va a matar. Abro la boca para despedirme, pero me encuentro con su espalda. Ya ha echado a andar.

Escena quinta

—Le estaba diciendo a Jake lo ridícula que era su idea —dice Charlie—. ¿A quién se le ocurriría acampar frente a una cafetería de veinticuatro horas? No es el estreno de *La guerra de las galaxias* ni nada que se le parezca. Es solo una cafetería.

—Por eso quiero a Ben —dice Olivia—. ¡Es tan imprevisible!

—¿Que le quieres? —Charlie suelta una carcajada y parte de su sándwich sale volando por la mesa.

—No, no quería decir eso —dice Olivia, sonrojada—. Ya sabes lo que quería decir.

—Es que no lo entiendo. —Charlie suspira—. Le pido a Jake que piense un plan divertido para el fin de semana, ¿y esto es lo que se le ocurre?

—¿Quiere que acampéis frente a una cafetería? —pregunto. Estoy sentada en la mesa bebiendo una Coca-Cola. Hoy he dejado de lado el agua con gas. Necesito la cafeína.

—Sí —dice Charlie—. Está claro que mi vida es de risa.

Olivia asiente con la cabeza y Charlie la empuja.

—Solo intento ser comprensiva —murmura Olivia—. De todos modos, creía que íbamos a ir a Malibú.

—No podemos ir a Malibú. Tenemos baile en el instituto. Un baile que estamos organizando. —Charlie me mira y me sorprende ver que sus ojos se llenan de lágrimas—. Estoy muy harta de hacerlo todo yo sola.

—No puedes dejar que te afecte así —le digo. No puedo creer que esté tan disgustada por Jake. En fin, es Jake. Todavía cree que los chistes de pedos son divertidos y se refiere a sus padres por sus nombres de pila.

Pero entonces me doy cuenta de que estoy muy equivocada y podría darme una patada por ser tan estúpida. No está pensando en Jake. Está pensando en su madre. Se aprieta las sienes con las yemas de los dedos y no puedo evitar acercarme, apoyar la cabeza en su hombro y rodearla con los brazos. Pero no me lo permite. La hora del almuerzo en el patio no es el lugar en el que ella quiere hablar de la muerte de su madre. En realidad, no es que le guste hablar de ella. Creo que hemos tenido exactamente dos conversaciones al respecto desde que su madre falleció en séptimo curso. La primera fue cuando empezamos el instituto. Mi madre nos llevó a comprar ropa para la vuelta a clase y Charlie se puso a llorar en el probador, diciendo que no estaba segura de si debía comprar ese jersey negro porque su madre siempre decía que estaba mucho más guapa de color.

La segunda vez fue cuando decidió acostarse con Matt. Sabía que su madre no lo aprobaría y empezó a hacerme un montón de preguntas locas sobre si yo creía en Dios y sobre qué pasaba si la religión tenía razón e íbamos a ir al infierno. Porque, ¿cómo podríamos saberlo?, dijo.

El comentario de Charlie nos ha hecho callar a las tres y no estoy segura de que Olivia entienda por qué, pero tampoco dice nada.

Cuando su madre enfermó, Charlie se quedó a dormir en mi casa durante una semana. Se negó a ir a la suya. Ni siquiera hablaba con su madre por teléfono. Recuerdo que estaba aterrorizada. Creo que su reacción me asustó más que el que su madre muriera. Charlie puede ser dura a veces. Muy inflexible y decidida. Parecía que fuera incapaz de elaborar una teoría sobre la muerte y que no pensaba volver a casa hasta que no lo hiciera.

—Si tuvieras que hacer una lista con los más guapos de nuestra clase, ¿quiénes serían los cinco primeros? —pregunta Olivia, con aire pensativo.

—¿Tienen que ir por orden? —pregunta Charlie. Parece agradecer el cambio de tema.

—Sí, pero tiene que ser objetivo. Por ejemplo, no puedes poner a Jake el primero.

—Bueno, ¿y si creo que Jake es el más guapo?

Olivia lo considera.

—Supongo que vale. Así que tendríamos a Jake; a Ben, obviamente, y a Rob. Por supuesto a Matt... —Charlie parece asqueada al oír el nombre de su ex, pero Olivia continúa—: Charlie, vamos. Es verdad.

—¿A quién pondrías tú? —me pregunta Charlie.

—Supongo que a Rob.

Olivia asiente mientras escribe. Levanta la vista, un tanto avergonzada.

—¿Sabes a quién más pondría?

—¿Hum? —pregunta Charlie, dejando su sándwich.

—A Len. —Olivia se muerde el labio y mira a Charlie.

—¿A Len? —Charlie se resiste.

—Estás de coña —me hago eco.

Olivia mira hacia la entrada de la cafetería con los ojos entrecerrados. Len está hablando con Dorothy Spellor. Me pregunto si están saliendo, pero lo dudo. No sé por qué, pero no parece precisamente apto como novio.

—Eso es nauseabundo —dice Charlie.

—No lo veo —apostillo—. Tiene el pelo graso.

—Exacto —dice Olivia, enarcando las cejas—. Es sexi.

—¿También te atrae el chico de la ventanilla del McDonald's? —pregunto.

—Muy graciosa. —Olivia vuelve a mirar su lista—. Tiene algo interesante, ¿sabes? Me da que no es lo que aparenta. Que hay cosas que no sabemos de él.

—Es un idiota —replica Charlie—. En realidad, es lo único que necesito saber.

Vuelvo a mirar a Len. Está haciendo malabares con dos manzanas y le lanza una a Dorothy. Ella sonríe.

—Hola.

Me doy la vuelta y Juliet está aquí. Ha cambiado de atuendo desde la última vez que la vi o tal vez solo sea que ahora lleva una rebeca rosa chillón encima del vestido blanco. Lleva una bandeja con un sándwich y una manzana. Me alegro de que haya decidido unirse a nosotras. Tal vez sea un primer paso.

—Aquí, siéntate. —Señalo el asiento junto al mío y Olivia se aparta de mala gana.

Charlie me mira de reojo enarcando una ceja; «¿Quién es esta chica?». Las únicas personas que comen con nosotras son Jake, Ben y Rob, y tal vez Lauren, pero por lo general solo si la reunión de la tarde del CE se ha cancelado o tenemos asuntos que discutir. Charlie diría que invitar a un desconocido a sentarse con nosotros sin consultarlo primero con los demás no es un comportamiento apropiado en el patio. Pero Juliet no es una desconocida. Es mi prima.

—Hola —dice Olivia. Levanta la mano de la mesa y saluda—. ¿Qué tal tu primer día? —Sus palabras son un poco confusas. Tiene la manzana del almuerzo metida en la boca.

Charlie se aclara la garganta y yo la interrumpo.

—Lo siento. Esta es mi prima, Juliet. Juliet, ella es Charlie. —Señalo a Olivia con gesto despreocupado—. Os habéis conocido esta mañana.

Charlie sonríe con frialdad.

—Eres de Los Ángeles, ¿verdad?

—Sí —dice Juliet. No pregunta de dónde ha sacado Charlie la información, pero ¿por qué iba a hacerlo? Su traslado se anunció en la primera página del periódico. Seguro que está acostumbrada a que los desconocidos conozcan la historia de su vida.

Juguetea con los bordes de su servilleta y todos empiezan de nuevo a comer, más o menos.

—¿Y qué pasa con los chicos de esta escuela? —pregunta Juliet.

—¿Tienes novio en tu ciudad? —dice Olivia.

—La verdad es que no. Mis padres creen que sí. Un becario de la oficina de mi padre. —Agita la mano libre como si la idea fuera ridícula—. Se llama Paris. ¿Os lo podéis creer?

Olivia sonríe.

—Una vez salí con un chico llamado «el belga».

—Ese no era su verdadero nombre —interrumpe Charlie—. De todos modos, los chicos de aquí están bien. Los toleramos. Bueno, dejando a Rose a un lado.

Charlie me guiña un ojo y puedo sentir que se me calienta la cara. «Por favor, no digas su nombre. Por favor, no digas su nombre.»

—¿Qué te pasa? —pregunta Juliet.

—Nada —digo. Miro fijamente a Charlie y busco su pierna por debajo de la mesa.

—Está saliendo con el mejor chico del insti —informa Charlie, sin inmutarse—. Es muy injusto. Es el único bueno.

—¡Oye! —interviene Olivia.

—¡Oh, por favor! —Charlie pone los ojos en blanco—. Ben es mi hermano. Estoy en mi derecho de llamarle «imbécil».

—Hasta ahora solo he visto a uno que me parece bastante sexi —dice Juliet.

—¿Sí? —inquiere Charlie, inclinándose hacia mí—. ¿Es Len? —Mira a Olivia y le guiña un ojo.

Juliet se encoge de hombros.

—No sé su nombre. No nos conocemos. Pero es guapo. Camiseta azul, pantalones cortos caqui. Un cuerpo increíble. Es mi tipo.

Trago saliva con fuerza.

Hoy Rob lleva una camiseta azul. Rob también lleva pantalones cortos de color caqui. ¿Es posible que no le reconozca después de tantos años?

Está claro que Charlie no se ha dado cuenta, porque murmura algo sobre que le señale.

—Eres guapa y los chicos de este instituto son idiotas —dice, mirando a Juliet—. Sé que todo es un juego tonto, pero si te interesa, no te irá mal.

Charlie tiene una regla sobre los nuevos amigos. Es muy simple: no hace nuevos amigos. Al menos, no buenos. Dice que la lealtad es algo difícil de encontrar y que una vez que la encuentras, te aferras a ella. No confía en la gente nueva. Tardó casi un año en llegar al punto en que realmente dejó entrar a Olivia. Sé que Charlie no está siendo demasiado cordial con Juliet, pero me impresiona que sea tan amable.

—¿Vas a venir al baile mañana? —pregunta Olivia.

Juliet levanta la vista de su sándwich.

—No sabía que había uno.

Olivia asiente con entusiasmo.

—El baile «Vuelta al insti». Lo hemos organizado nosotras. Estamos en el comité social.

—Somos el comité social —la corrige Charlie. Me doy cuenta de que está deseando que Olivia deje de hablar. Las dos sabemos a dónde va a ir a parar esto.

—Pero hemos decidido no traer pareja —dice Olivia.

—¿Por qué? —Juliet parece desanimada, pero cuesta saber si es solo su cara normal. Todo parece ofenderla un poco.

—¿Vamos a pasar un rato de chicas? —Olivia mira a Charlie para aclararlo. Charlie se limita a poner los ojos en blanco—. De todos modos, puedes venir con nosotras —dice Olivia.

—Gracias. —Juliet mira a Taylor Simsburg al pasar.

Olivia se da cuenta y abre la boca para objetar, pero Charlie habla primero.

—Bueno, aquí vienen los Tres Mosqueteros —dice.

Ben, Jake y Rob se dirigen hacia nosotras. Jake lleva una gorra de béisbol, así que sé de inmediato que va a pelearse con Charlie. Están prohibidas en el instituto y Charlie no para de decir cosas como: «¿Por qué no te metes en problemas por algo que valga la pena?».

Rob, como pensaba, lleva una camiseta azul y unos pantalones cortos de color caqui.

—¡Es él! —exclama Juliet en cuanto aparece.

No se ha mostrado tan animada por nada en todo el día. Ni siquiera por Italia.

—¿Quién? —pregunta Charlie. Ya está acusando. Ninguno de los tres es una buena opción.

—El de la camiseta azul —dice Juliet, sin captar el tono de Charlie. Saca un tubo de brillo de labios de su bolso Tod's. Yo dejo mi sándwich. De repente siento que voy a vomitar el almuerzo.

Charlie abre mucho la boca y me mira, pero cuando se dispone a decir algo, los chicos ya están en la mesa. Juliet se limpia de forma delicada las comisuras de la boca con una servilleta. Me pregunto cuál es su jugada estratégica. Sea lo que sea, tengo la sensación de que estoy a punto de verla.

Por suerte, Rob se acerca y se coloca justo detrás de mí, poniendo sus manos sobre mis hombros. Apoyo la cabeza en su estómago y cierro los ojos un breve instante. Es lo más atrevido que me he mostrado con él en público, pero quiero hacer algo para demostrarle a Juliet que no está disponible. Que es mío.

—Esta es Juliet —le dice Olivia a Ben, que se ha colocado a su lado y está comiendo de su plato.

—No tienes modales —anuncia Charlie.

—Díselo a papá —replica Ben, guiñando un ojo.

Rob quita una mano de mi hombro y se la ofrece a Juliet.

—Ha pasado una eternidad —dice—. Me alegro de volver a verte.

—¡Oh, Dios mío! ¿Rob?

Rob se ríe.

—Sí, soy yo —confirma con suavidad y deja que su mano roce la parte posterior de mi brazo.

Asiente con la cabeza y se muerde el labio inferior. La observo con atención. Puede que sea esa. La jugada estratégica, quiero decir. Es difícil saberlo. Casi todo en ella parece..., bueno, premeditado. Como si tuviera un plan. Lo que no parece es sorprendida. No está sorprendida de que Rob esté conmigo. Ni siquiera se arrepiente de haber dicho que es sexi.

—¿Qué tal tu primer día? —pregunta.

—Supongo que bien —dice, sin quitarle los ojos de encima—. Ahora mejor. —Se apresura a mirarnos a Charlie y a mí para demostrar que no se refiere solo a Rob—. Oye, ¿vas a ir al baile de mañana?

Durante un segundo no estoy segura de a quién se dirige, pero entonces Rob aparta la mano de mi pelo y veo que Juliet tiene la vista clavada en él.

—Creo que sí —dice.

—Sé mi pareja.

Es imposible que la haya escuchado bien. No acaba de invitar a Rob, mi Rob, a ser su pareja en el baile del instituto. Rob tiene su mano en mi hombro. Nos estamos tocando.

—¡Oh, vamos, Rose! —dice Juliet—. Vosotras vais a ir juntas. Préstamelo. No conozco a nadie más. Y estaría bien ponernos al día. —Su tono de voz ha cambiado. Me habla como si fuéramos primas. Como si nos conociéramos desde siempre y me pidiera prestado mi jersey gris. No a Rob.

Miro a Charlie. Estoy desesperada por que diga algo, lo que sea, pero le ha quitado la gorra de béisbol de la cabeza a Jake y la está agitando. Tan lejos está, que bien podría estar en los cubículos de Matemáticas. Olivia le susurra algo a Ben y se ríe. Estoy yo sola.

Rob declinará la proposición. En cualquier momento dirá: «Lo siento, pero no» o «Deberías ir con las chicas». Pero no dice ninguna de esas cosas. Me doy la vuelta y él la está mirando fijamente. Su expresión ha cambiado. Parece confuso. Como si no supiera la respuesta. «¿Cómo es posible que no sepa la respuesta?»

—Vamos —dice Juliet de manera pausada—. Es solo un baile. —Se muerde el labio de nuevo.

—En realidad deberías venir con nosotras —intervengo—. Será divertido y nos prepararemos en casa de Olivia. Su casa es del tamaño de Texas. —Estoy haciendo todo lo posible, pero seguro que la casa de Juliet está mejor abastecida que la de Olivia. Dudo que esto la tiente.

—Quiero ir con Rob —dice Juliet.

Ese es mi problema: nunca me han gustado los enfrentamientos. Desde que era pequeña, me aterroriza molestar a la gente. Prefiero mantener la paz. Por lo general está bien, pero también significa que no tengo ni idea de qué hacer ahora. Charlie es la que puede regañar a la gente, la que no tiene problemas para defenderse. ¿Y yo? Bueno, estoy acostumbrada a apoyarla.

Todavía me debato por cómo manejar esto cuando escucho a Rob hablar detrás de mí. Una sola palabra:

—Claro.

«¿Claro?» ¿Eso es un sí? No puedo haberle oído bien. Necesito algún tipo de aclaración. Que alguien me diga que no, que Rob no acaba de aceptar acompañar a mi prima, Juliet, al baile del instituto. Mi prima, Juliet, que piensa que Rob tiene un cuerpazo. Mi prima, Juliet, a la que no podría importarle menos yo o que Rob y yo estemos más o menos saliendo.

—Genial —dice Juliet—. Entonces todo arreglado. Tengo que irme.
—Recoge su bandeja. No ha tocado nada del contenido—. *Ciao* —dice a
la mesa. Tengo la sensación de que esa es su despedida normal. Y que la
vamos a escuchar mucho.

Charlie se despide con la mano. Continúa gritándole a Jake.

—Hasta luego —me dice Juliet. Y, a continuación, un poco más bajo—:
Me alegro de haber vuelto. Creo que va a ser un gran año.

Charlie dijo lo mismo ayer y ya parece que fue hace una eternidad.
Aunque tengo a Rob y debería estar entusiasmada, no puedo evitar temer
que ambos puedan estar equivocados.

Escena sexta

—De verdad que no puedo creer que esto te parezca bien —dice Charlie.

Estamos todas en casa de Olivia, preparándonos para el baile. Estamos en su habitación, con la ropa desparramada por todas partes y páginas arrancadas de viejas ediciones de *InStyle* y *Glamour* en el suelo, de las que intentamos sacar ideas. Es un desastre, pero no importa. Diez minutos después de que nos vayamos lo habrán recogido todo.

La casa de Olivia se parece más a un hotel que a una casa. Tiene su propia *suite* con baño de mármol, vestidor y salón. Podrías pasar un año en su casa y no tener que salir nunca. Una vez intentamos hacerlo durante el fin de semana, pero Matt Lester acabó dando una fiesta el sábado por la noche, así que no pudimos llegar hasta el final.

En la sala de estar de su dormitorio nunca faltan nuestros aperitivos favoritos (regalices, piruletas y gominolas), y tiene todos los canales a la carta para que puedas ver cualquier película que te apetezca en el momento que quieras. En nuestra casa no tenemos eso. Ni siquiera tenemos HBO. A mis padres nunca les ha gustado la televisión. No tuvimos televisión por cable hasta que cumplí quince años.

Pero esta noche no hay tiempo para darnos un capricho con los regalices. Llegamos tarde. Teníamos que estar allí para organizar las cosas hace media hora y me siento muy culpable por haber abandonado a Lauren. Me la imagino de pie en el patio sujetando las luces para colocarlas, mirando a su alrededor en busca de ayuda. La regla de Charlie de no llegar nunca tarde no se aplica a las funciones, pero esta noche desearía de veras que así fuera. Me molesta, y haciendo caso omiso del comentario de Charlie, le pregunto de nuevo si alguien le ha enviado un mensaje.

—Creía que lo habías hecho tú —dice Olivia. Está en su tocador, secándose los labios y mirándose al espejo. Tiene el pelo rubio rizado, producto de unos setenta y cinco minutos con su rizador. Charlie está de pie junto a ella, tratando de apartarla a base de golpes de cadera. Charlie lleva el pelo recogido y unos cuantos mechones rizados enmarcan a la perfección su rostro de manera atractiva. En los bordes del espejo hay fotos nuestras desde el primer año. Hay una haciendo una pirámide humana en el patio trasero de Charlie de cuando intentamos que San Bellaro creara un equipo de animadoras. Sin embargo, abandonamos la idea una semana después, cuando Charlie se negó a aceptar a nuevos miembros, y nos dimos cuenta de lo atlético que era. Hay algunas fotos de Malibú y una de Olivia y Ben comiendo helado. Debe de ser nueva. Me pregunto quién la habrá tomado.

Agarro mi teléfono y envío un mensaje de disculpa a Lauren: «Vamos con mucho retraso. Lo siento. Llegaremos lo antes posible».

Dejo el teléfono y enseguida compruebo si ha respondido. No lo ha hecho.

—Es cierto —dice Olivia—. Lo estás llevando muy bien.

Me encojo de hombros y les digo lo mismo que Rob me dijo ayer.

—Es mi prima. Solo me está haciendo un favor.

—Menudo favor —replica Charlie, poniéndose su vestido rojo.

—Antes también eran amigos. Además, ella no lo sabía —digo.

—Como quieras —dice Charlie—. Pero no está bien.

—Ni siquiera va a recogerla —añado—. Y, además, no es mi novio. —Quiero añadir «Todavía no», pero no lo hago.

—Es que pensaba que esta noche podría ser «la noche» —dice Charlie.

—¿Qué noche?

—Que Rob y tú... Ya sabes.

—¡Oooooh! —dice Olivia—. ¿En serio?

—No —digo—. ¡Venga ya! Nos acabamos de besar. —Me sonrojo al recordar los labios de Rob sobre los míos. Se suponía que iba a venir anoche, pero tuvo que quedarse a ayudar a su padre a reparar un coche.

Su padre está obsesionado con los coches antiguos y Rob y él llevan arreglándolos juntos desde que Rob era un niño. Es bastante tierno que lo hagan juntos, los dos solos. Su padre los vende después. A veces vemos a alguien conduciendo uno por la ciudad, y Rob dice: «Ahí va otro Monteg». De todos modos, cuando terminaron, ya eran las nueve y él tenía que hacer los deberes. Sé que esto no significa nada necesariamente. Rob nunca deja de lado los planes con su padre. Es algo que respeto mucho de él. Pero me gustaría saber un poco más de lo que puedo esperar esta noche. Sobre todo, porque no vamos a ir juntos a este baile y solo acabamos de darnos unos pocos besos junto al acantilado.

Aun así, no puedo evitar pensar en lo que dice Charlie. Quizá no sea esta noche, pero ¿y si Rob y yo nos encaminamos hacia una relación de verdad? Supongo que habría sexo. A veces nos imagino a Rob y a mí en la cama, pero por lo general se limita a abrazarme, con su mano acariciando mi pelo.

—¿Crees que a Ben le gustaría el azul o el amarillo? —pregunta Olivia. Se ha acercado al espejo de cuerpo entero y sostiene dos vestidos, alternándolos frente a su cuerpo.

—El azul —dice Charlie—. Le gusta mucho el azul. ¿Has visto su habitación? Hasta sus sábanas son...

Deja de hablar y se vuelve hacia el espejo. Olivia mira hacia otro lado y veo que se está sonrojando.

—Me gusta el azul —apostillo.

—¿Qué vas a ponerte tú? —pregunta Charlie.

Señalo hacia la cama de Olivia, donde he dejado mi vestido. Es plateado y lo elegí con mi madre este verano en una de esas tiendas junto al mar que siempre huelen a popurrí.

—Tiene que ser tuyo —me dijo mi madre, tomándolo del expositor y tendiéndomelo.

Mi madre siempre escoge cosas para mí que son, bueno, un poco indecentes. No creo que sea porque quiera que me vista de forma provocativa. Es que siempre dice cosas como: «Solo se es joven una vez» o «Ese jersey parece demasiado anticuado para ti». Charlie dice que tengo suerte. Antes tenía que cambiarse de ropa en el baño del instituto. Pero eso era antes de que su madre enfermara. Ahora puede ponerse lo que quiera.

—No sé —le dije a mi madre—. Es un poco... llamativo.

—Exacto —repuso ella, y me empujó al probador.

Sabía que íbamos a comprarlo antes incluso de ponérmelo. La parte superior tiene cuello halter, con la espalda al descubierto. Es corto, pero no demasiado, y de un tono plateado muy brillante. Me sentí fuera de lugar con él puesto, incluso tonta, pero cuanto más se entusiasmaban la vendedora y mi madre, más sentía que no estaba tan ridícula.

Cuando me lo llevé a casa esa noche, me lo probé con unos zapatos de tacón azul claro y me sentí..., qué sé yo..., guapa. Como si fuera otra persona. Alguien en una película o en una revista. Incluso Charlie u Olivia. Cuando me lo puse, me sentí el tipo de persona que debe llevar un vestido así. En el fondo espero que tenga el mismo efecto esta noche. Y que Rob se dé cuenta.

Me lo pongo y Charlie empieza a gritar.

—¡Estás muy guapa! —exclama Olivia—. Rob va a perder la cabeza. —Pongo los ojos en blanco, pero por dentro estoy entusiasmada. Me siento llena de posibilidades. Esta noche se presenta ante mí como un océano. Parece vasto, sin límites. Como si pudiera flotar en él para siempre.

—Tenemos que irnos —digo. Miro mi teléfono. Ya llevamos cuarenta y cinco minutos de retraso, lo que significa que el baile ya habrá empezado cuando lleguemos.

—Lo sabemos, lo sabemos —aduce Olivia. Corretea por su habitación con un pequeño bolso de mano, metiendo cosas adentro. Charlie se queda de pie, sonriéndome.

—¿Qué? —pregunto—. ¿Qué estás mirando?

—Nada —dice, simulando que se ahoga—. Es que estoy muy orgullosa.

—Ya está —dice Olivia, cerrando su bolso—. ¡Que empiece la fiesta!

Salimos de su habitación al pasillo. La escalera de Olivia es gigantesca, con una enorme araña de cristal que cuelga del techo justo en el centro del vestíbulo. Es el tipo de escalera por la que te imaginas bajando el día de tu boda. Charlie desciende de forma ostentosa y luego seguimos a Olivia hasta la cocina mientras nuestros tacones repiquetean en el suelo de mármol.

—Oigo a las tropas —dice su padrastro. La madre de Olivia y él están persiguiendo a los dos hermanos pequeños de Olivia alrededor de la mesa. Su madre levanta la vista para dedicarnos una sonrisa extenuada. Uno de los hermanos pequeños de Olivia, Josh, se lanza contra ella.

—¡Si me tocas, te mato! —grita Olivia, pero ya se está agachando para devolverle el abrazo—. Pero mantén tus manos donde pueda verlas —dice, alborotándole el cabello.

—Estáis impresionantes, chicas —dice la madre de Olivia—. Gabe, ¿dónde has puesto el móvil? —El padrastro de Olivia lo agarra de la encimera de la cocina y nos hace un gesto para que le sigamos fuera de la cocina.

La madre de Olivia nos coloca en la puerta principal.

—Una, dos, tres —dice—. ¡Sonreíd! —Tiene la pierna extendida para evitar que Drew nos asalte y el otro brazo colocado sobre el hombro del padrastro de Olivia. Es una postura de equilibrio impresionante.

Charlie se pone la mano en la cadera y estira el brazo, Olivia mueve los hombros y yo, como siempre, me quedo en medio, sin saber muy bien qué hacer. A diferencia de ellas, yo no tengo una pose de foto característica.

—Si colocas la mano en la cadera, te quita dos kilos —dice Olivia entre dientes.

Apenas tengo tiempo de entender lo que dice antes de que Charlie me arrastre hasta la puerta y nos metamos todos en el Big Red mientras la madre de Olivia nos grita:

—¡Divertíos! ¡Tened cuidado!

Todo el mundo está ya en el patio cuando llegamos al campus. Lauren no ha respondido a mi mensaje, pero nos saluda con la mano, con aspecto despreocupado. Lleva un vestido lencero de color violeta que deja ver sus delgados hombros. Lleva el pelo rubio rojizo recogido en un moño.

—Lo siento mucho —digo—. ¿Qué podemos hacer?

Me hace un gesto con la mano.

—Nada —dice—. En serio, no hay problema. Ya está todo listo.

Ha hecho un gran trabajo. El patio está lleno de luces centelleantes y farolillos de papel. Los árboles están adornados con espumillón plateado y dorado, y en la pasarela hay colgadas guirnaldas de flores. Me recuerda a *El sueño de una noche de verano*, una obra que vi una vez con mi madre en Los Ángeles. Entonces tenía diez años y no entendí mucho, pero recuerdo que el escenario parecía una especie de reino de las hadas. Como algo mágico.

Los estudiantes se arremolinan bebiendo sidra de manzana en copas de champán. No parece un baile escolar más. Parece encantado, importante, como si esta noche pudiera estar pasando algo especial.

Diviso a Jake, a Ben y a Rob junto a la mesa del ponche con Charlie y con Olivia. Rob lleva chaqueta, que es algo que nunca se pone. No para de tirarse de las mangas. En realidad, resulta adorable lo incómodo que parece. No veo a Juliet por ningún lado. No debe de estar aquí todavía.

En el tiempo que he tardado en hablar con Lauren, Charlie y Jake ya han empezado a discutir y Ben y Olivia están a punto de liarse. Ella le está haciendo su jugada estratégica, sacando el pecho y estirándose, y él tiene los brazos alrededor de su espalda.

Vuelvo a mirar a Rob. Está muy guapo con su chaqueta y sus pantalones grises. Lleva una camisa a cuadros rosas y blancos. Es una de mis favoritas y nunca se la pone.

Quiero acercarme y abrazarle, pero entonces recuerdo que, técnicamente, ni siquiera ha venido conmigo. No me he permitido pensar demasiado en ello. Solo mantengo la esperanza de que mi prima no aparezca.

Mientras cruzo el patio, empieza a sonar *Kokomo* de los Beach Boys.

—¿Sabes? Creo que he estado en todos los lugares de esta canción —dice Olivia. Extiende los dedos y cuenta siguiendo la letra—. Sí, en los siete.

—Eres una esnob —dice Charlie. Parece que a Ben este comentario le ha parecido entrañable, porque toma la mano de Olivia en la suya y le besa el dorso. Ella se ríe.

Siento los ojos de Rob sobre mí, y me obligo a no mirarle. Todavía no. Sé que en cuanto abra la boca seré simplemente Rosie y disfruto de que el vestido hable por mí solo durante un momento.

—¡Vaya! —dice. Se acerca a mí y me pasa una mano por el brazo—. Estás impresionante.

—¿Te gusta? —Dejo caer las manos a los lados y juego con la tela. La mano de Rob en mi brazo hace que me sienta un poco alegre. Como si hubiera tomado una copa o algo así, aunque estoy completamente sobria.

—Estás muy guapa —dice.

—¿Y dónde está Juliet? —Lo pregunto informalmente, pero puedo ver su cara de dolor.

—No sé —dice—. No he hablado con ella.

—¡Oh!

—Rosie, te dije que no era para tanto. Solo hago esto por ti. —Me atrae contra sí como hizo en el acantilado. Es una sensación agradable, hace que me sienta segura. Consigue que empiece a relajarme—. Estamos bien, ¿verdad?

—Sí —digo, arrimándome a él.

—Bien, porque da igual quién sea mi pareja esta noche. Yo quiero bailar contigo.

—Cursi, pero acepto —digo.

Se señala el pecho con la mano.

—Solo por ti.

—Vale, Romeo —dice Charlie—. ¿Vamos a bailar o qué?

La canción cambia y empieza a sonar *Walking on Sunshine*. Charlie pensó que las canciones antiguas serían apropiadas para el tema de «Vuelta al insti». «Es retro», dijo. Siempre me ha gustado esta canción. Me recuerda al verano y a la juventud, y cuando Rob me toma de la mano y empieza a dar vueltas en la pista de baile, todos los pensamientos sobre Juliet se esfuman.

Es de noche, y mientras Rob me hace girar, los farolillos de papel iluminan en zigzag el patio. Me siento como en la atracción de los columpios de Six Flags, como si el mundo fuera a un millón de kilómetros por minuto, y aun así estoy completamente perdida en un instante. Las cosas pasan tan rápido que parece que están inmóviles por completo. La mejor de las paradojas.

Charlie y Jake se llevan bien por el momento y Olivia está pegada a Ben y bailan demasiado lento para esta canción. Me sorprendo sonriendo con tantas ganas que empiezo a reír. Este momento es perfecto. Tan maravilloso que quiero quedarme aquí para siempre.

La canción termina y Rob me hace girar por última vez.

—Bailas bien, Rosie —dice. A los dos nos falta un poco el aliento.

El vestido se me ha bajado de forma peligrosa y tengo el pelo mojado, pegado en parte a la nuca. Ya me siento como una rata mojada y prácticamente acabamos de llegar. Necesito refrescarme.

—Voy a ir al baño —le digo a Rob.

—Te espero —dice mientras me atrae hacia él y me da un suave beso en la mejilla. Está un poco sudado y el beso es un tanto húmedo, pero aun así me alejo con la mano en el lugar donde acaban de estar sus labios. Es perfecto. Toda esta noche está resultando mejor de lo que jamás hubiera imaginado.

⁓✧⁓

Hay unas cuantas chicas de primer año en el baño; me echan un vistazo y se apresuran a marcharse. Es curioso recordar que me sentía así, pequeña e insegura. Entre este vestido y el beso de Rob, parece que fue hace mucho tiempo.

Estoy sola en el baño, frente a los espejos. Me siento mareada, como si tuviera que sentarme, pero estoy demasiado excitada para quedarme quieta. «Eres preciosa», dijo Rob, y estando aquí ahora, por primera vez desde que lo dijo, creo que podría ser verdad. Miro a esta chica con el vestido plateado que deja la espalda al descubierto y me siento hermosa. ¡Qué tonta fui al pensar que las cosas podrían irnos mal a nosotros o al dedicarle siquiera dos segundos al asunto de Juliet! Es Rob. Y yo. Y ha sido maravilloso cuando me ha besado. Me he sentido muy cómoda estando cerca de él.

Quiero decir, Rob fue el que montó detrás de mí el día que le quité las ruedecillas a mi bicicleta. Fue el que me compró unas gafas de sol para tapar lo hinchados que tenía los ojos cuando me picó aquel nido de avispas mientras arrancaba tomateras en el jardín de mi madre. Fue el que entrenó conmigo todos los días en la piscina del campamento de verano en quinto curso para que, al final, pudiera llegar al grupo de Benjamines. Estuvo presente cuando murió nuestra perra, Sally. Fue el que insistió en que hiciéramos un funeral e incluso escribió un poema: «Sally no perdió el tiempo. Hoy ha muerto. Es triste decirlo». Fue quien me abrazó cuando Charlie y yo tuvimos una pelea monumental el año pasado, cuando pensé que tal vez ya no seríamos amigas. Fue el que supo que todo iría bien.

Sabe que los regalices son mi chuchería favorita y que hasta quinto curso pensaba que mi segundo nombre se deletreaba de otra manera. Él es Rob. Y el hecho de que lo conozca desde siempre y que él me conozca a mí, que me conozca de verdad, es la prueba de que siempre estuvimos destinados. Que él es el elegido. Y lo que lo hace realmente extraordinario es que él está ahí fuera ahora mismo, esperándome.

Mi cuerpo vibra con esta emoción silenciosa. Puedo sentirlo en los dedos de los pies y de las manos. Tal vez esta sea nuestra noche. No puedo pensar en nadie más con quien me gustaría que ocurriera y ahora puedo imaginar mucho más que las manos de Rob en mi pelo. Charlie tiene razón. Este va a ser el mejor año de todos. Y el próximo Rob y yo estaremos en Stanford. De repente, puedo ver el resto de mi vida desplegarse ante mí como una alfombra roja. Todo lo que tengo que hacer es pisarla.

Me aplico un poco más de brillo de labios con un dedo tembloroso, me aliso el vestido y recorro la pasarela. Me siento invencible. Como Beyoncé en un vídeo musical. Como si tuviera mi propia máquina de viento personal delante de mí.

Oigo las notas de una canción lenta. Es la de la película *Ghost*. La que dice: «Oh, my love, my darling». Las canciones lentas suelen incomodarme, pero ya me imagino en los brazos de Rob, con sus manos alrededor de mi espalda, apoyando la cabeza en su hombro. Voy tan deprisa que no me doy cuenta de que he chocado con alguien.

—Lo siento —digo, sin levantar la vista.

—Espera. —Len me pone la mano en el brazo y hace que me detenga.

—¡Uh! Hola —digo, zafándome de él.

—En realidad te estaba buscando —dice.

—¿Se ha congelado el infierno?

Ladea la cabeza.

—Sí, se ha congelado —dice—. Pero es un cambio agradable en esta sauna de verano.

—¿Necesitas algo? —pregunto, impaciente. Quiero volver con Rob. Decirle de forma rotunda y tajante que quiero estar con él.

Len se encoge de hombros.

—¿Que si necesito algo? No. Solo quería preguntar qué pasa con tu chico.

—¿Mi chico?

—Deja de actuar. He visto el magreo.

No nos hemos estado magreando, ¿o sí?

—No ha habido ningún magreo.

—¿Sabes? Tienes razón. No ha sido nada comparado con lo que está pasando ahí arriba. —Señala más arriba del patio.

—¿Ahí arriba?

—Mira, no digas que no te he avisado.

Me hace un pequeño saludo con dos dedos y luego se mete las manos en los bolsillos, caminando hacia atrás y alejándose.

—¿De qué estás hablando?

—Es un gilipollas —dice Len, volviéndose—. He sido el primero en decírtelo.

—¿Quién? —murmuro como una tonta, pero Len ya está fuera de la pasarela, y si me ha oído, no responde.

Echo un vistazo al patio. Charlie y Jake se mecen juntos, aunque parece que Charlie lleva la voz cantante. Ben y Olivia se están enrollando en la esquina.

Es imposible ver las extremidades de cada uno. Parece que no puedo ver a Rob, pero todavía me siento mareada. Me cuesta concentrarme.

Me muevo entre la gente de la pista de baile. Parejas que se mecen. Matt y Lauren se abrazan y me pregunto de manera fugaz si están juntos. Supongo que cosas más raras han pasado. Puede que sea bueno para Lauren, ya que le costó una eternidad superar lo de esa chica del colegio público con la que había salido el año pasado.

Estoy en medio de la pista de baile cuando miro hacia arriba de forma instintiva. Y en cuanto lo hago, entiendo a qué se refería Len.

Hay un pequeño balcón sobre la pasarela que formaba parte de la antigua mansión y que el instituto conservó, aunque no tenga ninguna función práctica. Es pequeño, de unos dos metros por cuatro y está cubierto de hiedra.

Rob está ahí arriba. El pelo castaño le cae ligeramente sobre los ojos y se ha desabrochado el cuello de la camisa. Se mece al ritmo de la música, tal y como me imaginaba. Parece guapo, fuerte y encantador a la vez, y deseo más que nunca estar en sus brazos. Sin embargo, el problema es que otra persona ya lo está.

La está abrazando. Sus brazos le rodean la espalda, tiene la cabeza sobre su hombro y se balancean despacio, tan despacio que parece que ni siquiera se muevan. La chica que está en sus brazos debería ser yo, pero no lo soy, ni por asomo. La chica con la que se mece no es otra que Juliet.

La forma en que la sostiene hace que me detenga en seco. No es amistosa ni platónica. La estrecha como si fuera una hoja, como si en cualquier momento pudiera volarse con el viento. Parece una bailarina en sus brazos, tan pequeña, delicada y frágil. Y entonces le veo inclinarse y oler su pelo, y es como si me hubieran dejado sin aliento. Me quedo ahí, boquiabierta. Están tan juntos que no cabría ni una pluma entre ellos.

Parpadeo, pero siguen ahí. Ella no levanta la cabeza de su hombro. Él no mueve las manos de su espalda. Están tan quietos que podrían ser una estatua.

¿Alguien más está viendo esto? Olivia y Ben siguen comiéndose a besos, pero no veo a Charlie. De repente, deseo con desesperación que no lo sepa. No quiero que nadie lo sepa. Quiero dar marcha atrás a las últimas cuarenta y ocho horas, evitar esta humillación. Quiero huir lo más lejos posible de aquí y no mirar atrás. Quiero invertir el tiempo. Quiero hacer un millón de cosas en lugar de quedarme aquí, observándolos.

Por fin aparto la vista de ellos y aparece el rostro de Len. Me mira y espero que sonría, que ponga los ojos en blanco, pero no hace nada. Se limita a apartar la mirada.

Al momento siguiente Charlie está frente a mí. Se le ha deshecho el moño y su rojo cabello le cae alrededor de la cara como las ramas de un sauce llorón. Ella también los ha visto y la misma expresión se refleja en su cara cuando me mira. Se acerca a mí en dos pasos y toma mi mano entre las suyas. La aprieta dos veces, igual que el primer día de instituto en el coche, cuando yo estaba nerviosa. Como hace siempre que quiere tranquilizarme. Es su forma de decir: «Estoy aquí».

Y entonces, asiendo aún mi mano, me lleva lejos. Salimos de la pista de baile, atravesamos la pasarela, pasamos por Cooper House y salimos a la parte de arriba, donde abre la puerta y me ayuda a montarme en el Big Red. Solo cuando salimos del aparcamiento empiezo a llorar.

ACTO III

Escena primera

Me despierto antes que mi despertador. En realidad, no estoy segura de haber dormido nada en toda la noche, en todo el fin de semana. He estado entrando y saliendo de la conciencia, esperando que algo cambie, pero sabiendo que no lo hará. Me duele el pecho, ¿o es el corazón? Es difícil saberlo. La gente no para de utilizar el término «corazón roto», pero esto es físicamente doloroso. Tanto es así que mientras estoy tumbada en la cama, esperando a que suene el timbre, presiono las manos sobre el corazón, como si al aplicar suficiente presión pudiera evitar que los pedazos se separen.

—Charlie está aquí —anuncia mi madre.

Odiosamente temprano, otra vez. Pero cuando miro el reloj, veo que son las 7:10. Ya llegamos tarde. No tengo ni idea de si ha sonado el despertador. Tal vez ni siquiera lo puse.

—Ahora mismo voy. —Salto de la cama y me pongo los vaqueros de ayer. Me pongo una camiseta blanca de tirantes y una chaqueta de punto azul que cuelga de la silla de mi escritorio.

He estado evitando las llamadas y los mensajes de Charlie. También los de Olivia. No sé muy bien qué decirles y no me apetece escuchar lo mucho que lo sienten por mí. Sobre todo, porque no lo he escuchado de Rob. No me ha llamado ni ha venido. Lo que me hace que tenga la sensación de que no se va a disculpar porque lo que pasó el viernes por la noche es solo el principio de algo más.

Lo peor es que ni siquiera estoy segura de que haya estado en casa una sola vez este fin de semana. El viernes por la noche estuve en vela casi hasta la mañana, solo para ver si llegaba. No apareció. No hay huellas de neumáticos en la grava. No hay luz en el dormitorio. Nada.

—¿Todo bien? —pregunta mi madre cuando entro a trompicones en la cocina. Sé que lo más seguro es que tenga un aspecto desastroso. No me he lavado el pelo desde el viernes y ni siquiera me he molestado en buscar mi bolsa de maquillaje esta mañana.

—Sí —digo.

—¿Estás segura? Has estado muy callada. —Pone los brazos en jarra y me mira, como hace cuando sabe que no estoy diciendo toda la verdad. Me sorprende que se haya dado cuenta. Mis padres llevan casi todo el fin de semana encerrados en su despacho susurrando.

Levanto la voz y le doy un beso rápido en la mejilla.

—No te preocupes.

—Y yo, ¿qué soy, un cero a la izquierda? —Mi padre está sentado en la encimera de la cocina y se toca la mejilla con el dedo índice. Me acerco a él y me abraza—. Déjalos alucinados, cielito —me susurra. No hay ninguna razón para que diga eso hoy, pero no me sorprende. Siempre ha sabido cuándo algo no va bien y cómo mejorarlo. Y hoy más que nunca desearía poder volver a ser una niña pequeña, cuando mi padre podía hacer retroceder el tiempo y borrar todo lo que estaba mal con solo llamarme «cielito». En lugar de eso, sonrío, le robo un sorbo de café a mi padre y me dirijo al coche de Charlie, que toca el claxon.

Olivia está en la parte de atrás, con los brazos enganchados al asiento delantero. Dos veces en una semana. No cabe duda de que hemos logrado un récord.

—Hola —saludo—. Siento llegar tarde. —Me siento y me abrocho el cinturón de seguridad. Puede que el mundo me siga la corriente si actúo con normalidad.

—¿Cómo estás? —me pregunta Charlie. Se ha vuelto hacia mí con su expresión seria, con los rasgos en tensión. Esperaba que estuviera enfadada por mi falta de respuesta durante todo el fin de semana, o al menos por haber llegado tarde esta mañana, pero si lo está, no actúa como tal.

—¡Ah! Bien. ¿Nos vamos?

Charlie mira a Olivia.

—Es un imbécil —dice Olivia.

—Es una traidora —añade Charlie.

Me encojo de hombros.

—No pasa nada.

—Sí que pasa —dice Charlie. Tiene ese tono que utiliza con Jake cuando están a punto de pelearse. De repente ardo en deseos de salir corriendo de este coche. De volver a toda prisa a mi casa, acurrucarme bajo las sábanas y no salir jamás.

—Tampoco es que fuera mi novio —digo.

—¿Qué? —interviene Olivia—. Es muy injusto.

—Es cierto —digo—. No estábamos juntos. Y ella era su pareja y... —Mi voz se va apagando y miro por la ventanilla. Estamos saliendo de la entrada de mi casa. Veo a mis padres en la puerta por el espejo retrovisor. Mi padre se estira para alcanzar el farolillo del porche y mi madre le pone una mano en la espalda para sujetarle y que no pierda el equilibrio. Mantengo la mirada fija en mi casa mientras nos alejamos. No miro a la izquierda, a la de Rob.

—Bueno, yo creía que era mala por pedir ir con él, pero esto es demasiado —dice Olivia—. ¿Besarle? ¡Es tu prima!

¿Se besaron?

—Somos conscientes —aduce Charlie. Siento que me mira, pero mantengo la vista fija en los árboles que pasan. Por supuesto que se besaron. Estaban prácticamente pegados cuando nos fuimos. Pero imaginarme sus labios en los de ella me hace sentir como si alguien intentara sacarme el estómago por el ombligo y volvérmelo a meter por la garganta.

—No pasa nada —me obligo a decir—. De verdad.

Ninguna dice mucho más después de eso. Nos quedamos en silencio, aparte de la música que brota sin cesar del equipo. Algo grave y soso que no reconozco.

Cuando Charlie rompió con Matt, su novio de segundo curso y el primer chico con el que se acostó, fue horrible. Escuchó malísimas canciones de amor de R&B en bucle durante una semana. Y creo que ni siquiera le quería. Una vez dijo que le gustaba que él quisiera ser médico, pero esa fue la única vez que habló de algo que no fuera cómo le quedaba el jersey.

La verdad es que me siento humillada y traicionada. ¿Cómo es posible que Rob estuviera allí, abrazándola, cuando hace apenas unas noches me abrazaba a mí? El instituto entero los vio juntos, bailando y besándose, y ahora ¿yo qué soy? ¿El ligue de antes? ¿La idiota que creyó que su mejor amigo quería ser su novio? ¿Y que creyó que su prima quería ser una amiga en lugar de una traidora?

Cuando llegamos arriba, me esfuerzo por no buscar el coche de Rob. No quiero verlo. Temo que si lo hago me derrumbe, le suplique que cambie de opinión o que diga algo que lo saque de mi vida para siempre. Quiero que se vaya, pero también quiero que esté aquí. Lo peor es eso. Que quiero que él haga que las cosas vayan mejor. Que le necesito para que haga que esta situación mejore. Él es el único que puede arreglarlo. Siempre que hay un problema, Rob es el que se ocupa de él. Necesito que él se ocupe también de esto. Que él mismo se llame «idiota», tal vez incluso se golpee en la cara, y que después vuelva a mí.

Olivia hace un movimiento para dirigirse a Ben, que ha conducido su coche y ahora la está esperando, pero Charlie la agarra de la mochila y las tres nos dirigimos a la reunión, seguidas por Ben.

Pero, por supuesto, llegamos tarde por mi culpa, lo que significa que la reunión ya ha empezado y no hay manera de que lleguemos a los asientos de los mayores. Lo cierto es que tenemos que quedarnos de pie en el foso. Nunca hemos estado aquí de pie, ni una sola vez, y a todas las cosas que en este día van mal se une el hecho de que no tengo un asiento. Que me han expulsado de toda mi vida.

Veo a Rob en su lugar de costumbre al otro lado y se me revuelve el estómago hasta tal punto que creo que voy a vomitar. Me odio por seguir pensando que está muy guapo. Vaqueros y una camiseta verde, la del árbol que me encanta, y durante un segundo pienso que tal vez se la haya puesto por mí, que mientras elegía la ropa esta mañana la ha visto y ha pensado en mí. Que quería llevarla puesta cuando me dijera que el viernes por la noche fue un error, que solo le seguía la corriente a Juliet y que a dónde fui después de que bailáramos.

Pero, claro, sé que eso no va a ocurrir jamás porque Juliet está sentada a su lado, con una falda negra y una camiseta de tirantes rosa chicle.

Charlie me rodea los hombros con el brazo. Olivia está al otro lado, con los brazos cruzados, y Ben detrás de ella. Me flanquean, como una armadura hecha de piezas humanas.

Rob no puede verme desde este ángulo, lo que es peor, porque así puedo mirar todo lo que quiera. Él le susurra algo y ella se ríe, luego se lleva el dedo a los labios para decirle que se calle. Pero lo hace de esa forma tan coqueta que emplean algunas chicas para que todo el mundo sepa que no lo dicen en serio. Que quiere que la siga molestando para siempre. Le invita al tiempo que le rechaza. Nada de morderse los labios. Sin duda esta es su jugada estratégica.

Rob se está arrimando tanto a ella que tengo que recurrir a todo mi autocontrol para no correr a separarlos. Y una parte de mí desea hacerlo. Una parte de mí desea luchar. Desea decirle que me elija. Suplicarle que deje de hacer lo que está haciendo, que borre los últimos tres días y que vuelva. Pero ya me estoy desvaneciendo en el fondo, como una casa en el espejo retrovisor. Puedo sentir que me hago cada vez más pequeña, que estoy encogiendo, de modo que cuando el señor Johnson dice: «¡Que tengáis un buen día todos!», creo que he desaparecido.

Y entonces termina la reunión y los estudiantes agarran sus mochilas y bajan de las gradas. Nos empiezan a aplastar, a empujarnos a un lado. Olivia grita: «¡Ay!» mientras empuja contra la multitud, pero yo dejo que me arrastre hacia fuera.

Me siento como un guijarro en el río; pequeño, suave y que se hunde. Sin embargo, ni siquiera tengo suficiente peso para asentarme. La gravedad me empuja hacia delante.

Alguien me pone la mano en el hombro y me doy la vuelta. Es Charlie, y hunde la barbilla en mi pelo y me susurra: «Le va a ir mal. No te preocupes». Ojalá hubiera algo que pudiéramos hacer para arreglar esto. Que las chicas no tuvieran que jugar a este tipo de juegos. Que condenar a Juliet al ostracismo las alejara de alguna manera. Pero, realmente, desearía que esto no estuviera sucediendo. Que ella nunca le hubiera invitado. Que él nunca hubiera dicho que sí. Y que yo no hubiera tardado tanto en darme cuenta de que era él con quien quería estar.

—No pasa nada —digo.

—Claro que pasa —repite Charlie.

—Escucha, voy a llegar tarde a Matemáticas. —Me zafo de ella—. ¿Nos vemos en el almuerzo?

—Vale —se resigna Charlie, pero entrecierra los ojos, tratando de leer algo en mi cara—. Oye, Rosie. —Me sobresalto al oír el diminutivo de mi nombre. Rob es el único que suele llamarme así.

—¿Sí?

—Todo va a salir bien. —Lo dice con firmeza, como si tratara de convencerse a sí misma tanto como a mí.

—Lo sé —aseguro, pero no es cierto. Por primera vez, parece que nada va a salir bien. Como si algo hubiera salido muy muy mal. Que el curso de los acontecimientos, el orden natural, se ha visto alterado. Mientras me dirijo al aula de Matemáticas, no puedo evitar pensar: «Esto no es lo que tenía que pasar».

El día avanza con increíble lentitud, como si arrastrara los talones. Todo parece ocurrir a cámara lenta, como si yo estuviera cayendo, salvo que no llego a tocar el suelo. Me pregunto si esto va a ser así a partir de ahora. Si voy a estar atrapada en el instituto para siempre.

La clase de Biología es aún peor que la semana pasada. La señora Barch nos hace un examen sorpresa al principio de clase para el que no he estudiado porque me he pasado todo el fin de semana deprimida en mi habitación, como si alguien hubiera muerto.

Literalmente, no sé la respuesta a ninguna de las preguntas. Estoy entre Lauren, que está enfrascada, resolviendo los problemas de forma metódica, y Len, que escribe de manera animada, como si quisiera hacerme enfadar. «Patética» no alcanza a describir cómo me siento. Hasta el bromista de la clase se las arregla para aprobar esta asignatura.

Lo peor es que, cuando terminamos, la señora Barch nos obliga a calificar los exámenes de los demás mientras ella hace un recado. Como es una clase avanzada, se supone que debemos «usar nuestro sentido del mérito» en su ausencia. Por supuesto, como Len es mi compañero de laboratorio, debemos intercambiar los exámenes.

Me dedica esa sonrisa torcida y se frota las manos.

—Pásamelo, Rosaline.

Me lanza el suyo con toda confianza, como si fuera Charlie pasándome un agua con gas en el almuerzo. Le echo un vistazo. Me sorprende ver que tiene una letra clara y que sus problemas parecen bastante organizados.

—¿Desde cuándo tienes iniciativa? —le pregunto, sosteniéndolo en alto.

Len se encoge de hombros.

—Tenía ganas de estudiar este fin de semana.

—Sí. Claro. Te apetecía.

Esboza una sonrisa.

—¿Por qué estás tan triste?

—La señora Barch me está arruinando la vida —murmuro.

—No es tan mala —dice, dándome un golpe en la espalda—. ¿Sabes que dirige teatro?

—¿Qué importancia tiene eso?

Pone una cara como si dijera: «¡Ay!» y levanta las manos.

—Te dan créditos extra si ayudas con una de sus obras.

—¿Para biología?

Len asiente.

—Entonces, ¿me lo vas a enseñar? —Señala el cuestionario que todavía tengo sujeto con el codo.

—No he... —Empiezo, pero no sé qué decir, así que me rindo y se lo doy.

Él silba.

—Creía que no tendrías pelotas.

—¿Me tomas el pelo? —replico entre dientes—. No he podido responder a una sola pregunta.

—Lo sé —dice—. Tienes cojones.

—Nada de eso. Soy una incompetente.

—Relájate —dice—. Es un examen, no la maldita selectividad.

—¿Que me relaje? —digo, con la cara ardiendo de frustración—. ¿Sabes que los exámenes son el veinte por ciento de nuestra nota? Si suspendo este significa que, aunque saque sobresalientes en todos los demás, es más que probable que saque solo un notable en esta clase, aunque me mate a trabajar y a estudiar durante el resto del semestre. Y un notable es un 3. ¿Sabes cuál es el promedio de admisión de Stanford? Un 4,3.

—Respira —me dice. Exhalo y agacho la cabeza sobre mi pupitre, golpeándome la frente contra la madera. Cuando levanto la vista, Len está sonriendo—. Eres muy dramática —aduce—. Tal y como yo lo veo, no es para tanto. Pero si de verdad significa tanto para ti, vale. —Me quita su examen de la mano, borra su nombre y pone el mío en su lugar. Luego toma mi examen, borra el mío y escribe el suyo—. Y ahora, ¿puedes tranquilizarte y dejar la histeria? —dice—. Porque ese ataque de pánico estaba interfiriendo con mi lunes.

Me quedo con la boca abierta cuando pone un cien en un examen y un cero en el otro y le da los dos a Lauren para que los pase al frente.

—¿Qué has hecho?

Me pone la mano en el hombro.

—He ayudado a una compañera de clase. Revolucionario, lo sé.

—Acabas de hacer trampa.

Mira hacia atrás.

—No puedo tener un respiro.

—Ahora vas a sacar un suspenso.

—¿Y qué?

—¿No te importa?

—La verdad es que no.

—Ese es tu problema —digo, con la ira ascendiendo por mi garganta.

—¿Mi problema?

—No te importa nada.

—Corrección: No me importa nada sin importancia.

—Pero acabo de explicarte...

Len levanta la mano.

—Entiendo que estés ansiosa por ir a Stanford o lo que sea. Solo digo que hay más cosas en la vida que obsesionarse con los exámenes.

—Lo entiendo. Soy una sosa. Una empollona de sobresaliente con la que tienes que trabajar. No puedo creer que vayas tan lejos para demostrarlo.

Len se ríe.

—Debes de haber tenido un fin de semana muy duro, porque pareces alterada.

Resoplo.

—Pues sí.

—Oye, ese chaval es idiota —dice Len.

—¿Rob?

—No, Espartaco. Claro que Rob. —Parpadeo. No sé qué decir. Por suerte, el timbre suena antes de que me vea obligada a responder—. No te preocupes por el examen —dice Len, metiendo su cuaderno en la mochila, que parece vacía—. Nos vemos mañana.

⁂

Me estoy sonando la nariz mientras salgo de Biología, cuando Rob me agarra del codo.

—Tengo que hablar contigo.

Len está frente a mí y por un instante veo que mira la mano de Rob en mi brazo. Pero luego se aleja hacia las aulas de Matemáticas.

Estoy tan derrotada por la debacle del examen y sorprendida por la presencia de Rob, que dejo que me lleve detrás de Cooper House. No me aparto hasta que estamos frente a frente, a solas.

—Mira —dice un par de veces y luego suspira y vuelve a empezar—: Esta es la cuestión —dice—; no esperaba que pasara esto.

—¿El qué? —pregunto. Los dos sabemos el qué, pero me parece importante que lo aclare.

—Ella —dice—. Ya sabes, Juliet.

—No importa —digo. No quiero que vea que estoy molesta. Me muerdo el labio inferior y quiero que mi voz suene firme.

—Sí importa. El caso es que no esperaba enamorarme de ella. Pero tiene algo. Siento que es lo correcto. —No digo nada, porque el hecho de que haya usado «enamorarme» en lugar de «conocer» ha hecho que mi corazón palpite. Es como si alguien acabara de clavar la punta de un lápiz justo en el centro—. Parece el destino o algo así —continúa.

—Tú no crees en el destino.

Rob toma aire y me mira.

—Me importas, Rosie. Sabes que sí. Somos amigos. Buenos amigos. —El sonido de esa palabra hace que pierda los estribos. «Amigos.» Eso es lo que me he estado diciendo durante años, de lo que he estado tratando de convencerme durante meses. Fue él quien me dijo que era preciosa, quien me invitó a salir, quien me besó. Fue él quien puso en marcha todo esto, y ahora que estoy aquí y deseo de veras estar con él, quiere deshacerlo todo.

—¿Lo somos? Primera noticia que tengo. —Parece sorprendido. Incluso dolido. Bien, que se fastidie—. Por lo que a mí respecta, ya no somos amigos.

—Pero... —Agita los brazos y se agarra los codos—. ¿Rosie?

—Hablo en serio —sentencio. Ahora estoy luchando para no ponerme a llorar. Sé que tengo que irme antes de perder la calma—. Has tomado tu decisión. Vive con ella.

Acto seguido me doy la vuelta y me marcho. Y camino hasta que empiezo a apretar el paso, hasta que me pongo a correr con todas mis fuerzas. Dejo atrás Cooper House y las aulas de Matemáticas y llego al campo de fútbol de abajo. No me detengo hasta que estoy en el límite del campus. Y entonces me siento y me permito llorar por enésima vez, o eso parece, en unas cuantas horas.

Escena segunda

—Así que nos vamos a Malibú este fin de semana —dice Charlie. Tiene la carpeta de tres anillas de Lauren, la que usa para el CE, y la está hojeando.

Estamos en la habitación de Olivia, sentadas en su cama con una caja gigante de regalices entre nosotras. Tras recobrar la compostura después de Biología y contarles lo sucedido, Charlie sugiere que nos saltemos la sexta y la séptima hora y nos vayamos antes. En condiciones normales no me parecería bien, dado el plan de Stanford, pero hoy parece lo más lógico.

Como de costumbre, no fue difícil convencer a Olivia. No está tan preocupada por ir a la Universidad el año que viene, sobre todo porque la Universidad no es lo suyo. No es que Olivia sea mala estudiante, es que en realidad estudiar no es su prioridad. No tiene por qué serlo.

Olivia está de pie frente a su espejo probándose un top que compró el pasado fin de semana. Es morado con rayas blancas y realza sus pechos.

—Es mono —comento.

—¿Charlie? —pregunta Olivia. Se gira de lado y dirige una mirada seductora al espejo.

—Mmm... —dice Charlie, sin levantar la vista—. En serio, chicas, creo que tenemos que irnos.

—Se lo diré a Ben —dice Olivia. Se saca la camiseta por la cabeza y se queda en sujetador. Es rosa y marrón con un lazo en el centro. Estoy segura de que su ropa interior hace juego. Olivia siempre compra conjuntos. Es lo suyo. Como un siete, salvo que solo Charlie y yo lo sabemos. Y quizá algunas chicas de la clase de gimnasia. ¿Quizá Ben?

Charlie tira su carpeta al suelo y fulmina a Olivia con la mirada.

—Creo que no entiendes lo que está pasando.

—¿Qué? —pregunta Olivia. Tiene las manos apoyadas en sus caderas desnudas.

—Ben querrá traer a Rob —dice Charlie.

Olivia menea la nariz y suspira.

—Pues le diremos que no lo haga.

—No —intervengo—. No quiero que piense que esto es un problema. No quiero que piense nada.

Olivia sacude la cabeza. Charlie asiente.

—Está bien —dice Charlie. Ahora habla despacio—. Tienes derecho a sentirte echa polvo.

—Oye, no es necesario que sigamos hablando de esto. Como he dicho, nunca fue mi novio. Tuvimos una cita, nada más.

—Vale —dice Charlie, pero me doy cuenta de que no está convencida. Charlie tiene un impecable detector de mentiras. Una vez pilló a Olivia por haber cancelado nuestros planes de ver *La chica de rosa* en un cine independiente de la ciudad. Olivia dijo que tenía una cita con el dentista, pero Charlie la pilló enrollándose con el belga en su casa. De hecho, nos hizo ir hasta allí solo para demostrarlo.

Siendo realistas, todo el mundo va a presentarse en Malibú de todos modos. Todo el mundo se entera siempre de las fiestas de Olivia. Inevitablemente, Jake se lo cuenta a John y a Matt, que se lo cuentan a Darcy, que se lo cuenta a todo el mundo.

Creo que había algo así como setenta y un juniors en su casa a finales del año pasado. No creo que esta fiesta sea como aquella, pero Rob se enterará de todos modos. La cuestión es si se presentará o no.

—¿Crees que la traerá? —pregunta Olivia.

—No lo sé —dice Charlie—. ¿Están juntos?

—Sí, supongo que sí —digo. Rob habló del destino. Estoy bastante segura de que eso significa que, al menos, están considerando hacer la relación oficial. Saco un regaliz del envoltorio y arranco el extremo con los dientes.

—Necesitamos bañadores nuevos —dice Olivia, como si ese fuera nuestro verdadero problema.

El año pasado los padres de Olivia nos llevaron a las tres a Acapulco durante las vacaciones de primavera. Ella había ido de compras antes de nuestro viaje y fue equipada con cinco bañadores nuevos de Lilly Pulitzer. De esos con rosa neón que producen una sobrecarga sensorial. Cuando llegamos a casa, se lamentaba de que no se había enrollado con nadie en todo el viaje, a pesar de que había montones de chicos guapos en el hotel.

—Quizá sea porque tenías elefantes de color verde eléctrico por todo el cuerpo —dijo Charlie. Olivia se hizo la ofendida, pero no creo que esa fuera la razón. Creo que ella ya sentía algo por Ben.

—Vale, pero creo que deberíamos centrarnos en el verdadero problema —dice Charlie.

—Necesito un nuevo bikini negro. —Olivia rebusca en sus cajones y las cosas vuelan por todas partes.

—¿Cuál es? —pregunto.

—¿Qué vamos a hacer con Juliet? —concluye Charlie.

—Podríamos empapelarle la casa con papel higiénico —dice Olivia. Está de rodillas, sacando la parte superior de un bikini morado del fondo de la cómoda.

—No tenemos doce años —replica Charlie. Pone los ojos en blanco y frota un regaliz entre las palmas de las manos—. Tenemos que sacarla de aquí.

—¿Quieres decir que hagamos que deje el instituto? —pregunta Olivia.

—Me refiero a hacer que vuelva a Los Ángeles. Si ella no estuviera aquí, esto no sería un problema.

—Tal vez se acueste con el señor Davis —aventura Olivia.

—Se limitarían a despedirle —replico. No quiero seguir con esta conversación porque vengarse de Juliet no servirá de nada. No arreglará nada.

—Es cierto —dice Charlie—. Pero, en serio, Rose, espabila. Esto no está bien. Tú no estás bien. —Me lanza un regaliz y se anima—. ¿Te acuerdas de cuando Peste empezó a ir al instituto?

—¿Brittany? —pregunta Olivia. Se sube a la cama y Charlie la mira con fastidio.

—Sí. Se trasladó a mitad de segundo curso y enseguida se presentó a las pruebas de teatro —dice Charlie.

—La señora Barch dirige el teatro ahora —digo. Charlie me mira como si no tuviera ni idea de por qué lo sé ni por qué les he informado de ello.

—En fin, se enamoró de Matt, ¿os acordáis? Él estaba haciendo esa obra de Julia Roberts. —Agita la mano como si no pudiera recordar.

—¿*My Fair Lady*? —pregunto.

—Sí.

—Esa no es de Julia Roberts —aduce Olivia.

—¿En serio? —pregunta Charlie. Olivia le da un codazo y Charlie se encoge de hombros—. Bueno, estaba claro que a él no le gustaba ella. Estábamos saliendo. —Nos mira a cada una para confirmar esta información. Asentimos—. Se derrumbó por completo y estuvo a punto de dejar el instituto —dice, como si el asunto ya fuera casi irrelevante—. Solo os lo comento.

—Pero a Rob le gusta Juliet. —Olivia se muerde el labio y me mira—. No es lo mismo, ¿verdad?

—¿Y qué? ¿Crees que Rob tiene alguna idea de lo que está haciendo? Está cegado por su pelo o algo así —espeta Charlie.

Me paso la coleta por encima del hombro y deslizo la mano por ella de forma instintiva. No quiero que Juliet se desmorone, pero tampoco quiero que Rob esté con ella. Simplemente no quiero nada de esto.

—Ya sabes lo que quiero decir —replica Charlie en voz baja.

—Así que ¿solo tenemos que conseguir que Rob rompa con ella? —Olivia tiene el ceño fruncido y mira a Charlie con una mezcla de confusión y algo más. Tal vez tristeza, pero es difícil de decir.

Escena tercera

No sé cómo, el viernes estoy de alguna manera en las bambalinas del auditorio con Len, ajustando las bombillas. El miércoles, la señora Barch nos puso otro examen sorpresa y esta vez no dejé que Len los intercambiara. Saqué un sesenta y ocho, así que ahora necesito todos los puntos de créditos extra que pueda conseguir.

Están representando *Macbeth*. Y se acabó poder esconderme aquí con todos los frikis del teatro. Resulta que, además de ser la nueva novia de Rob, mi prima también es una actriz con talento. Ha conseguido el papel de lady Macbeth. La noticia de que solía ser una actriz en Los Ángeles no tardó en correr por el instituto. Nada importante, solo algunos pilotos y anuncios, pero lo suficiente como para justificar una gran presencia en internet.

Charlie está convencida de que Juliet es la chica de los pañuelos de papel.

—La que hace los anuncios con el perro —dice. Olivia y yo sacudimos la cabeza—. ¡Por Dios! ¿Es que no veis la tele?

Lo buscamos. Charlie tiene razón. Juliet no solo es la chica de los pañuelos de papel, sino también la de las pistolas de agua y la del medicamento para la alergia.

Por un golpe de suerte, mi prima la actriz y yo no compartimos ninguna clase, así que al menos solo la veo entre clases y en el almuerzo. Y parece que Rob y ella comen fuera del campus la mayor parte del tiempo, así que ni siquiera eso ha sido un gran problema. Verla en el escenario resulta un tanto reconfortante. Como si la estuviera vigilando. Como si al menos supiera que no está con Rob.

El belga también está aquí. Está interpretando a Macbeth, lo que tiene sentido, porque la señora Barch está obsesionada con el belga. Creo que es porque él es, básicamente, lo más cercano a algo británico que jamás tendrá cerca. Desde mi lugar entre bastidores puedo verla preocuparse por él, preguntarle si necesita agua y ocuparse de que Lucy Stern, su asistente de segundo curso, se la traiga.

Ahora mismo, Juliet y el belga están dando vueltas por el escenario, siguiendo las indicaciones de la señora Barch, que no deja de mirar su portapapeles y de gritar cosas como: «¡Escenario a la derecha!». No sé mucho sobre la señora Barch fuera de la ciencia, pero estoy bastante segura de que no tiene experiencia en el teatro. Seguro que por ello todo esto parece más una parodia de una obra de teatro que una obra de verdad.

—Oye, ¿me echas una mano con esto? —Len está a mi lado, rebuscando en una caja de grandes pinzas metálicas.

—Lo siento. ¿Qué pasa?

Me da una abrazadera y me indica que mantenga la luz quieta.

—Justo ahí. Bien.

La coloca en su sitio y luego me indica con la cabeza que suelte. Está oscuro entre bambalinas y hace un poco de frío, a pesar de que hay más de veintiséis grados y medio en el exterior y estamos a principios de septiembre. Me rodeo el pecho con los brazos y veo trabajar a Len, con el ceño fruncido.

—Bueno, ¿por qué estás aquí? —le pregunto.

Responde sin mirarme:

—Porque gracias a ese examen tuyo, ahora mismo tengo un suspenso en Biología. Yo también necesito los puntos.

—Sí, pero pensaba que las notas te daban igual.

Len se endereza.

—Dime tú por qué estoy aquí. Seguro que tu respuesta es mejor.

Miro hacia el escenario.

—Tú enséñame lo que hay que hacer.

—Llevo un tiempo haciendo esto —aduce—. Yo me encargo.

Me dejo caer en una silla de plástico y le miro.

—¿Así que, cuando no estás haciéndote el héroe en Biología o tocando el piano, eres tramoyista?

—¿Tocando el piano?

Menos mal que está oscuro, porque me he puesto colorada al instante. Siento que el calor me sube por el cuello como el agua que llena una bañera.

—¡Ah, sí! ¿No dabas clases o algo así?

Len se cruza de brazos. Está oscuro, pero puedo ver la sombra de una sonrisa.

—¿Me estás vigilando, Rosaline?

—Ya quisieras.

—No te preocupes. Me acuerdo —dice, entregándome un filtro rojo.

—Toma, sujeta esto.

—¿Te acuerdas?

—Puede que sea... ¿Cómo me llamas? ¿Repugnante? Pero no soy idiota. —Veo que algo revolotea por su cara. Como el ocaso de una sonrisa.

—Yo no..., es decir, no he dicho eso.

Len parece divertido.

—¿No? Debe de haber sido una de tus amiguitas. —Agarra una pinza de metal y la vuelve a dejar en el suelo—. Bueno, ¿qué pasó? —pregunta.

—No lo sé. Simplemente dejé de tocar. Estaba liada con el colegio y me costaba encontrar tiempo para practicar.

Len sacude la cabeza.

—No. No con el piano, con él.

—¡Oh! —Jugueteo con el filtro rojo. Pongo la mano debajo. Se ve un poco distorsionada, como si estuviera bajo uno de esos gigantescos microscopios que solía tener de pequeña para mirar bichos—. No sé.

—Dame. —Me quita el portaobjetos de las manos y lo desliza sobre una lámpara. Luego enciende la luz. De inmediato se ilumina un punto del escenario. Eso sobresalta a Juliet, que maldice y levanta la vista.

—Es como jugar a ser Dios —digo.

—Exacto. —Me entrega un filtro verde y me ayuda a colocarlo en su sitio. Juliet se sobresalta de nuevo.

—Esto me gusta —digo.

—Se nota. La tienes tomada con lady Macbeth, ¿eh?

Me encojo de hombros.

—Es mi prima.

Enciende un cegador foco amarillo y Juliet levanta las manos en el aire.

—En realidad, eso no responde a mi pregunta.

Len se queda inmóvil, mirándome. Tiene un aspecto diferente cuando no está ocupado dirigiéndome sonrisitas arrogantes. Me recuerda a una de esas esculturas de mármol de las que siempre leemos en clase de Historia. Hasta su pelo rizado se parece al del *David*. ¿Quién iba a imaginar que Len, en realidad, es guapo?

Encorvo los hombros y exhalo un poco de aire entre los labios, esperando el momento.

—No está mal —digo.

—Muy convincente —dice Len, pero no se mueve.

Abajo, el belga parece aburrido y da pequeños saltos, como si estuviera escuchando música. En realidad, lo está haciendo. Veo el serpenteante cable blanco que llega hasta sus orejas. Tiene los AirPods puestos y mira a Juliet cada vez que la señora Barch les grita algo. Lo que en realidad es una buena opción, ya que parece estar tomándose esto muy en serio.

—Esto no parece auténtico —dice Juliet, con los brazos en jarra.

—Estoy de acuerdo —dice la señora Barch—. Necesito más de ti.

—¿De mí?

—Sí —dice la señora Barch, asintiendo—. No lo estás sintiendo.

—Lo estoy sintiendo —dice Juliet—. Ya he interpretado este papel. Dos veces.

—Bueno, nuestras producciones están más cerca del teatro de aficionados que de una obra de instituto.

—El teatro de aficionados ni siquiera es bueno y esto es una obra de instituto —replica Juliet—. He hecho anuncios publicitarios.

La señora Barch tiene una expresión que ya he visto antes. Es el peor *déjà vu* posible. Cuando los estudiantes llegaban tarde a clase de Química en segundo, ella cerraba la puerta. Las aulas de laboratorio tienen puertas correderas de cristal, así que se quedaba allí, al otro lado, mirando a los estudiantes que llegaban tarde. Era tan aterrador que las pocas veces que supe que no iba a llegar a tiempo, no fui.

Sin embargo, Juliet le devuelve la mirada. Parece que se estén lanzando rayos letales con los ojos. Para ser sincera, me parece posible que empiecen a pelearse como gatas aquí mismo, en el auditorio, pero entonces Juliet parpadea y mira hacia otro lado. Rob acaba de entrar.

Corre hacia él y le echa los brazos al cuello. La señora Barch parece nerviosa y se acerca al belga, que no deja de asentir y sonreír a lo que sea que le esté diciendo en voz baja. Pero no parece interesada en su respuesta. Quizá piense que hay una barrera lingüística. Olivia estaba convencida de que él no sabía hablar inglés durante las dos primeras semanas que salieron juntos. Cuando Charlie le preguntó cómo era posible que no lo supiera, ella se encogió de hombros y dijo: «No hablamos mucho. Pero me encanta su pelo».

Miro a Rob y a Juliet. Él la abraza como lo hizo el viernes en el baile. De forma delicada, pero firme. Como si fuera algo que pudiera romperse o huir.

—Bien, Banquo. ¿Estás listo? —pregunta la señora Barch.

—Sí —dice Rob, soltando a Juliet.

—¿Banquo? —le susurro a Len, que sigue ahí de pie—. ¿Quién es Banquo?

Alcanza un guion del suelo y lo hojea. Luego me lo entrega y señala un nombre.

Genial. ¿También está en la obra? Justo lo que necesito, verlos a los dos en el escenario durante dos meses.

La señora Barch los ha puesto en posición, pero Rob no está prestando atención. Solo está mirando a Juliet. Parece incrédulo, suponiendo que haya acertado con la palabra en los exámenes. Como si no pudiera creer que ella esté ahí. Con él.

Cuando Rob y yo estábamos en tercero, solíamos jugar en el coche al «Un, dos, tres, cuatro, declaro una guerra de pulgares». Sus manos eran más grandes que las mías y él acababa ganando, pero solíamos discutir sobre si iba contra las reglas esconder el dedo. Es decir, ¿se me permitía bajar el pulgar hacia los dedos para que no pudiera atraparme? Las discusiones sobre el tema solían zanjarse con la madre de Rob comprándonos un helado. Pero ahora mismo, escondida entre bambalinas por encima de él, no puedo evitar sentirme un poco como mi pulgar. Como si me escondiera porque sé que en el momento en que me salga, perderé. Y no estoy preparada para eso.

—Oye, ¿sigues conmigo? —dice Len—. Me vendría bien que me echaras una mano.

Parpadeo y le miro. Las luces se están encendiendo y ahora es más fácil ver, lo que por suerte para mí hace que él sea plenamente consciente de las lágrimas que resbalan por mis mejillas.

—Sí —digo, limpiándome la cara con el dorso de la mano. Len aparta la vista y mira hacia el escenario, como si me diera algo de intimidad.

—¿Qué pasó? —pregunta al cabo de un minuto. No aparta la vista de Rob y Juliet, pero su pregunta hace que sienta que está mirando dentro de mí. Como si no pudiera mentirle porque ya ha visto la verdad.

—Durante un instante tuvimos algo —susurro—. No funcionó. —Espero que la confesión me haga sentir peor, pero no es así. En realidad, hace que me sienta un poco mejor. Como si me hubiera quitado un pequeño peso de encima.

—Entonces no era tu chico —dice Len.

Le miro. Tiene los dientes apretados y está serio. Incluso un poco enfadado. Es desconcertante.

—Supongo —coincido.

Len sacude la cabeza.

—No lo entiendes —dice—. Si se apartó de ti y se fue con ella, no era tuyo.

—¿Cómo lo sabes? —le digo—. ¿Y si lo era y todo se fastidió?

Len sonríe.

—No funciona así.

—¿Ah, sí? —digo—. Pues ¿cómo funciona? Ilústrame.

Len suspira, como si ya estuviera frustrado.

—Mira, la verdad es que no sé de qué otra forma decirlo. No tienes que preocuparte de que un tonto se enamore de ti. Tú eres tú.

—Exacto —digo. Yo soy yo. Rose Caplet. Pelo castaño, ojos marrones, hija de un profesor de Historia, no de un senador. No salgo en las portadas de las revistas ni hago anuncios sobre alergias. Ni siquiera conduzco.

Len se vuelve hacia mí y me mira de forma tan penetrante que creo que me ha sacado el aire de los pulmones. De repente siento que no puedo respirar.

—A veces, lo más difícil de renunciar a alguien es darte cuenta de que nunca estuvo destinado a ser tuyo —declara.

Sus palabras quedan suspendidas en el aire mientras la señora Barch despide a los actores de abajo. Les advierte que se pongan las pilas antes del próximo ensayo. Juliet parece molesta. El belga se encoge de hombros. Rob parece no oír nada; tiene la vista clavada en Juliet.

Pienso en lo que acaba de decir Len, en que se equivoca. Rob y yo estábamos destinados a estar juntos. No se trata de dejarlo ir; se trata de recuperar el equilibrio de las cosas. De enderezar lo que sea que se torció cuando Juliet entró en este campus.

Entonces, como si esto no tuviera la menor importancia, Len se estira.

—Parece que nuestro trabajo aquí ha terminado. —Mira hacia abajo; Rob y Juliet salen del auditorio, agarrados del brazo—. ¿Algún plan divertido para el fin de semana? —me pregunta.

—No —miento. Nos vamos a Malibú. De hecho, ya lo tenemos todo recogido y nos iremos justo después de que termine este ensayo, pero no puedo decírselo a Len. Charlie me mataría si le invitara. Tampoco creo que quiera ir. Además de Dorothy y de Brittany, no estoy segura de con quién sale, pero algo me dice que pasar el fin de semana con Charlie, Olivia y conmigo no está en su lista.

—Deberías hacer algo. —Sujeta su mochila del asa—. No dejes que un idiota se interponga en tu camino.

Un idiota. Sí, claro. Me planteo si explicarle a Len que Rob no es un chico cualquiera. Que no soy la clase de chica que llora por un chico. Que esto es diferente. Que él era mi alma gemela. Pero hasta en mi cabeza suena ridículo, así que ya me imagino cómo sonaría si lo dijera en voz alta. Sobre todo a Len.

—Hasta luego —se despide y luego se cuelga la mochila al hombro y baja las escaleras antes de que tenga ocasión de despedirme.

❧❧❧

—¿Dónde has estado? —me pregunta Olivia cuando llego al aparcamiento.

Está apoyada en su coche y Charlie está dentro, en el asiento delantero. Charlie lleva las gafas de sol a pesar de que está nublado. Señal inequívoca de que está cabreada o molesta por algo. Lo más seguro que sea porque llego tarde. He ido a dejar los libros a mi taquilla después del ensayo, pero no he tardado más de cinco minutos, y ya les había avisado de que era probable que me retrasara un poco.

—Lo siento —digo—. Ensayo. Ya lo sabías. —Olivia resopla y yo me monto en el asiento trasero—. Hola —saludo a Charlie, dándole un golpe en el hombro.

—Jake lleva el Big Red —dice—. Se reunirán con nosotras allí después de ir a hacer surf. —Se da la vuelta y se sube las gafas. Tiene la cara enrojecida—. He visto a Rob irse con ellos.

Parece que Olivia no lo sabía y me pone la mano en la rodilla, justo donde Rob me tocó después de la cena la otra noche. Hace que me sobresalte.

—Lo siento —dice Charlie—. Estoy muy cabreada con él, joder.

Charlie no suele decir tacos. Una de sus teorías es que la gente te respeta menos si dices tacos. Además, concluye que así, cuando realmente necesitas una palabrota, la sueltas y, ¡zas!, funciona como una escopeta. Todo el mundo te presta atención. A Charlie le gusta que todos le presten atención.

—Por lo menos Juliet no estará allí —digo en voz alta.

—Yo pienso lo mismo —añade Charlie. El rojo está desapareciendo de su cuello, y mira a Olivia dejando escapar un largo suspiro—. Podríamos llamar a Jake y cancelarlo, pero tal vez Rob solo necesita pasar un tiempo con nosotros para darse cuenta de que es un idiota. Y podemos poner en marcha el proyecto «Deshazte de Juliet».

—Los chicos son imbéciles —asegura Olivia, como si estuviera aportando algo revelador.

—Rob te echa de menos. Estoy segura de ello. Tal vez lo de Juliet sea solo una fase. Igual que cuando Jake decidió que le gustaba la franela —apostilla Charlie.

Olivia arruga la nariz y arranca el coche.

—¿Compramos panecillos por el camino? —pregunta Charlie.

—Voy un paso por delante de ti. —Olivia lleva la mano hacia atrás y saca una bolsa de Grandma's. La menea delante de las narices de Charlie.

—Olivia Diamond, te adoro —declara Charlie, arrebatándosela de las manos.

Me recuesto en el asiento mientras salimos del aparcamiento. ¿Y si Charlie tiene razón? En fin, es una posibilidad remota, y lo sé. Pero ¿y si pasar un tiempo fuera hace que se dé cuenta de su error? Tenemos una gran historia. No puedes tirar todo eso por la borda por un capricho. Y debe de echarme de menos. Sé que es así. No dejo de mirar el móvil para enviarle un mensaje de texto ni de abrir mi correo electrónico cuando ocurre algo divertido. Parece que el mundo entero esté compuesto por nuestras bromas privadas. Todo me recuerda a él. Incluso el mero hecho de ver el buzón esta mañana me ha hecho pensar en aquella vez que nos escabullimos en plena noche para intercambiar nuestros buzones. Pensamos que sería una divertida broma del Día de los Inocentes para nuestros padres cuando estábamos en sexto. Sin embargo, acabamos rompiendo los dos y reponerlos nos costó la paga de cuatro meses.

El queso gratinado me trae a la memoria aquella vez que intentamos hacerlo con mi plancha del pelo. La clase de Matemáticas hace que me acuerde de la primavera pasada, cuando Rob juró que había ayudado al señor Stetzler a elegir unas Converse en Foot Locker. En mi habitación me acuerdo de que veíamos unos DVD juntos. Hasta mis padres me recuerdan a Rob. Parece que todo me recuerda a él. Rob también debe de estar acordándose de mí... ¿Cómo no va a hacerlo?

—Música, por favor —dice Charlie, levantando la palma de la mano como si me pidiera que le chocara los cinco.

Veo el teléfono móvil de Olivia en el asiento de al lado y se lo doy. Pone *Stop! In the Name of Love* y nos ponemos a cantar. Cuando éramos más jóvenes, Juliet y yo hacíamos actuaciones para nuestros padres en el salón de mi casa. Nos poníamos los vestidos de cóctel de mi madre, los antiguos de su breve época en Hollywood, y hacíamos que todos se reunieran alrededor. Pero siempre me entraba la vergüenza justo antes y Juliet tenía que cantar ella sola.

Pensar en eso ahora, es como pensar en una persona diferente. La Juliet que conocí ya no está aquí. Ella nunca haría esto.

—¿Puedo hablar con vosotras de una cosa? —pregunta Olivia. Baja el volumen de la música y Charlie hace un sonido como si se ahogara a causa de la incredulidad.

—Me va a dar un jamacuco —dice Charlie—. Ha silenciado a las Supremes.

Olivia frunce el ceño y Charlie levanta las manos.

—Vale, vale —dice con tono de disculpa—. ¿De qué se trata?

—Me gusta mucho Ben. —Mira nerviosa a Charlie, que pone los ojos en blanco.

—Lo sabemos, lo sabemos —dice Charlie—. Estás loca por mi hermano, que es muy patético. ¿Y qué?

—¿Podrías fingir que no es tu hermano por un segundo?

—¿Cómo creéis que paso el día?

Olivia me mira como si no estuviera segura de si Charlie está bromeando.

—Está bien —le digo—. Escúpelo.

—Creo que estoy preparada —declara Olivia—. No este fin de semana, claro. Pero quiero hacerlo con él.

Charlie se retuerce en el asiento delantero y se sube las gafas a la cabeza.

—¿Hablas en serio?

—Sí —dice Olivia. Parece un poco orgullosa de sí misma—. Sé lo que dije de la Universidad.

—Olvídate de la Universidad —replica Charlie, agitando una mano con desdén—. Solo digo que Ben es virgen por una razón. —Charlie se retuerce para mirarme—. Se ha leído *Moby Dick* enterito cuatro veces.

—Es muy raro —aduce Olivia—. Nunca pensé que sería él —prosigue con aire soñador y distante, como si no estuviera hablando con nosotras en particular.

No puedo creer lo ridículo que es que hace apenas una semana pensara que estaba preparada, que Rob era el elegido. Parece casi imposible cuánto han cambiado las cosas.

—Vale —dice Charlie, enarcando las cejas—. Mira, tú le gustas. Yo le quiero. Por lo tanto, me parece bien. Pero no te voy a dar consejos. Es simplemente asqueroso.

—¡Pero tienes que hacerlo! —exclama Olivia. Sale de su estado y golpea a Charlie en el asiento—. ¿A quién si no le voy a preguntar?

Por supuesto, tiene razón, pero la forma en que lo dice hace que me eche hacia atrás. No es que esté celosa. No quiero estar con Ben y sé que Olivia ha estado esperando a la persona adecuada. Me alegro por ella. Es mi amiga y la quiero. ¡Pues claro que me alegro por ella! Pero es otra cosa que Charlie y Olivia tendrán que yo no tengo. Ya son guapas a rabiar y tienen novios que no se van con otras chicas. ¿Es mucho pedir que no me dejen en la cuneta también en esto? Tengo la sensación de estar en el lado opuesto de todos los demás, y cuanto más pasa el tiempo, más se agranda la brecha entre nosotras, como si fuéramos icebergs a la deriva en el polo norte. No dejo de pensar en ese episodio superdeprimente de *Planeta Tierra* con los osos polares. En el que el hielo se rompe y ese oso solitario se adentra en el mar. Basta para que me den ganas de ponerme a llorar en la parte trasera del todoterreno de Olivia.

—¿Recuerdas esos libros de «Elige tu propia aventura»? —aduce Olivia.

—No te pongas metafórica ahora, Olivia. Es solo sexo. Usa tus palabras —dice Charlie.

—Noooo —dice Olivia arrastrando la voz—. No es ahí a donde quiero ir a parar con esto.

—Vale —dice Charlie—. ¿Podemos volver a poner la música? —Alarga la mano hacia delante y el cinturón de seguridad la hace retroceder.

—El karma es una mierda —dice Olivia, sonriéndole.

—Yo los leía —digo. Me inclino hacia delante—. Pero siempre me los saltaba hasta el final.

—Todo el mundo se los salta hasta el final —dice Charlie. Está luchando con el cinturón, agitando los brazos.

—Yo no —dice Olivia—. Me ponía muy triste cuando terminaba uno porque entonces se acababan las sorpresas.

—¡Qué niña tan rarita! —replica Charlie. Por fin se libera—. Pero ya no puedo escuchar los clásicos.

Olivia mueve la mano para decir: «Vale» y Charlie pone su propio teléfono.

—En fin, estaba pensando en esos libros porque le estaba leyendo uno a Drew. La vida es así, ¿sabes? Una decisión que lleva a un capítulo completamente diferente...

—Esto es muy profundo —declara Charlie.

—Cállate —dice Olivia, golpeando el volante con el puño.

—Hablo en serio.

—Lo entiendo —digo—. Sin duda es cierto. Un momento puede cambiarlo todo.

Charlie me dedica una sonrisa pesarosa y menea la nariz.

—Si pudieras conocer toda tu vida ahora, si pudieras ir hasta el final, ¿lo harías? —Olivia mira a Charlie y luego a mí.

—Claro que no —responde Charlie—. Me fastidiaría saber que Jake nunca empezara a comportarse como es debido. Además, ¿y si no entrara en Middlebury? Preferiría esperar.

—Creo que yo optaría por saberlo —digo—. Me gustaría estar preparada.

Olivia asiente y la canción empieza.

Querría saber. Sí, quiero saber. Si lo supiera, tal vez podría solucionarlo antes. Si tuviera alguna idea de lo que pasa por la cabeza de Rob y de cómo acabará todo esto, podría actuar en consecuencia. Podría seguir adelante o esperar. No estaría atrapada en este punto intermedio, sintiéndome una completa inútil.

El resto del viaje es tranquilo. Charlie habla de si queremos quedarnos también la noche del sábado, pero no llegamos a ningún tipo de consenso. La casa de Olivia está justo en la playa. Forma parte de Malibú, una comunidad exclusiva llena de estrellas de cine. Antes de que se separaran, sus vecinos eran Miley y Liam.

Hay una piscina en la parte de atrás, en el jardín, y luego unas escaleras que bajan a la playa. Toda la casa está decorada en un millón de tonos diferentes de blanco y de beige, las paredes están cubiertas de fotografías en blanco y negro de Olivia y de sus hermanos pequeños y hay grandes cuencos de cristal con conchas sobre las mesas de café. Su casa parece el después de uno de esos programas de reformas.

Somos las primeras en llegar. Seguro que los chicos paran en una hamburguesería de camino, después de hacer surf. Me siento aliviada de que no estén aquí durante un rato. La sola idea de ver a Rob fuera del instituto hace que se me forme un nudo en el estómago. No sé cómo será cuando ocurra de verdad.

Hace fresco cuando entramos. La brisa marina llena la casa; vigorizante y salada, del tipo que puedes saborear. Charlie y yo nos quitamos los zapatos y corremos hacia la arena. El tramo de playa de Olivia es largo y algunos de mis recuerdos favoritos de los últimos cuatro años son los de despertarme, todavía un poco adormilada, y caminar por la orilla con un jersey y una taza de café humeante.

—¡Esperadme! —grita Olivia. Ya se ha puesto el bañador, un bikini negro con caballitos de polo multicolores.

Las tres nos sentamos en la arena. La bruma se ha disipado y hace sol. Cierro los ojos y me tumbo de espaldas. El calor es agradable y, por primera vez desde el viernes pasado, creo que las cosas van a ir bien. El entorno familiar y la promesa de pasar tiempo juntos me tranquilizan. Rob entrará en razón. Lo solucionaremos. Así tiene que acabar la historia.

Escena cuarta

Charlie está borracha. Llevamos una hora tomando chupitos de vodka junto a la piscina de Olivia, acompañados de Coca-Cola light con lima. Yo diría que la cuenta de Charlie y Olivia ronda los cinco. He estado demasiado nerviosa como para tomar más de dos chupitos, uno y medio si contamos que derramé la mayor parte del segundo en la terraza cuando no miraban. Sé que el alcohol te relaja, pero no quiero estar achispada cuando llegue Rob. Si vamos a tener una conversación seria, quiero ser capaz de mantenerla. De forma coherente.

Charlie lleva una camiseta blanca sin mangas, una falda vaquera y unos pendientes dorados que ha tomado prestados del baño de la madre de Olivia. La familia de Olivia tiene los armarios llenos incluso aquí, aunque Olivia dice que no recuerda la última vez que sus padres vinieron. Olivia sigue con su bikini, pero lleva un pareo morado transparente encima. Yo llevo un vestido de verano que tengo desde séptimo curso. Es uno de esos de algodón de American Eagle Outfitters que Charlie odia. Pero esta noche no ha dicho nada cuando me lo he puesto. Se ha limitado a elogiar mi pelo.

Olivia está dando vueltas con el vodka, vertiéndolo al azar en vasos rojos de plástico.

—¿Para quién son? —pregunta Charlie y se ríe a carcajadas. Intenta pescar un fideo de la piscina y se tambalea en sus cuñas de plataforma, con la bebida chapoteando en el lateral de su vaso.

—Estás a un palmo de la catástrofe —le digo, pero no me oye.

Olivia se acerca, inclina la botella de vodka hacia mí y me llena un vaso.

—Tienes que beber más —me informa, y luego da un golpecito a su reloj—. En cualquier momento. —Su teléfono móvil suena. Responde con rapidez—. Te lo he *dichooo* —dice al teléfono. Repite algunos números, sin duda el código de la puerta, y cuelga—. Están llegando —informa. Charlie asiente, pero no levanta la cabeza del todo.

Se me acelera el corazón y bebo unos pequeños sorbos de vodka. Me arde la garganta y hago una mueca de dolor. Tengo las manos entumecidas y cierro y abro un puño primero y luego el otro, cambiándome el vaso de mano mientras las tres volvemos a entrar. Oigo los coches aparcar y los portazos. Primero veo a John Susquich y a Jake. Luego están en la despensa, sacando Doritos. Charlie se acerca a ellos.

—Hola, cielo —dice Jake, metiéndose una patata en la boca e intentando besarla al mismo tiempo.

—Te he echado de menos —dice ella.

John se va con la bolsa y Jake coloca los brazos de Charlie alrededor de él.

—Hueles a hamburguesa —le oigo decir, antes de que empiecen a besarse.

Ben también está aquí y acepta un trago de Olivia, con la mano en su nuca.

¿Dónde está Rob?

—Hola, Caplet.

Me doy la vuelta, pero solo están Matt Lester y Lauren. Lo más probable es que haya venido con John. Lauren siempre está invitada, pero creo que ha venido una vez en los últimos cuatro años. Y fue cuando su familia estaba en Los Ángeles durante el fin de semana y la dejaron a las dos y la recogieron a las cinco.

—Hola —digo, saludándola con la mano. Parece estar absorta en algo que está diciendo Matt.

—¿Qué, han venido en caravana? —Charlie está detrás de mí, susurrándome al oído.

Me encojo de hombros.

—Supongo.

—¿Están juntos?

—¿Matt y Lauren? Lo dudo. —Pero no lo dudo. En cuanto lo dice, me doy cuenta de que eso es justo lo que está pasando. Matt tiene la misma expresión con la que solía mirar a Charlie y su mano está peligrosamente cerca de la espalda de Lauren. Es guapa de una manera suave y natural. En realidad, hacen una bonita pareja.

—Vale —dice Charlie—. ¿A quién le importa?

Se aleja dando tumbos en busca de Jake, o eso creo, y yo estiro el cuello para echar un vistazo a la entrada de Olivia.

—¿Dónde está Rob? —pregunta Olivia de repente y a nadie en particular.

Jake y Ben se miran, y Ben habla primero.

—Está aparcando.

Olivia parece aceptarlo, pero hay algo raro. Tardo solo medio segundo en darme cuenta de qué se trata. Ni siquiera tengo que girarme y verlo para confirmar mis sospechas. Ha traído a Juliet.

Mi prima lleva sus características gafas de sol y su gigantesco bolso. Todo en ella es igual que en la última semana, excepto una diferencia evidente. En lugar de sus vestidos y camisetas de tirantes ajustados, lleva una sudadera. Una sudadera que engulle su pequeño cuerpo, de modo que apenas se ven los pantalones cortos vaqueros que asoman por debajo. Y en la parte delantera del algodón gris desgastado aparece la palabra STANFORD.

Charlie me mira enarcando las cejas, pero está demasiado borracha como para mantener la expresión, por lo que decide descargar en Jake su irritación por la llegada de Juliet.

Olivia duda y luego va a saludarles, como una buena anfitriona, y les da dos bebidas. Juliet no se quita las gafas de sol, que son tan oscuras que es imposible verle los ojos por debajo ni su expresión. Acepta la copa de Olivia, sonríe y exclama: «¡Gracias!», pero se mantiene pegada a Rob, agarrada a su brazo. Rob parece incómodo, pero solo un poco. Si no lo conocieras, pensarías que se está adaptando a la fiesta, recuperándose del viaje.

Pero conozco bien a Rob. Está nervioso. Tiene el mismo aspecto que tenía en nuestra cita... o cena, como quieras llamarlo, de la semana pasada.

No me mira, sino que se acerca a Jake, que parece no saber qué hacer. Charlie se marcha enfadada y Jake se queda mirándola. La única que no parece ni por asomo preocupada por esta escena es Juliet. Está sonriente y alegre, y parece sentirse a gusto en la casa de Olivia. Y con la sudadera de Rob.

—Rose —dice—. ¡Hola!

Cruza la habitación en tres largas zancadas y me da un abrazo sin llegar a estrecharme. Es el mayor contacto físico que he tenido con ella desde que le arrancó la cabeza a mi muñeca hace una década.

—Hola —respondo. No sé qué hacer. Si fuera Charlie, lo más seguro es que le tirase una copa a la cara o la mandase a paseo, pero no hay tiempo suficiente para pensar cómo hacerlo. No me doy cuenta de que acaba de ganar hasta que me suelta. Al ser amable conmigo, ha eliminado por completo sus posibilidades de que la perciban como la mala.

—¡Esto es precioso! —dice, colocándose las gafas de diadema—. ¿Has estado en la parte de atrás?

¿Qué quiere decir con que si he estado en la parte de atrás? Esta es la casa de mi mejor amiga. Llevo viniendo aquí desde los trece años. Por supuesto que he estado en la parte de atrás.

—Cari —dice, y Rob levanta la vista. Ese movimiento es como un cuchillo en mi costado—, mis padres tenían una casa en Malibú, pero la vendieron cuando las cosas se volvieron demasiado complicadas —dice mientras él se acerca—. Ahora tenemos que usar la de los Pitt. —Rob se detiene a unos pasos de nosotros y finge que mira la fotografía que hay colgada por encima del sofá de Olivia. Es una foto de Drew, el hermano pequeño de Olivia, en un cubo de hojalata, así que sé que no puede estar tan interesado. Juliet está parloteando sobre la participación de Brad en la obra benéfica de su padre cuando se detiene, me mira y dice—: Tus padres no tienen una casa aquí, ¿verdad?

—No. —Teniendo en cuenta que el valor promedio de una casa en Malibú es de unos quince millones, diría sin la menor duda que tampoco la tendrán nunca—. No les va la playa.

—Entonces, ¿qué les va? —Juliet parece divertida. Me mira despacio de arriba abajo, como si estuviera haciendo un inventario.

—Pues... ¿el senderismo?

Se ríe a medias y luego baja la voz para que solo yo pueda oírla.

—¿De verdad? Pensaba que solo os gustaban las puñaladas por la espalda.

—Perdona, ¿cómo dices? —Inclino la cabeza hacia delante, convencida de haberla entendido mal.

Juliet se cruza de brazos y me mira a los ojos.

—Ya me has oído.

—¿De qué estás hablando? —Mi voz se eleva al final y Rob se revuelve incómodo junto al bebé del cubo enmarcado.

—¡Oh! La pobre pequeña y delicada Rosie. Protegida de todas las tragedias de la vida por su cariñosa familia.

—¿Has perdido la cabeza? —susurro.

—Tal vez —dice, irguiendo los hombros—. Estoy enamorada, ¿sabes? He oído que te vuelve loca. —Veo un ligero tic en sus ojos y reconozco algo en ellos, algo primitivo. Y es aterrador.

Juliet sonríe, se sacude la melena por la espalda y se gira para acercarse a Rob. Inicia un largo beso al tiempo que le rodea el cuello con los brazos y enrosca las manos en su cabello. Creo que voy a vomitar.

Salgo y trato de respirar un poco de aire fresco. Así que, además de robarme a Rob, ahora está atacando a mi familia. Sé que nuestros padres se pelearon hace mucho tiempo, pero mis padres no son unos traidores. Y ¿cómo se le ocurre llamar «traidor» a alguien? Que mire al que le está comiendo los morros.

Pero hay otra cosa que me preocupa. La madre de Rob sentada en nuestra sala de estar y lo que dijo sobre la familia de Juliet. Que querían venganza. ¿Por qué? ¿Esta es la venganza de Juliet?

Las únicas personas que están fuera son Lauren y Matt y están en un rincón, hablando en voz baja. Me siento en una de las gigantescas tumbonas de rayas y miro al cielo. Ya está oscureciendo. Pronto Olivia propondrá que todo el mundo se bañe desnudo, aunque ella se dejará convenientemente puesto el bañador. Lo mismo ocurrió la última vez que estuvimos aquí, hace un mes. Rob todavía estaba en el campamento, pero Jake y Ben vinieron. Olivia había calentado la piscina por accidente, así que parecía un jacuzzi, y no parábamos de saltar adentro y de salir, para tendernos en las tumbonas y refrescarnos. Recuerdo que pensé en Rob. Deseaba que estuviera aquí. Me preguntaba si cuando volviera nos acurrucaríamos juntos, compartiendo una toalla, con los pies colgando en el agua.

Veo a Olivia y Charlie dentro. Están de pie con Ben y Jake, y Rob y Juliet están allí. Los seis. De repente, veo que todo el año se extiende ante mí como un rollo de película, y no implica en absoluto vengarme de Juliet. Esto es lo que pasará: Charlie y Olivia la llamarán «traidora» durante un tiempo y le guardarán rencor porque me robó a Rob. Luego comenzarán a pasar más tiempo con ella y será cada vez más difícil mantener esa fachada de perra. Ella las agotará. Comenzarán a olvidar por qué la odian tanto. A fin de cuentas, es la novia de Rob. Entonces los seis irán juntos a ver una película. Juliet comentará lo mucho que le gusta la diadema de Olivia y Olivia le dirá dónde la compró. Juliet propondrá ir de compras, quizá incluso en la limusina de su padre. Olivia mirará nerviosa a Charlie antes de aceptar. Me invitarán. Concluirán que han pasado meses; deberíamos seguir adelante. Iremos. Juliet hablará de Rob, pero no mucho. Hará referencia a los viajes de surf de Jake y de Rob. Charlie pondrá los ojos en blanco de forma cómplice. Ahora comparten algo. Después iremos a Grandma's a por panecillos, y los chicos se reunirán con nosotras allí. Todos se emparejarán. Todos menos yo, claro.

—Es de arándano y manzana, no de arándano y uva —dice Olivia y sale. Lleva un envase de zumo en una mano y una toalla en la otra. Charlie va detrás de ella, mirando su vaso como si estuviera buscando algo.

—Ahí está —dice Olivia. Deja el zumo y se sienta en el borde de mi tumbona, extendiendo su toalla sobre mis piernas. Se quita el pareo y lo tira al suelo.

Sacudo la cabeza.

—No, no quiero bañarme desnuda —dice Charlie, dando voz a mis pensamientos. Levanta la mano para que Olivia no diga nada y se arrima a mi tumbona, tendiendo su cuerpo junto al mío y apoyando la cabeza en mi clavícula—. No puedo creer que haya aparecido. —Le huele el aliento a vodka y me doy la vuelta para mirar al océano. La luna está bastante llena y el agua parece plata bajo su luz. Recuerdo haber oído una vez que la única razón por la que el océano es azul es porque refleja el cielo. Si pudieras ver el agua por la noche, tal vez solo se vería transparente. Tal vez podrías ver hasta el fondo.

—¿Quieres que la eche? —pregunta Olivia.

No respondo y Charlie murmura algo contra mi pecho. Sea lo que sea, no es inflexible. En parte porque está borracha, claro, pero en parte porque ya lo están superando. Lo sepan o no, sus protestas no son ya tan rotundas. El escozor de esta traición está desapareciendo y sus comentarios empiezan a sonar repetitivos y aburridos. ¿Cuántas veces pueden decirme que soy más guapa que ella o que Rob es un imbécil? Las está agotando y es obvio. Tan obvio, de hecho, que cuando Olivia anuncia: «Es lo peor», Charlie apenas asiente con la cabeza.

Muchos son los pensamientos enfrentados que pululan por mi cabeza ahora mismo. Mi enfado con Juliet, mi confusión por su comentario sobre la puñalada por la espalda, mis sentimientos por Rob. Y ese es el problema, que todavía me importa él. Todavía quiero que vuelva. No puedo creer que pueda girar la cabeza y mirarlo, y al mismo tiempo no poder hablar con él. Ahora me conformaría solo con su amistad, pero eso también se acabó. Ojalá nunca hubiéramos compartido ese beso, que nunca nos hubiéramos dicho esas cosas. Tal vez entonces podríamos volver atrás. Tal vez entonces no le echaría de menos cuando está aquí mismo.

—¿Quién se apunta a darse un chapuzón?

Inclino la cabeza y abro la boca para rechazar a Olivia de nuevo, pero no es Olivia quien hace la sugerencia. Es Juliet, y está de pie junto a nosotras, con un bikini rosa claro ceñido en el pecho. Está sonriendo con sus relucientes y perlados dientes. Ya no están los dientes grises que mostraba en su interior. Por supuesto, hay más gente alrededor.

Olivia se levanta y rebota ligeramente sobre sus tacones.

—Iba a ir de todos modos —nos dice a Charlie y a mí.

Charlie la despide con una mano y sigue acurrucándose contra mi pecho. Olivia duda, pero luego agarra su toalla. Juliet y ella bajan las escaleras hacia el océano, sus rubios cabellos no se distinguen a la luz de la luna, de modo que después de unos metros es imposible saber quién es quién.

—Me encanta estar aquí —murmura Charlie, y aunque está pegada a mí, me siento más lejos de ella que nunca.

ACTO IV

Escena primera

Es cierto que California no tiene las estaciones de la Costa Este, pero el otoño de San Bellaro tiene algo que me encanta. No, los árboles pierden las hojas y nuestro campus no parece una postal repleta de tonalidades amarillas, rojas y anaranjadas, pero el aire es fresco y vigorizante, y se respira un ambiente de renovación. Como si el cambio fuera posible, aunque no pueda verse.

Y las cosas han cambiado.

—Creo que la señora Barch me tiene manía —digo. Estamos sentadas en el patio, terminando de comer. Cuando llega octubre en San Bellaro, muchos estudiantes deciden refugiarse en la cafetería hasta la primavera. Nosotras, no. «Somos guerreras», como le gusta decir a Charlie. Nos ponemos un jersey y nos quedamos fuera.

—¿Hum? —murmura Charlie. Está mirando a Jake, que está en la pasarela. Rompieron la semana pasada por lo que Charlie consideró un «abandono de fin de semana». Jake decidió ir a un concierto con John Susquich y la dejó sola el sábado por la noche. Aún no se ha recuperado de eso y siguen sin hablarse.

—Aún no me creo que no estés en Física con nosotras —dice Olivia—. Ayer el señor Dunfy trajo magdalenas. Nos pasamos toda la clase comiendo. —Mira a Ben en busca de confirmación y él asiente.

—Es cierto —dice—. Toda la clase.

La verdad es que la biología es un quebradero de cabeza. He solicitado plaza anticipada en Stanford, pero querrán ver mis notas del primer semestre y ahora mismo apenas llego a un notable bajo.

—¿Quién es tu compañero en Biología? —pregunta Olivia.

—Len.

—¿Stephens?

Charlie levanta la cabeza y nos mira.

—¿De qué estamos hablando?

—De que estoy fracasando en Biología.

—Deberías haber escogido Física —dice Charlie—. ¿Sabes que comimos...?

—Magdalenas durante toda la clase. Lo sé.

Olivia agarra su manzana, le da un mordisco sin mucho entusiasmo y la deja.

En el rostro de Charlie se dibuja una expresión que a estas alturas conozco bien y levanto la vista a tiempo de ver a Rob y Juliet pasar agarrados de la mano. Juliet mira hacia nuestra mesa al mismo tiempo que alza la mano para alborotarle el pelo a Rob. Apoya la cabeza contra él y no me quita el ojo de encima mientras le rodea con los brazos.

Ha pasado más de un mes, pero me sigo sorprendiendo cada vez que los veo juntos. Como si todavía estuviera esperando que Rob se acercara a mí por la espalda, me tapara los ojos con las manos y me pidiera que adivinara quién es. Charlie dice que es normal llorar a alguien durante un tiempo, que cuando su madre murió aún esperaba verla todos los días durante un año. Sin embargo, Rob no está muerto. Está aquí.

—Es como si estuviera muerto —dice Charlie, leyéndome la mente—. Ya ni siquiera le saludas.

Olivia tiene Inglés con Juliet y con Rob, y me ha informado de que se pasan el tiempo hablando entre ellos. También dice que Rob ya casi no sale con Ben.

—Ya ni siquiera va a hacer surf y he oído que se pelea con su familia —añade Charlie.

—Ni hablar —digo—. Rob y sus padres están muy unidos.

—Ya te digo yo que sí —confirma Olivia—. Me lo ha contado Josh.

—Josh tiene seis años.

—Sí, y es el mejor amigo de Mathew. —Mathew es el hermano de Rob, el menor de los cuatro chicos.

—¿Por qué se pelean?

Olivia se encoge de hombros.

—No lo sé. Pero no me sorprendería que tuviera algo que ver con ella.

A mí tampoco.

—En fin, ahora mismo la biología es más importante para mí. Estoy jodida —digo, apoyando la frente en la mesa.

—A lo mejor no sería tan malo que no fueras a Stanford —dice Charlie—. ¿Por qué narices quieres aguantar otros cuatro años a ese idiota? —Señala por encima del hombro hacia la cafetería, que es a donde Rob y Juliet están entrando.

—Ni siquiera sé si ya ha solicitado plaza —digo.

—Pero ¿no era ese el plan? —pregunta Olivia.

—Tenía muchas cosas planeadas —replico.

Alcanzo el libro de biología de la mesa y me levanto para ir al laboratorio.

—¡¿A dónde vas?! —grita Charlie, pero no le quita los ojos de encima a Jake.

Todavía me quedan diez minutos, pero tengo que releer el último capítulo. Cada vez que miro el libro de texto, parece que las palabras se transforman en otro idioma. Como si hubiera comprado la versión en árabe por accidente.

Len ya está en clase. Está sentado al fondo frente al ordenador, con esa camiseta morada con el rayo. Un largo rizo descansa sobre su frente y de repente siento un acuciante deseo de agarrarlo y tirar de él.

—Llegas pronto —le digo.

—No hay clase —dice sin levantar la vista.

—¿En serio?

Señala hacia la pizarra por encima del hombro. Leo las palabras «La señora Barch ha tenido que ausentarse. Los ejercicios para el trabajo en pareja están en mi mesa».

—Ha tenido que ausentarse —repito.

Len asiente.

—Sí. Seguro que es por la obra. Actúan tan mal que a mí también se me empezaba a revolver el estómago. —Se da la vuelta y sonríe—. ¿Qué tal, Rosaline?

—¿Nos ponemos con los ejercicios?

Hace un gesto de rechazo con la mano.

—Más tarde. Arrima una silla. —Agarra una de plástico, la coloca junto a la suya y palmea el asiento.

Dejo la mochila y me siento, arrimándome para ver la pantalla de su ordenador.

—¿Un poco de intimidad?

—¡Venga ya! Como si te importara.

Len resopla y coloca la pantalla entre los dos. Enseguida veo una foto de la familia de Juliet.

—¿Qué es esto? —pregunto.

—¿Las noticias? En contra de la creencia popular, resulta que sé leer. ¡Oye! —dice Len mientras giro la pantalla y escudriño el artículo. Es algo sobre la reforma educativa y el compromiso del senador Caplet con la familia—. Sus políticas son una mierda —sentencia Len.

—¿Sigues su carrera?

Len exhala con suavidad.

—Soy un ciudadano informado —aduce. Alarga el brazo por delante de mí para agarrar el ratón, pero le aparto la mano de un manotazo. Tengo una idea. Coloco los dedos en el teclado y escribo: «Richard Caplet» en el buscador del *San Bellaro News*. Aparecen mil artículos.

—Ya veo que te preocupa mucho —replica Len, divertido.

Hago clic de manera metódica y me remonto a artículos cada vez más antiguos. Dos años, tres años, cuatro, cinco. Escudriñando los titulares en busca de lo que quiero encontrar. Llego a la última página y ahí está, en letras grandes y en negrita, con fecha de hace más de diez años. Pero el titular es algo que no esperaba. Leo las palabras una vez, dos veces, y luego miro a Len para ver si está leyendo lo mismo que yo. Pincho para abrir el artículo.

Hay una foto de mi padre y del padre de Juliet y encima de la foto están escritas las palabras TRAICIONADO POR SU PROPIO HERMANO.

Escena segunda

«La campaña de Richard Caplet dio un giro inesperado el martes por la noche. Justo después de que Steve Monteg anunciara su intención de enfrentarse al señor Caplet en las próximas elecciones a la alcaldía, el señor Caplet recibió la noticia de que su hermano y antiguo director de campaña, Paul Caplet, apoyaría la candidatura del señor Monteg. Los dos hermanos siempre habían estado muy unidos y los motivos del cambio de opinión de Paul Caplet siguen sin estar claros. Paul Caplet es profesor en la Universidad de San Bellaro y muchos vaticinan que tiene sus propias aspiraciones políticas. Al preguntarle por su apoyo, el profesor respondió: «Steve Monteg es el hombre adecuado para nuestra ciudad y nuestro estado. Confío plenamente en su capacidad de liderazgo».

Len termina de leer y se sienta en su silla. Los alumnos empiezan a entrar en el laboratorio, recogen sus ejercicios y toman asiento. Ni Len ni yo nos movemos.

—No lo entiendo —digo.

—No se sabe lo que la gente es capaz de hacer por conseguir el poder —replica Len.

—Mi padre no es así. Tú no le conoces. Es profesor.

Len asiente.

—Lo entiendo —dice—. Pero todo esto sucedió hace mucho tiempo.

—Por eso Juliet dijo que mi familia eran unos traidores. —Me apoyo en el respaldo y golpeo la silla—. Ella tenía razón.

—Tu padre debía de tener sus razones —aduce Len con suavidad. Lo dice con tanta delicadeza que me giro para mirarle y asegurarme de que es él quien habla. Y lo es.

—No importa —digo—. Aun así, mis padres le dieron la espalda a la familia.

—¿Tú crees?

Levanto los brazos y señalo la pantalla.

—¡Acabas de leerlo!

Len inspira hondo y habla despacio, como si me estuviera explicando Aritmética.

—Creo que hay muchas definiciones diferentes de «familia», eso es todo. A lo mejor tus padres consideraban su familia a los Monteg.

—Es que no tiene ningún sentido. Conozco a mis padres. Antes que elegir bando, prefieren mantenerse neutrales como Suiza.

—Ser Suiza tiene sus inconvenientes —alega Len—. El mal tiempo, por ejemplo.

—¿Y por qué nunca me han hablado de esto? ¿Por qué no me han contado que esta fue la razón por la que la familia de Juliet se fue de la ciudad? —Len se queda callado—. Él ganó, ya sabes —prosigo—. El padre de Rob fue alcalde durante cuatro años cuando éramos niños.

—Lo sé. Lo recuerdo. —Len me mira—. Así que la familia de Juliet se fue con el rabo entre las piernas, ¿eh?

—Si te soy sincera, no me acuerdo —digo—. Yo tenía solo siete años.

—Parece que han cambiado muchas cosas.

—Solo sé que éramos como hermanas y luego se mudaron y ella se volvió contra mí. Pero estoy segura de que su familia nos odiaba. Juliet debió de percibirlo.

Contemplo el rostro juvenil y entusiasta de mi padre en la pantalla. Está rodeando con el brazo a su hermano y ambos sonríen. Parecen casi gemelos, vestidos con chaqueta y camisa a juego; los dos con el pelo corto y los mismos hoyuelos.

—Lo siento —digo—. Esto no es tu problema.

Len se ríe.

—¿Siempre eres tan neurótica?

Cierro un ojo y le miro.

—Supongo que sí.

—Oye —Len se gira y mira el reloj—, quedan solo quince minutos de clase, y como sé que me vas a obligar a hacer estos ejercicios, ¿qué te parece si quedamos más tarde?

¿Len ofreciéndose a pasar tiempo conmigo en un entorno no académico? Alucinante.

—¡Claro! ¿Podrías venir tú a mi casa? Ha sido un día muy largo y quiero largarme de aquí.

—No hay problema.

Subo la mochila a la mesa junto al ordenador y saco un bolígrafo.

—Espera que te anoto mi dirección.

Arranco un trozo de papel del cuaderno y me dispongo a escribir cuando, de repente, Len pone su mano sobre la mía. Me sobresalto al sentir su tacto.

—No hace falta —dice—. Me acuerdo.

—¡Si nunca has venido a mi casa! —replico. No doy fiestas y las únicas personas que en realidad se reúnen en mi casa es nuestro pequeño grupo de seis. Lauren y John también, pero podría contar sus visitas con los dedos de una mano.

—Sí que he ido. —En su rostro aparece una expresión durante una fracción de segundo, pero desaparece antes de que tenga la oportunidad de dilucidar de qué se trata—. Una vez mi madre se olvidó de recogerme en casa de Famke. La tuya dejó que la esperara en tu casa. No fue para tanto.

—¡Ah!

Mira su libro de texto.

—Siempre estabas fuera cuando terminaba mi clase. —Levanta la vista y sonríe—. Por cierto, lo siento. Seguro que por aquella época era malísimo.

Niego con la cabeza.

—Eras muy bueno. Escucharte tocar era mi parte favorita de las clases. —Siento que mis mejillas enrojecen. No tengo ni idea de por qué he dicho eso..., aparte de porque era cierto.

Sin embargo, mi confesión no parece desconcertar a Len. Se limita a mirarme.

—Gracias —dice con total sinceridad.

El momento se alarga tanto como para que me dé cuenta de que ambos guardamos silencio.

—¿Nos vamos?

—Empezaba a pensar que no ibas a sugerirlo. —Apaga la pantalla y la cara de mi padre desaparece.

Recogemos nuestras cosas y salimos por la puerta del laboratorio. Len se pone a imitar a la señora Barch dando instrucciones al belga. Es divertidísimo. La verdad es que es bastante gracioso, y aunque nunca lo reconocería delante de Charlie, empiezo a entender lo que quería decir Olivia. Que es guapo, quiero decir. No solo de caerse de espaldas, sino que resulta bastante encantador. Es verdad que lleva el pelo demasiado largo y es un poco vago, pero tiene una gran seguridad en sí mismo. Parece que le dé igual lo que piensen los demás.

—Tengo que hablar contigo.

Se me corta la risa de repente y veo a Rob ahí. Parece agotado, descuidado, como si no estuviera seguro de lo que está haciendo. Ben también está ahí y parece arrepentido.

Me quedo mirando a Rob.

Son las primeras palabras que me dirige en semanas.

—Oye, yo me voy a Inglés —me dice Len—. ¿Nos vemos después de clase?

Rob frunce el ceño y mira a Len.

—¿Qué estáis haciendo?

Esa sonrisa familiar vuelve a aparecer en la cara de Len. Entonces sacude la cabeza despacio y murmura algo en voz baja.

—He dicho que tengo que hablar contigo —me dice Rob. Su mandíbula se tensa un poco.

—Hola —dice Ben. Le pone una mano en el hombro a Rob—. Vamos a llegar tarde.

Rob se lo quita de encima y Ben me mira. Es la misma mirada que le veo dirigir a Olivia cuando está detallando un fracaso en las compras. Como si le importara de verdad, pero no supiera de qué forma ayudar. La verdad es que yo tampoco la sé. Este es un territorio desconocido. En todos nuestros años de amistad nunca he visto a Rob cabreado de verdad. El Rob que yo conocía era dulce y amable y en absoluto agresivo. Ese no es el que está aquí. Supongo que Juliet también lo ha puesto en mi contra.

—Oye, quizá deberías irte —dice Len. Hace la sugerencia de forma informal, como si le preguntara a Rob si quiere un refresco.

—A mí no me digas lo que tengo que hacer —replica Rob. Se vuelve hacia Len y le agarra la mochila. Ben intenta agarrar de nuevo a Rob del hombro, pero él le hace retroceder.

—¿Estás mal de la cabeza? —digo, tratando de colocarme entre ellos—. Suéltale.

—¿Ahora vas a luchar por él? —Rob enseña los dientes como si fuera una especie de animal salvaje. Sus ojos parecen consumidos, fríos. Como si se hubiera congelado fuera de su propio cuerpo.

—No estoy luchando por nadie —digo—. No estoy luchando.

—No pasa nada, colega —dice Len—. Relájate.

Veo al señor Davis encaminándose hacia nosotros.

—Para, ¿vale? —le suplico—. En serio. Para. —Pero Rob no me escucha. Y no deja que Ben se acerque. Ha pasado de la mochila de Len y ahora le agarra del cuello de la camisa.

—No me digas que me relaje —le espeta a Len—. No sabes nada de mí. Ni de ella. —Entonces, de repente Rob utiliza la mano libre para lanzarle un puñetazo a la cara a Len. Len retrocede a trompicones y Rob se le queda mirando. Mira su mano, luego a Len y después a mí—. Yo... —empieza, pero es demasiado tarde.

El señor Davis lo ha visto todo y llega hasta Rob antes de que pueda articular otra palabra.

—¿Qué está pasando aquí? —exige el señor Davis. Ben intenta intervenir y decir algo, pero el señor Davis hace caso omiso y ataca verbalmente a Rob y a Len—. Al despacho del señor Johnson. Los dos. De inmediato.

Agarra a Rob de los hombros y hace que se ponga en marcha.

—¿Estás bien? —Le susurro a Len—. Lo siento mucho.

—Sí —dice—. No pasa nada. —Sonríe como si quisiera tranquilizarme—. Pilla los deberes, ¿vale? Se nos han olvidado las copias.

—Claro —digo—. Pero ¿seguro que estás bien?

—Sobreviviré. —Sonríe, hace un pequeño saludo con la mano y sigue al señor Davis, que ya está bastante lejos, con las manos aún sobre los hombros encorvados de Rob.

***

—No soporto a esa chica —dice Olivia—. Ha sido un problema. Desde el primer día.

Estamos en clase de Matemáticas, la última del día, y acabo de contarle a Olivia el altercado entre Rob y Len. He escrito la mayor parte en la esquina de mi cuaderno, ya que el señor Stetzler es un poco estricto con el tema de hablar en clase.

—Bueno, la culpa de esto la tiene Rob —susurro.

—Lo que tú digas. Ella es la causante de todo. Rob estaba bien hasta que apareció ella. Ahora se pelea, pasa de sus amigos y no se habla con sus padres. —Olivia tiene un ojo puesto en el señor Stetzler y el otro en el belga, que está sentado a la izquierda de nosotras. No suele venir a clase, pero cuando lo hace, su sola presencia basta para que Olivia se angustie. Matt ejerce el mismo efecto en Charlie. A lo mejor nunca te olvidas de las personas con las que has salido o que han significado algo para ti—. Es probable que a estas alturas ya quiera dejarlo —continúa Olivia—. Estoy segura de que se ha dado cuenta de que es una mandona. Pero ya no hay nada que pueda hacer.

—No están casados —digo—. No tiene ningún contrato. —Dibujo en mi cuaderno de forma distraída, garabateando mientras conversamos. Da igual la época del año que sea, siempre hace calor en el aula de Matemáticas, por lo que cuesta mucho concentrarse. Además, el señor Stetzler tiene una voz muy grave e intensa, como la del tráiler de una película, y resulta hipnótica. No tanto para que quiera ponerme a coquetear con él como hace Olivia, pero sí para que me entren ganas de quedarme dormida encima de la hoja de ejercicios.

—Sí, pero no creo que quiera cargar con ese remordimiento.

—¿A qué te refieres?

Olivia sujeta el pelo detrás de las orejas.

—Tu prima amenazó con suicidarse.

Dejo escapar un sonido a medio camino entre una tos y un estornudo, y el señor Stetzler me mira con el ceño fruncido.

—Eso es un rumor —alego. Hoy han estado corriendo rumores en la clase del último curso sobre una sobredosis de pastillas o algo así por parte del Juliet. Pero como nadie puede precisar la hora ni la razón, me cuesta creerlo—. ¿Qué motivos tiene para suicidarse? Su vida es perfecta.

—¿Que su novio sigue enamorado de su ex? —Olivia enarca las cejas y frunce los labios. Le doy un codazo y vuelvo a inclinarme sobre nuestra hoja de ejercicios. Ojalá pudiera creerla—. Y ¿sabes qué más? —susurra—. Me ha robado los zapatos. Los nuevos mocasines de Tory Burch. Los compró en preventa.

—¿Juliet?

Olivia me mira como diciendo: «¡Por favor, espabila!».

—Pues claro —dice—. ¿Quién más podría hacer eso en este instituto? —Me mira y se muerde el labio—. Ya sabes lo que quiero decir.

—Lo sé —digo.

El señor Stetzler nos lanza una mirada incisiva y ambas fingimos que estamos muy ocupadas resolviendo un problema en nuestros cuadernos. Cuando continúa con la lección, Olivia se inclina hacia mí.

—Sé que no debería hablarte de ella. Le prometí a Charlie... —El belga suelta un eructo y todos empiezan a reírse. Olivia frunce la nariz y me mira.

—¿Qué le has prometido a Charlie?

—Es que no queríamos disgustarte —dice Olivia con suavidad—. Te queremos y deseamos que estés bien.

—Estoy bien —digo—. Hace semanas que estoy bien.

Olivia juguetea con su lápiz. Está mordido igual que sus uñas. Le gusta mordisquear las cosas cuando está nerviosa.

—Aun así, es duro perder a un amigo —aduce, mirándome con sus grandes ojos azules.

—Me estabas hablando de Juliet —digo, desviando la mirada porque de repente tengo la sensación de que está hablando de perderme a mí. Del hecho de que últimamente no he estado muy presente. No de verdad.

—Sí —dice, tomando aire con brusquedad—. Creo que es un poco retorcida. A ver, ¿quién va a Barneys, busca lo que he pedido en preventa y luego me roba el puesto en la lista de reservas? ¿Es eso legal? —Nunca he entendido la obsesión de Olivia por las compras. Vale, supongo que me gusta la ropa, pero no me apetece pasarme todo el día en el centro comercial. No es que la censure por ello. El instituto es duro y cualquier cosa que ayude a superarlo me parece bien. Pero para Olivia ir de compras es una profesión. Tiene un talento enorme para eso, así que entiendo a la perfección que se cabree tanto porque alguien le gane en su propio juego—. Parece que trate de quitárnoslo todo —prosigue—. Que ya no le basta con haberte quitado a Rob.

El señor Stetzler está repartiendo los deberes, y cuando llega a mí, ni una sola tarea de la lista me resulta familiar. Solemos resolver la mitad durante la clase para tener algunos ejemplos, pero hoy no he tomado apuntes.

—No me he enterado de nada de esta clase —digo.

—Da igual —dice Olivia, tomando el papel—. ¿Vamos a comer algo a Cal Block?

—No puedo. —Todo el mundo sale ya por la puerta y Olivia y yo hacemos lo mismo—. He quedado para estudiar.

—¿Qué asignatura?

—Biología —digo—. Len va a venir a casa para ayudarme. A menos que el señor Johnson lo tenga castigado o algo así.

—Len, ¿eh? —Olivia enarca las cejas y mueve los hombros—. Habéis pasado mucho tiempo juntos.

Me sonrojo.

—Somos compañeros de laboratorio —digo, desviando la mirada—. Si yo suspendo, él también correrá la misma suerte.

—¿Desde cuándo le importan las notas? Y la obra...

El belga pasa y Olivia arquea la espalda para que se le vea una pequeña parte del abdomen. Me parece que se ha dado cuenta, porque vuelve la vista, pero Olivia está absorta en nuestra conversación. O al menos lo aparenta. Es una auténtica lata ser una chica hetero en el instituto. Todo parece basarse en hacer que los chicos te deseen.

—Creo que protestas demasiado —dice Olivia, riéndose.

—Estás mal de la olla.

—Ya te lo he dicho —replica Olivia mientras bajamos las escaleras—. Siempre me ha parecido que es muy guapo.

—Es muy sarcástico.

—¿Y qué? —dice Olivia—. A mí su lado rebelde me parece sexi.

—Bueno, pues todo tuyo.

Olivia pone los ojos en blanco.

—Me gusta Ben. —Se muerde el labio y se para—. De hecho, le quiero.

Yo también me detengo. Me lo imaginaba, pero no esperaba que Olivia fuera a reconocerlo. Pero ahora me mira como si hubiera algo más.

—¿Qué pasa? —pregunto, cambiándome la bolsa de brazo.

—Nos... —Exhala y da una pequeña patada a la tierra con su zapato—. Nos hemos acostado..., más o menos.

—¿Lo sabe Charlie? —No sé por qué es lo primero que le pregunto, pero parece importante.

—Sí —dice—. Se lo he contado esta mañana.

—Vale. ¿Y cómo te sientes? —No sé qué decir. Suponía que cuando llegara el momento, yo sabría más sobre sexo. Una vez más me equivocaba.

Olivia se encoge de hombros.

—Supongo que no muy diferente.

—Ya.

—Pero ¿sabes qué? —dice, y su voz cobra firmeza—. Me ha gustado mucho.

—¡Vaya! Eso está bien, ¿no? Ese es el objetivo.

—No, no hablo de eso. —Frunce el ceño y se cruza de brazos—. Me refiero a que me ha gustado mucho sentirme tan cerca de alguien. Me ha gustado mucho sentirme tan cerca de él. —Sé que nos metemos mucho con Olivia por ser un poco atolondrada y superficial, pero creo que en el fondo ella también tiene sus temores. Que se toma algunas cosas muy en serio. Sé que esto era algo que deseaba de verdad y creo que en cierto modo estoy orgullosa de ella por haber ido a por lo que deseaba. Y por tomar la decisión por su cuenta—. En fin, volviendo a Len... Solo digo que estoy a favor. Nada más.

—Bueno, agradezco tu aprobación —digo—. Gracias.

Charlie nos espera en la parte de arriba, apoyada en el Big Red. Lleva puestas las gafas y el sol hace que su pelo se vea muy naranja, casi iridiscente, como las alas de una mariposa.

—Tenemos que hablar —dice cuando nos ve—. ¿Vamos a Cal Block?

—La verdad es que creo que voy a tener una cita tórrida con tu hermano —dice Olivia. Me guiña un ojo y se monta en su coche.

—Sabía que se lo estaban montando —dice Charlie, siguiéndola con la mirada—. Estaba demasiado contenta.

Nos subimos a su coche.

—¿Qué tal estás tú? —pregunta—. Ben me ha contado lo de la pelea por encima, pero necesito los detalles. Y ¿te has enterado de la historia del suicidio?

—He quedado para estudiar con Len —anuncio—. Suponiendo que aparezca, tengo que estar en casa.

Charlie me mira mientras salimos del aparcamiento y nos incorporamos a la autopista.

—Bueno, ¿qué está pasando ahí?

—¿Dónde?

—Vamos, no te hagas la tonta conmigo. Dos chicos se pelean a puñetazos en el instituto... ¿y pretendes decirme que Rob no estaba celoso?

—¿Celoso? Aunque Len y yo estuviéramos saliendo, que no es el caso, Rob no tiene ninguna razón para preocuparse. ¿Tengo que recordarte que tiene novia?

—Algo pasa —insiste Charlie, chasqueando la lengua—. Las cosas están raras.

—Eso es porque las cosas son raras. Rob se ha puesto en plan Hulk, al parecer Juliet tiene tendencias suicidas y yo acabo de descubrir que hubo un escándalo político en mi familia.

—Explícate, por favor —dice Charlie, mirándome por encima de sus gafas de sol.

Le cuento a Charlie lo que he descubierto hoy con Len.

—Bueno, eso explica por qué te tiene manía.

—Es posible. Pero sigo sin entender por qué me odia tanto. Y no puedo creer que mi padre hiciera daño a su hermano sin ninguna razón, ¿sabes? No es propio de él.

Charlie se encoge de hombros.

—Tal vez el padre de Rob fuera de verdad el mejor candidato. Bueno, tus padres han sido siempre muy amigos de los padres de Rob. Tal vez solo fuera una cuestión política, no personal.

Charlie entra en mi casa y el coche de la madre de Rob está aparcado junto al de mi madre. Suele acercarse a pie, pero me imagino que venía de alguna parte. En la ventanilla trasera lleva la pegatina de ASISTENTE SOCIAL DE SAN BELLARO que Rob y yo hicimos para su cumpleaños hace dos años.

Saco mi bolsa del coche.

—Buena suerte con... —Charlie agita la mano en el aire, fingiendo buscar una palabra.

—Len —digo.

—Cierto, Biología. —Se quita las gafas de sol y me lanza un beso—. Llámame mañana. Creo que tendremos que espiar a Jake este fin de semana.

—Se me había olvidado por completo que era viernes.

—Sí. Hace que esta sesión de estudio parezca una cita, ¿no? —Sale del camino de entrada y dice—: *Ciao, bella*.

Me despido de ella con la mano y entro en casa. La madre de Rob y la mía están hablando en la cocina. Me recuerda a los millones de veces que he llegado a casa y he visto lo mismo. Preparar galletas de Navidad juntas en nuestra cocina. Cenas de verano en el patio. La única vez que la madre de Rob y la mía nos dejaron compartir una copa de vino con ellas en la encimera. Hace que eche mucho de menos a Rob.

—Hola —digo, entrando en la cocina—. ¿Una reunión secreta?

La madre de Rob sonríe. Tiene los mismos ojos color chocolate que Rob y durante un segundo tengo que contener el nudo que se forma en mi garganta. Me hace señas para que me acerque.

—Hola, guapa —dice—. ¿Cómo estás?

—Bien —respondo.

—¿Van bien las clases?

Asiento con la cabeza.

—Pero la biología me está dando la lata. —De repente tengo unas ganas tremendas de preguntarle por Rob. El impulso es tan fuerte que tengo que morderme la lengua para no sucumbir.

Pero no hace falta que lo haga porque mi madre se apresura a intervenir.

—Jackie me estaba hablando de Rob. ¿Sabes que hoy le han expulsado de forma temporal?

—Sí —murmuro—. Es decir, no sabía que le habían expulsado, pero me imaginaba que pasaba algo.

La madre de Rob sacude la cabeza.

—Es esa chica. Juliet. Lo siento —dice, mirando a mi madre—, pero no es el mismo desde que ella está aquí. De repente se mete en peleas y solicita plaza en la Universidad del Sur de California. Su padre cree que deberíamos prohibirle que la vea, pero...

—¿No ha solicitado ya el ingreso en Stanford? —Se me quiebra la voz y mi madre y la de Rob se miran.

—Lo siento, cariño —dice la madre de Rob, pero se queda callada—. No sé qué ha pasado.

Todos sabemos lo que ha pasado. La Universidad de California es perfecta para Juliet. Volverá a Los Ángeles y estudiará Interpretación mientras sigue actuando. Rob quiere estar con ella, así que ha aceptado irse allí. Ahora va a adoptar su sueño. Stanford ya es cosa del pasado.

—Va a venir a estudiar un amigo —digo—. Me voy arriba.

—¿Las chicas? —pregunta la madre de Rob.

Le encanta referirse a Charlie y Olivia como «las chicas». Cuando éramos más pequeñas, una vez nos llevó a Charlie y a mí a pasar el día a Los Ángeles en una excursión de compras para chicas. Al recordarlo hoy, estando aquí con ella, me doy cuenta de lo mucho que los echo de menos no solo a Rob, sino también a toda su familia.

—No, es Len —digo.

—¿Len Stephens? —pregunta mi madre. Levanta la cabeza de su taza de café.

—¿No es el chico al que Rob...? —La madre de Rob da un golpe en la mesa.

—Sí. —Trago saliva—. En realidad, no fue culpa de nadie. Las cosas se nos fueron de las manos.

—¿Rob le dio un puñetazo a Len Stephens? —pregunta mi madre, con los ojos como platos—. Era un chico muy amable. Solía ir a clase con Famke justo antes que tú, ¿te acuerdas? Tenía mucho talento.

—Y lo sigue teniendo —añado. Ni siquiera sé si eso es cierto, pero siento que debo decir algo en su defensa. Y es más fácil defender su talento que su amabilidad.

La madre de Rob entrecierra los ojos y se pasa el dedo índice por la frente.

—Rob ha admitido que él tuvo la culpa —dice, con los ojos cerrados—. Ni siquiera intentó discutir.

—Es un buen chico —dice mi madre con suavidad, poniéndole una mano en el hombro.

—Creo que te echa de menos —dice, mirándome—. En cuanto a esa Juliet... —Su voz se va apagando. Se limpia los ojos y se endereza—. Lo siento —se disculpa—. Sé que esto no es fácil para ti. Antes estabais muy unidos.

El timbre de la puerta suena y lo aprovecho para escapar.

—Me alegro de verte —digo—. Mamá, vamos a trabajar en mi habitación.

—¿Queréis que os lleve unas manzanas?

—Mamá, que no vamos a la guardería.

—Lo sé —aduce, poniéndose de pie y acercándose a mí—. Deja que te cuide mientras pueda.

Pongo los ojos en blanco y miro hacia la puerta.

—Pero no te pases —digo, dándole un rápido abrazo—. Estaremos arriba.

Len está frente a la puerta, con la mano apoyada en el panel lateral. Tiene un moratón muy oscuro alrededor del ojo derecho.

—¡Dios santo! —exclamo—. Estás para el arrastre.

—Gracias —dice—. Tú tampoco estás tan mal.

—¿Quieres un poco de hielo?

—Estoy bien.

—Lo sé, pero eso tiene muy mala pinta.

—¿Puedo entrar?

—Claro —digo, haciéndome a un lado—. Lo siento. Mi habitación está arriba.

—Eres muy estricta —dice—. ¿No hay visita guiada?

—Más tarde —digo—. Ahora mismo tenemos que trabajar. —Lleva una bolsa de regalices en la mano en vez de la mochila—. ¿Dónde están tus cosas? —pregunto y él levanta el paquete—. Eso es regaliz.

—Tu favorito, nada menos.

Me quedo sorprendida.

—¿Cómo sabes tú eso?

—¡Date prisa! —dice, empujándome al pasar y empezando a subir las escaleras—. No me obligues a comerme esto yo solo.

—Pero tenemos que estudiar —digo, subiendo detrás de él.

—Vamos a relajarnos un rato —propone—. El médico me ha dicho que debo descansar.

Se detiene en lo alto de las escaleras y se pone una mano con delicadeza en la mejilla.

—Estás mintiendo —le acuso—. Pero vale.

—¿Cuál es tu cuarto? —dice, estirando una mano en cada dirección.

—El de la izquierda.

Nos sentamos en el suelo de mi habitación, con los regalices entre nosotros. Abre la bolsa y me ofrece uno. Lo acepto.

—Bueno, ¿qué ha pasado? —pregunto.

Len suspira y hace rodar un regaliz entre las palmas.

—En realidad nada. Rob se declaró culpable. A mí no me han castigado, pero he oído que a él le han expulsado de forma temporal. —Me mira para ver mi reacción.

—Mmm... Yo también. Debes de estar aliviado.

Len se encoge de hombros.

—¡Ah, claro! Lo había olvidado. Las expulsiones son como unas vacaciones pagadas para los que no nos interesa el instituto. —Me mira con los ojos entrecerrados, apoyando los codos en las rodillas con despreocupación—. ¿Es eso lo que piensas de mí?

—Sí —digo. Mi voz se apaga. De repente me está poniendo nerviosa—. Es decir, nunca haces los deberes y siempre les das caña a los profesores. ¿Acaso vas a solicitar el ingreso a la Universidad?

Saco otro regaliz de la bolsa y me ocupo de arrancarlo como si fuera una tira de queso.

—No sabía que me prestabas tanta atención, Rosaline. —Ladea la cabeza y me dedica una sonrisa torcida. Abro la boca para hablar, pero él levanta el dedo—. Que conste que sí hago los deberes. Estoy aquí, ¿no? Y no le doy caña a todos los profesores, solo a los que se lo merecen. Y en cuanto a la Universidad... —enarca las cejas—, ya me han admitido.

—Pero las solicitudes tempranas no se deciden hasta el mes que viene, como muy pronto.

—Yo entré este verano —dice. Deja caer las rodillas al suelo y agarra la bolsa de regalices.

—Éramos estudiantes de penúltimo curso.

—¡Ajá! —dice, masticando—. Tienes razón.

—No se puede solicitar el ingreso en la Universidad hasta el último curso.

—Sí —dice—. Todo cierto.

—Entonces, ¿de qué se trata? ¿Cursos de formación profesional? Repetir curso no cuenta como educación superior.

—Gracias por tu preocupación —dice—. Pero en realidad, no. He entrado en Juilliard.

La mandíbula se me desencaja hasta el punto de que creo que voy a tener que levantarla del suelo de forma manual. Cuando por fin empiezo a hablar, las palabras salen de mi boca de forma atropellada.

—¿Qué? ¿Me estás tomando el pelo? ¿Por qué?

Len se ríe.

—La sorpresa la puedo soportar, pero ese «por qué» me parece un poco grosero.

—Lo siento, ¿pero estás hablando en serio?

—¿Quieres ver la carta de admisión?

Le miro con atención. Es imposible, pero tampoco sé por qué iba a mentir al respecto. En realidad, parece una de esas cosas que le gustaría mantener en secreto. Pero ¿Juilliard? ¿No es esa la escuela para niños prodigio?

—Ese soy yo —dice, golpeándose el pecho—. El niño prodigio.

—¿En qué?

—Vale. —Cruza los brazos sobre el pecho—. Tocando el piano.

Ahora tiene mucho sentido. Por qué es tan inteligente pero no se preocupa por el instituto.

—Seguiste yendo a clase —digo.

Me pongo de pie y le tiendo la mano. Me mira con curiosidad, pero deja que le ayude a levantarse. Le hago bajar las escaleras y entrar en el estudio, de la misma manera que el señor Davis hizo con Rob esta tarde. Mi madre y la de Rob no están ya en la cocina; es probable que hayan salido. Cuando ve el piano, se echa a reír.

—Lo has conservado —dice.

—Sí, mis padres siempre pensaron que tal vez volvería a tocar. —Me siento en el banco y me vuelvo hacia él—. ¿Tocarías algo para mí?

Entrelaza los dedos y mueve los pulgares en círculo, como si lo estuviera considerando.

—Sí, pero solo si antes tú tocas algo para mí.

—No soy yo la que acaba de entrar en Juilliard.

—La verdad es que entré este verano —dice—. Así que ha pasado ya un tiempo.

—Muy gracioso.

—Vamos —dice—, creo que descubrirás que recuerdas más de lo que crees.

Respiro hondo y levanto la tapa. Luego coloco las manos sobre las teclas. Intento recordar una pieza que me encantaba, *Fleur de Lis*. Las primeras notas y compases suenan oxidados, como las radios de una rueda sin engrasar. Pero a medida que avanzo, empiezo a soltarme un poco. Es más difícil de lo que recordaba y me quedo sin aliento en unos pocos segundos, pero también resulta maravilloso. Es como mover por fin las piernas después de un largo viaje en avión.

Me detengo después de un minuto y me doy cuenta de que casi estoy jadeando.

—No está mal —dice Len—. Tienes que empezar a tocar de nuevo.

Así es. Había olvidado lo viva que me hacía sentir el piano. La música hace que mis células se pongan como una moto, como el subidón de adrenalina que se produce después de una larga carrera.

Len se sienta a mi lado y vuelvo a fijarme en esa marca de nacimiento que tiene en el pulgar cuando pasa las manos por las teclas. Es roja, de un intenso color burdeos, y veo que le sube por todo el brazo, o al menos hasta donde se ha arremangado la camisa. Parece dibujar en su piel un mapa, trazando la silueta de los continentes, sus países y los ríos que los surcan. En realidad, es preciosa, nada asquerosa, y ahora que la veo, no puedo creer que no me haya fijado antes en ella.

La respiración de Len se ralentiza y cierra los ojos. Me doy cuenta de que yo también estoy conteniendo la respiración, igual que toda la habitación.

Parece el momento que precede a una tormenta, cuando el cielo está encapotado, cargado; la humedad tan densa que ya se puede palpar. Y entonces caen las primeras gotas, frías, precisas y silenciosas. Van a más, hasta que al final el cielo se abre y descarga toda su furia.

Reconozco la melodía de inmediato. Es de Frédéric Chopin y, no te lo vas a creer, se llama *Gota de lluvia*. Famke solía tocarla para mí. A veces, si me ponía terca, estaba cansada o de mal humor, me sentaba en el borde del banco y dejaba que la escuchara tocar a ella para variar. Por imposible que parezca, Len la toca incluso mejor. Sus dedos se deslizan sobre las teclas como el viento danzando en la playa, creando remolinos de arena, invitándote a jugar. Me obligo a apartar la vista de sus manos y a contemplar su rostro. Ha vuelto a abrir los ojos y su mirada serena descansa sobre las teclas. Este sosiego contrasta con la pasión de sus dedos.

Un tenso silencio reina en la habitación cuando termina, como si la estancia y todo lo que contiene (el sofá, las sillas e incluso las cortinas de las ventanas) se contuvieran para prorrumpir en una ovación.

Len levanta los dedos de las teclas despacio y los coloca de nuevo en su regazo. Entonces me mira y tengo la sensación de que es la primera vez que le veo. Porque esta persona que está a mi lado no es el chico del instituto que da la brasa a los profesores. No es sarcástico ni grosero, sino divertido e ingenioso. Y no tiene el pelo descuidado, sino que le da un aire... sexi.

Se pasa la mano por el cabello y baja la vista a las teclas con una sonrisa. Se dispone a cerrar la tapa a la vez que yo y nuestros dedos se tocan de manera fugaz. Me estremezco y me aparto con brusquedad.

—Electricidad estática —dice Len, señalándose la camiseta.

Sacudo la cabeza para decir que no es para tanto, pero en las yemas de mis dedos persiste algo, además de la descarga eléctrica. Y me hace apartar la mirada, porque estoy bastante segura de que mis mejillas están empezando a hablar por mí.

En su lugar me concentro en la marca de su pulgar.

—Se llama «mancha vino de Oporto» —dice. No mira su mano, sino a mí.

—¡Oh! —digo—. Lo siento. No pretendía quedarme mirando.

—No es para tanto —aduce, levantando el brazo—. La tengo desde que nací. —Se sube más las mangas y veo que la marca de nacimiento le llega hasta el hombro, incluso más allá de lo que pensaba. Acerco la mano de forma instintiva y la toco, trazando el contorno, y Len sonríe cuando lo hago. Su piel es cálida y suave.

—Es precioso —digo antes de darme cuenta de que estoy hablando—. No me había dado cuenta de lo guay que es.

—Siempre la he tenido; solo que no te habías fijado —replica, dejando que le vuelva el brazo.

—¿Por eso siempre llevas camisetas de manga larga?

Se ríe y yo me abofeteo para mis adentros.

—Lo siento. Eso no es asunto mío.

—No pasa nada —dice—. No me importa. —Aparta el brazo y se baja la manga—. Supongo que, al principio, cuando era un niño, sí que me acomplejaba un poco. Pero ya no. Ahora me gusta. Es diferente. —Se encoge de hombros—. Supongo que eso es lo que tiene madurar. Te das cuenta de que tus diferencias pueden ser algo bueno, no solo malo. Pero se me quedó la manía de llevar manga larga.

La sala sigue vibrando al ritmo de su música.

—Entonces, si entraste en Juilliard este verano, ¿por qué no te has ido ya? —pregunto.

Levanto la vista y me mira con una mezcla de calma y confusión. Como si estuviera intentando averiguar qué decir, pero no le preocupara demasiado el tiempo que tarde en hacerlo.

—Supongo que aún no había terminado aquí —declara.

—¿En San Bellaro?

No deja de mirarme. Es como en las bambalinas del auditorio. Como si pudiera ver dentro de mí.

—El instituto no es tan malo como crees —aduce.

—Supongo que no, pero no parece que sea tu ambiente. Además, es Juilliard. —Acerco despacio los dedos a las teclas. Son frías, ligeras, muy suaves. Cuando presiono una, apenas hace ruido.

—Juilliard seguirá ahí el año que viene —alega—. Hay cosas por las que vale la pena esperar.

Puedo sentir su mirada en mí y, por algún motivo, es ardiente, intensa, como la lente del microscopio que puede prender un trozo de papel con solo enfocarlo.

Len se levanta y pasa la mano sobre las fotografías familiares enmarcadas que hay en la repisa del piano. Una foto de mis padres y de mí en la playa de Maui durante las vacaciones de invierno del primer curso. Llevo una flor rosa en el pelo y estamos detrás de una cascada. Recuerdo que ese día me picaron tantos bichos que tuve que embadurnarme con una fina capa de loción de calamina cuando volvimos al hotel.

Len alcanza la siguiente fotografía. Es la foto del baile de graduación de Rob y de mí del año pasado. Es la única que no me he atrevido a quitar, sobre todo porque mis padres se darían cuenta si desapareciera. Rob me está abrazando como si estuviéramos bailando y yo tengo una pierna levantada hacia el techo. Le estoy mirando con una expresión de adoración. La misma con la que mi madre me mira en todas esas fotos de cuando era un bebé. Él está mirando a la cámara con una sonrisa tonta en la cara.

Alargo la mano y agarro la foto.

—Esto ni siquiera debería estar aquí —digo.

Len asiente.

—A veces cuesta dejar las viejas costumbres. —Se señala la camiseta. Me quita la foto de las manos y la deja. Las yemas de sus dedos rozan las mías e incluso sin la electricidad estática sigo sintiendo que algo vibra entre nosotros. Me mira y ese pequeño rizo le ha caído sobre su frente. Quiero tocarlo, apartárselo. No tirar de él, solo apartárselo.

—Dime una cosa —dice en voz baja. Está tan cerca de mí que puedo oler su colonia. Es embriagadora. La chispa no solo está en las yemas de mis dedos, sino en todo mi cuerpo. Sube desde los dedos de los pies hasta la columna vertebral, llega a la cabeza y permanece ahí para hacer que me sienta mareada.

—Vale —digo, intentando que la voz no me tiemble—. ¿Qué quieres saber?

—¿Quieres salir alguna vez sin la excusa de quedar para estudiar?

Clava la mirada en mí y el estómago me da un vuelco tan rápido que juro que lo oigo retumbar. No siento las manos y el corazón se me acelera. Me está poniendo muy nerviosa. Y está tan cerca que nuestras frentes casi se tocan.

—¿Una cita? —susurro.

—Algo así —dice, apartándose solo un poco.

Vuelve a mirarme con la misma expresión intensa que hace que me sienta aterrada, pero viva al mismo tiempo. Como si viera algo en mí que tal vez no existía antes. Y quiero decir que sí de inmediato. La perspectiva de pasar una noche entera a solas con Len resulta intrigante. Quiero estar cerca de él, que siga inclinándose hacia mí de la misma manera que lo hace ahora y que me roce las yemas de los dedos y tal vez incluso...

Pero no digo nada. Me limito a mover el dedo gordo del pie hacia atás y hacia delante por la alfombra debajo del piano, porque de repente lo único en lo que puedo pensar es en la madre de Rob que está fuera. En cierto modo me parece una traición estar aquí con Len, acceder a esto.

—¿No? —prosigue—. ¿Lo he estropeado?

—No eres tú —digo.

—Entonces, ¿qué? —replica. Se sienta de nuevo, pero esta vez a horcajadas en el banco, de cara a mí.

Respiro hondo.

—No lo sé.

—¿Qué parte?

—¿Qué?

—¿Qué parte no sabes?

Sacudo la cabeza despacio.

—Simplemente no lo sé.

Me pone nerviosa explicarle esto, pero también quiero hacerlo. Necesito hacerlo. Len tiene algo que me hace sentir comprendida. Como si me viera de verdad. No solo como a Rosie, una chica normal y corriente, sino también de otra manera. Como algo más. Da la impresión de que podrá soportar cualquier cosa que yo diga. Sentada junto a él ahora mismo siento que podría decir cualquier cosa y él no me juzgaría. Ni siquiera pestañearía.

—Ha sido un semestre complicado, nada más. Y no estoy segura de ser muy buena compañía ahora mismo.

—Lo entiendo —dice Len—. Habéis sido muy buenos amigos durante mucho tiempo. —Señala la foto de Rob y de mí con la cabeza.

—No es solo eso —replico. Quiero explicarle que, en realidad, nunca he pensado en estar con otra persona, que nunca se me ocurrió que pudiera haber alguien más. Quiero decirle que, cuando estoy cerca de él, siento cosas que nunca sentí con Rob y que eso me asusta. Que siento que estoy traicionando de alguna manera el curso de mi vida solo con estar aquí con él. Quiero hacerlo, pero no estoy preparada para decir esas cosas en voz alta—. Creo que necesito un poco más de tiempo.

Parece divertido y enarca las cejas.

—¿Eso es todo?

—¿Qué esperabas?

—Es que..., ya sabes, la paciencia es una de mis mejores virtudes. Esto es pan comido para mí. —Entrelaza los dedos y los lleva hacia delante. Él también bosteza, aunque sospecho que es solo para llamar la atención.

—Parece que tienes muchas y buenas virtudes —digo, señalando el piano.

—Es curioso, yo estaba pensando lo mismo de ti —replica, sonriéndome. Siento que mis mejillas empiezan a ponerse rosadas de nuevo. Es muy frustrante ser alguien que se sonroja con facilidad. Es como si todo lo que pienso y siento se proyectara en mi cara. No hay intimidad.

—Hora de estudiar. —Doy una palmada.

—¿Ya? —dice—. Vale, pero necesito mis regalices. —Esboza esa sonrisa torcida tan típica de él.

—Creía que eran para mí.

—¿Estos? —pregunta. Saca uno del bolsillo, sujetándolo como si me estuviera provocando—. De eso nada. —Entonces se me arrima tanto que puedo sentir su aliento en la oreja—. Se me olvidó decírtelo —susurra, y sus palabras rozan mi cuello con aire juguetón—. También son mis favoritos.

Escena tercera

Después de acompañar a Len a la salida, encuentro a mi madre en la cocina, bebiendo té de una taza roja en la que está escrito LA CURIOSIDAD MATÓ A LA TAZA. El logotipo nunca ha tenido mucho sentido para mí, pero a ella le encanta. La compró en Portland en un viaje que hicimos el verano antes de que yo empezara el instituto. Siempre que no se encuentra bien, mi padre le prepara una taza de chocolate caliente en lo que él llama su «taza de la curiosidad». Siempre la hace sonreír.

—¿Qué tal ha ido? —me pregunta cuando me ve. Deja la taza y yo apoyo los codos en la encimera.

—Bien —digo. Nada más pronunciar la palabra, mi boca se convierte en una sonrisa. Una sonrisa ridícula que seguro que me hace parecer una psicópata o algo parecido.

Pero mi madre sonríe conmigo.

—¡¿Qué?! —exclamo, esforzándome para que las comisuras de mi boca vuelvan a su estado normal.

—Nada —dice, bebiendo un sorbo, pero sin dejar de mirarme—. Es que lo que has tocado al piano sonaba bastante bien, nada más.

—¡Ah, sí! —Me enderezo y me paso una mano por el pelo—. Me alegro de que lo hayamos conservado.

—Yo también.

Tengo que preguntarle sobre el artículo y estoy intentando dar con la mejor manera de hacerlo, pero creo que nunca es un buen momento para preguntarle a tu madre si tu padre es un traidor, así que ahí va.

—Oye, ¿puedo preguntarte una cosa?

—Claro. —Frunce el ceño.

—Hoy he leído algo en el instituto. —Muevo los labios de lado a lado, tratando de encontrar la mejor forma de proseguir—. Y necesito saber la verdadera historia.

—De acuerdo —dice—. ¿Qué quieres preguntarme?

Respiro hondo y pongo las manos sobre la encimera.

—¿Qué pasó con el tío Richard? Con su familia, quiero decir. ¿Por qué papá eligió a los Monteg?

Mi madre suspira y cruza las manos alrededor de la taza.

—Sabía que todo el asunto se removería en cuanto regresaran. Le dije a tu padre...

—¿Mamá?

Ella asiente con la cabeza como si me dijera: «Lo sé».

—¿Cómo te has enterado?

—Por internet —respondo. No es mi intención que mi tono suene tan sarcástico, pero así es.

—Las cosas se complicaron —aduce—. Tu padre y el padre de Rob siempre han estado muy unidos.

—Eso no es todo —replico—. No cuadra. No explica por qué la familia de Juliet nos odiaría ni por qué tuvieron que irse de la ciudad.

Mi madre me mira y, por primera vez en toda mi vida, me doy cuenta de que parece mayor. Que no siempre ha tenido este aspecto. Que en algún momento, no hace mucho, su piel no tenía ni una sola arruga. Que le han pasado un millón de cosas que no recuerdo, que ni siquiera estaba presente. Y tal vez por eso creo lo que dice a continuación.

—Tuvieron una aventura —dice—. La madre de Rob y tu tío Richard. Fue un lío monumental y tu padre y yo nos vimos atrapados en medio sin comerlo ni beberlo. Tu padre eligió a su mejor amigo. Pensó que tenía que hacerlo. —Se levanta de la encimera y se acerca a mí. Me pasa un brazo por la cintura y me sujeta para que estemos frente a frente—. Cariño, la gente comete errores. Todos lo hicimos con esto. A veces puedes recuperarte y otras no. La madre y el padre de Rob arreglaron las cosas. Tienen cuatro hijos maravillosos. Por desgracia, tu padre no pudo arreglar las cosas después de la pelea que tuvo con su hermano.

Asiento con la cabeza mientras lo asimilo.

—¿Crees que alguna vez lo hará?

Mi madre exhala un suspiro.

—No lo sé, pero eso espero. No hay día que no lo desee.

—La madre de Rob... —Trago saliva, sin saber cómo preguntar esto.

—¿Si le quería? —Mi madre se queda pensativa un momento. Atrapa un mechón de mi pelo y me lo coloca detrás de la oreja, como solía hacer cuando era pequeña—. Sí —asegura—, pero amaba más a su marido.

Hace seis meses habría dicho que era imposible amar a dos personas a la vez. En el plano romántico, quiero decir. Y creo que una parte de mí siempre amará a Rob. Pero eso no me impide albergar sentimientos por otras personas. No me ha impedido sonreír como una idiota en el banco del piano con Len. Por primera vez me alegro de que Rob y yo no nos hablemos. No quiero tener que ocultarle esto. Ni ser yo la que se lo diga.

—Cariño, ¿puedo ahora preguntarte una cosa yo a ti? —dice mi madre.

—Dispara.

—¿Por qué no nos contaste lo de Rob?

Paso los dedos por el frío granito de la encimera, jugando con las muescas.

—¿Qué hay que contar? —Me encojo de hombros—. Tiene novia. Simplemente ya no viene tanto por aquí.

Mi madre asiente con la cabeza, pero tal y como lo hace cuando sabe que no le estoy diciendo toda la verdad. Es un gesto que dice: «No voy a insistir, pero te entiendo».

—Tengo que ir a terminar lo de Biología —digo—. Gracias por ser sincera conmigo.

Ella sonríe y me planta un beso en la parte superior de la cabeza.

—Hazme un favor, ¿quieres?

Yo asiento.

—Claro.

—No sigas los pasos de tu padre. No te aferres a algo durante tanto tiempo que se encone. —Y, dicho eso, me suelta, agarra su taza y se marcha de la cocina.

Escena cuarta

Uno de los talentos secretos de mi madre es que puede prever las cosas. Cuando era pequeña, siempre sabía cuándo había que meter un sándwich de más para el colegio, qué día querría llevar mi camiseta verde y, una vez, en una acampada, incluso se las ingenió para que el ratoncito Pérez hiciera una visita improvisada. En otras palabras, no me sorprende que haya invitado a la familia de Juliet a cenar el domingo.

Sé que mi madre está tratando de arreglar las cosas, pero la cena parece una forma bastante fuerte de empezar. Para el caso, ¡podría invitar también a la familia de Rob! Pero cuando lo sugiero, me mira con severidad y me pide que siga poniendo la mesa.

Estoy a favor de no remover el pasado, pero esto parece un poco exagerado. No puedo creer que hayan aceptado venir. Es inútil explicarle a mi madre lo doloroso que será esto, pasar toda una noche con la chica que me arrebató a Rob de los brazos. Intento fingir que tengo un proyecto con Charlie, pero al final los seis acabamos sentados alrededor de la mesa del comedor, sirviéndonos pasta primavera.

La madre de Juliet ha traído rosas y mi madre no deja de comentar lo bonitas que son. Creo que lo ha dicho cuatro veces en los últimos cinco minutos, pero nadie dice mucho más y, bueno, el ambiente se está volviendo incómodo.

—Bueno, Juliet, ¿qué tal el instituto? —pregunta mi padre.

—Genial —dice Juliet—. Bueno, las clases van bien. Tengo el papel principal en la obra del instituto. Y tengo novio, ya sabes. Eso me ocupa mucho tiempo. —Mira a mi padre y sonríe. «Lo sabemos. Todos lo sabemos.»

La madre de Juliet dirige la mirada hacia su marido al oír la palabra «novio» y mi madre mira a mi padre y luego bebe un gran trago de agua.

Cabe mencionar que mi padre está de acuerdo con esta reunión. Lo que está claro que es una locura y, sin duda, dice más de su amor por mi madre que de su interés por cualquier tipo de reconciliación.

Juliet apenas me ha dicho dos palabras, lo que me parece bien. Yo tampoco tengo mucho que decirle, además de, ya sabes, «Gracias por robarme a mi mejor amigo».

—Richard ha estado muy ocupado con el trabajo —dice la madre de Juliet—. Nunca estás en casa, ¿verdad, cariño?

—Estremecedor —replica mi padre, y prácticamente puedo sentir a mi madre dándole una patada por debajo de la mesa, aunque estoy sentada dos asientos más allá.

—Ha estado yendo y viniendo de Washington casi de forma constante.

Miro a Juliet, la miro con atención. Pienso en los rumores del instituto, en que se supone que está loca y es una suicida. Pero no parece ninguna de esas cosas. Tan solo es guapa y una presumida.

—Come, cariño —le dice su madre a Juliet—. No has tocado la pasta. —Mira a mi madre y esboza una sonrisa que dice: «Niños, ya sabes».

Mi madre está dando vueltas a sus espaguetis, pero se detiene y me guiña un ojo. El guiño parece decir: «No pasa nada, somos una familia y esta noche no durará eternamente». Es como el apretón de manos de Charlie: «Estoy aquí».

Juliet está sentada frente a mí, junto a mi madre, y veo que capta el guiño. Me mira con los ojos entrecerrados.

—¿Qué te mantiene tan ocupado, tío Richard? —pregunto.

—¡Bah! —espeta. Se mete un palito de pan en la boca con brusquedad, se atraganta, tose, bebe un sorbo de agua y repite otra vez—. Estamos en medio de... —Mira a su mujer—. Mentira.

La madre de Juliet le da una palmada en el hombro.

—Ahora no es el momento —dice.

—¿Por qué no? No tenemos secretos entre nosotros.

Mi tía se pellizca el puente de la nariz con dos dedos.

Juliet empuja su silla y se va corriendo hacia la cocina. Su madre trata de alcanzarla y detenerla, pero Juliet se zafa de ella.

—Se lo ha tomado mal —aduce mi tía—. Creo que, sobre todo, porque también afecta a Rob. —Mira a mi madre y se explica—. Pero teníamos que decírselo. No queríamos que se enterara por las noticias. Y la gente ha estado husmeando. Creemos que Richard va a tener que hacer pública su aventura.

Mi madre asiente. Mi padre no dice nada. Sé que, al igual que yo, está pensando en los Monteg. En lo que esto va a significar para la familia de Rob. Para sus hermanos pequeños.

—¿Cuándo? —pregunta mi madre.

—Una semana, como mucho —dice el tío Richard—. Es probable que ni siquiera tanto.

Mi madre le pasa más pasta al padre de Juliet. Él la toma ruidosamente. Mi padre se ha levantado para servirse una copa en el salón. Saca una botella de debajo del mueble de la televisión, una reserva que no sabía que teníamos.

Me levanto despacio y doblo la esquina hacia la cocina. Espero ver a Juliet echando humo junto a la nevera o pasando en estampida por mi lado, pero en su lugar me la encuentro derrumbada en un rincón, con la cabeza apoyada en las rodillas, llorando en silencio. Verla así, tan pequeña y tan humana, hace que me pare en seco. Pero no antes de que me vea.

—¿Qué quieres? —dice, con un tono amargo y teñido de ira.

—¿Estás bien? —Me agacho a su lado y me sorprende que no se aparte.

—¿Por qué te importa? —dice a través de sus manos.

—¿Quieres que te sea sincera? —digo, sentándome junto a ella—. No lo sé.

—Algo de sinceridad en esta familia para variar.

Es tan ridículo que casi me hace reír.

—Bueno, ¿tú no lo harías?

—¿Sentarme aquí en el suelo contigo? —dice Juliet—. Ni de coña.

Tengo que preguntarle. Puedo sentir las palabras burbujeando y saliendo, y sé que si no lo digo ahora, nunca lo haré.

—¿Por qué lo hiciste?

Juliet levanta la cabeza y tiene los ojos rojos y sus mejillas llenas de lágrimas.

—Vamos, Rose. ¿No es evidente?

—No, o no te lo preguntaría —digo.

Se pone las manos en las sienes y presiona.

—Siempre has tenido lo que yo quería —asegura—. Una familia estupenda y cariñosa. Unos padres que se preocupaban por ti. Y Rob siempre fue tu mejor amigo. —Sacude la cabeza mientras resbalan nuevas lágrimas por su cara—. Quería quitarte algo. Quería vengarme de ti.

—¿Por qué? —digo—. Yo nunca te he hecho nada.

—Sí, lo has hecho —replica—. Nunca me llamaste después de que me marchara, ni una sola vez. No viniste a visitarme hasta que pasaron dos meses.

—Tenía siete años —alego—. No conducía precisamente. —No es que lo haga ahora, pero da igual.

—Tu madre te habría llevado —dice—. No habría dudado si lo hubieras pedido. No lo hiciste. Tampoco lo hiciste cuando creciste. Lo aceptaste todo. No tomar parte no hace que seas inocente, Rose.

Apoyo la espalda contra el mueble. Ni siquiera vale la pena decirle lo equivocada que está. El pasado no viene al caso.

—No tenía que ser así —digo.

—Ha sido así durante mucho tiempo. Solo estamos aquí porque mi padre se metió en líos en Los Ángeles. Por lo mismo. —Hace un gesto hacia el comedor—. No sabes lo que es tener unos padres que apenas se hablan.

—Podrías haberme pedido ayuda —apostillo—. Cuando llegasteis aquí. En lugar de hacer lo que hiciste.

Juliet se burla.

—¿Y me la habrías dado?

Respiro hondo y la miro, y por un instante veo a la chica que conocía. La que solía meterse en la cama conmigo durante las fiestas de pijamas y se dormía con la cabeza en mi hombro. Y lamento haberla perdido, haber sido tan estúpida todos estos años como para pensar que ya no estaba.

—Todavía lo haría.

Me sostiene la mirada.

—No se lo cuentes a Rob.

—¿Él no lo sabe?

—No le he dicho nada —admite. Y luego, con toda naturalidad, añade—: Y tú tampoco lo harás.

—Ya no nos hablamos —digo—. Por si no te has dado cuenta.

—Se preocupa por ti —dice.

Casi me dan ganas de reír.

—Eso no significa mucho, viniendo de ti.

—Solo prométeme que no se lo dirás. —Ahora hay algo más en su voz. Una cierta desesperación—. Prométeme que no dirás nada.

—No lo haré, pero por lo que estaban diciendo tus padres, puede que se entere pronto de todas formas.

Se mira las manos y veo que le tiemblan.

—Sigue pensando que tiene la familia perfecta —dice—. No quiero quitarle eso.

Levanta la vista hacia mí y las lágrimas le anegan los ojos, pero no son de amargura ni de rabia. Están llenas de algo totalmente distinto. Algo parecido al amor. Y, por primera vez en diez años, pienso que tal vez nos parezcamos después de todo.

Escena quinta

Nos reunimos todas en la SDLP el lunes por la mañana, de mal humor y con cara de sueño. Después de que Juliet y sus padres se fueran anoche, me quedé en vela escuchando a mis padres hablar en voz baja. Incluso después de que se fueran a la cama, en algún momento de la madrugada, no pude dormir. No dejaba de pensar en las palabras de Juliet («no tomar parte no hace que seas inocente») y en la expresión de su cara cuando me pidió que no se lo contara a Rob.

Charlie y Olivia discuten un poco sobre quién ha descubierto la marca concreta de vaqueros que llevan y el resto de los alumnos del último curso que deambulan por allí están bastante callados, cuchicheando en pequeños grupos o navegando por internet.

—Rose, tú estabas allí —dice Olivia, sin mirarme—. Fuimos a Bloomingdale's, ¿no? Díselo.

Lauren y Dorothy están en una esquina, mirando algo en el iPhone de Lauren, y levantan la vista y me miran. Sonrío y le digo entre dientes a Olivia algo parecido a: «No sé». Entonces entra John Susquich, con el *San Bellaro News* en la mano, y me mira antes de sentarse.

—¡La leche, Caplet! —dice, y luego abre el periódico.

Y entonces se me cae el alma a los pies como si fuera un ascensor que se descuelga. Porque sé lo que están leyendo y no puedo creer que no lo haya visto antes. Todos dirigen sus ojos hacia mí como si fueran rayos láser. No necesito ver el titular SACUDIDO POR EL ESCÁNDALO ni las viejas fotografías del padre de Juliet y la madre de Rob besándose junto a un coche y a la salida de un hotel, ni las fotos del tío Richard metiendo mano a alguna mujer a la salida del Capitolio. Ya sé lo que hay ahí. Supongo que al final el tío Richard no tenía que anunciarlo.

—¡La hostia! —Charlie agarra el periódico de John y me lo pone en la cara—. ¿Has visto esto? ¿Estás viendo esto? —Lo agita como una loca, de modo que las imágenes se difuminan.

—Sí.

—Esto es muy gordo. ¿Lo sabe Rob? ¡Rosaline! —Charlie me golpea la nuca y por fin se da cuenta de mi respuesta—. ¿Tú lo sabías?

Juliet entra en la sala, con las gafas de sol bien colocadas a la cara. Toda la sala se gira, se queda boquiabierta y guarda silencio. Una cosa es que se trate de tu tío. Otra distinta es que se trate de su padre.

Parece pequeña o puede ser que sea porque está sola. Hace semanas que no la veo en el instituto sin Rob pegado como una lapa a ella. Pero ahora Rob está expulsado y su familia es objeto de un escándalo sexual. Lo siento por ella. Sobre todo, después de lo de anoche.

—De eso nada —dice Charlie, como si tuviera una conversación con mis pensamientos—. No vayas allí. Le está bien empleado. El karma es una mierda.

—Sí que lo es. —Es una mierda para todos. He perdido a mi mejor amigo y a mi prima, ella perdió a sus padres y en algún momento nos perdimos todos. Eso es lo que pasa con el libre albedrío: cada decisión que tomamos es tanto una elección contra algo como a favor de otra cosa.

Juliet se vuelve un instante hacia nosotras y luego se va por donde ha venido.

—Vamos a llegar tarde —dice Olivia.

Charlie se mete el periódico bajo el brazo y me agarra el codo.

—Rose, vamos.

—Espera. —Me dispongo a seguir a Juliet, pero Olivia se pone delante de mí.

—De eso nada —dice.

—¿Qué?

Mira a Charlie, que asiente como si le diera permiso para algo.

—No te cuesta perdonar —dice Olivia—. Siempre ha sido así. Perdonaste a Charlie cuando se olvidó de tu cumpleaños hace dos años. —Charlie se mira los pies mientras hace rodar su botella de agua con gas entre las manos—. Me perdonaste cuando decidí que el belga era más importante que ese concierto de piano al que querías ir. Y eso es una de las mejores cosas de ti porque significa que estás dispuesta a olvidar y a dar segundas oportunidades a la gente. Pero la verdad es que algunas personas no las merecen, Rose.

—Tiene razón —interviene Charlie.

—Es de la familia —alego.

—¿Quién lo dice? —replica Olivia—. Vale, compartís apellido. ¡Vaya cosa! Tu familia son las personas que te conocen, la gente que está ahí para darte apoyo. Rose, nosotras somos tu familia. No Juliet.

Pienso en todo lo que ha pasado, en que no hay una opción correcta. Y, haga lo que haga, hay una cosa que no puedo impedir porque ya no depende de mí.

—Rob se va a enterar —digo.

—Sí, así es —conviene Charlie. Me pasa un brazo por el hombro mientras me saca de la SDLP—. Pero no es problema tuyo. Todo esto —levanta el periódico— es la historia de otra persona.

—No entiendo por qué no lo dejas —dice Charlie esa tarde. Estamos sentadas en el patio, a pesar de que ha estado lloviznando de forma intermitente desde esta mañana, y hablamos de la obra de teatro del instituto. Charlie tiene un frasco de esmalte de uñas en la palma de la mano y se está aplicando una capa de las uñas; un color negro grisáceo que compró en el centro comercial el fin de semana pasado. Hace una mueca a un grupo de estudiantes de primer curso que nos miran y salen corriendo hacia Cooper House.

—Porque toda mi nota de Biología depende de esto.

—Tampoco es que a Stanford le importe la biología —aduce Charlie. Levanta una mano y se sopla las uñas—. Y estoy segura de que el decano lo entendería perfectamente si le dijeras que el precio de la admisión era que vieras a tu malvada prima hacer cabriolas por el escenario con tu ex.

—Rob está expulsado —la corrijo.

—Por ahora —replica.

Veo a Len al otro lado del patio y es como si volviera a estar en el banco del piano con él. Todo mi cuerpo se anima, se llena de energía. Está hablando con Dorothy y lleva una camisa de manga corta. No recuerdo la última vez que le vi con una. Una vez, en octavo, Charlie y yo nos cruzamos con él en la playa, pero creo que entonces ni siquiera llevaba una.

—Es mono, ¿eh? —dice Olivia, siguiendo mi mirada.

—¿Quién? —pregunto, fingiendo ignorancia.

Olivia pone los ojos en blanco, pero sonríe.

—Ve a hablar con él —dice, propinándome un codazo en las costillas.

Charlie agita los dedos en el aire como si tratara de deshacerse de los mosquitos, y cuando digo: «Ahora vuelvo», Olivia me hace un pequeño gesto levantando los pulgares y Charlie se limita a asentir.

Cruzo el patio despacio, pero cuando estoy a mitad de camino, Len levanta la vista, sonríe y me hace un gesto para que me acerque. Dorothy me saluda con la mano y se marcha a la cafetería a toda prisa.

—Mira quién se ha puesto manga corta —digo, haciendo lo posible por sonar fría cuando todo mi cuerpo parece estar en llamas. El moratón de su ojo se ha desvanecido y solo puedo distinguir pequeñas marcas amarillentas, pequeñas huellas de dedos en su cara.

—Solo trato de estar a la altura —dice Len, agitando los brazos a su alrededor. Sonríe y eso hace que aparte la mirada. Imagino que estamos juntos en mi casa a solas y que, a pesar de que todo el mundo está mirando, una parte de mí quiere estirar la mano y tocarlo, pasar los dedos por su pelo y enmarcarle el rostro con ellas.

Respiro hondo. Quiero sacar el tema de la cita, decirle que creo que quiero que salgamos, pero no sé cómo hacerlo.

—¿Vas a estar hoy en el ensayo? —pregunto en su lugar.

Len se mete las manos en los bolsillos.

—No tengo más remedio —aduce—. Sin mí, no hay equipo de iluminación. Sin ofender ni nada —me mira por debajo de las pestañas—, pero tú eres malísima.

Me río de forma nerviosa.

—Por desgracia, es cierto.

Levanta las manos.

—Bueno ¿qué tal el resto del fin de semana?

—Movidito.

—¡Qué interesante!

—¿Has leído el periódico?

—Te dije que estaba informado en el aspecto político —dice.

—Entonces, ¿no vas a decir nada?

—¿Como qué?

—Por ejemplo, ¿tu familia está bien jodida?

Se ríe mientras sacude la cabeza.

—Rosaline, eres un caso. ¿Lo sabías?

Me encojo de hombros.

—Algo es algo.

—Tu tío es un poco misógino. Y en un momento dado tus padres tuvieron que tomar una decisión difícil. Pero ¿y qué? Mis padres se divorciaron cuando yo tenía cinco años y ahora mi madre vive con un tipo que ha estado dos veces en la cárcel, y esta mañana mi hermana de doce años se ha roto el brazo en la parte trasera de la moto de su novio. Que un periódico no escriba artículos sobre nosotros no significa que no estemos bien jodidos.

—Lo siento —digo—. No lo sabía.

—Así es la vida —dice—. Tenemos que tomar las cosas como vienen, porque, aunque algunas son una auténtica mierda, también hay muchas que son muy buenas. —Por un momento sus cejas se tensan. Pero no frunce el ceño. Es esa mirada penetrante tan típica de él. La expresión que vi cuando tocaba el piano. La que pone cuando algo le importa de verdad. Y ahora me está mirando a mí.

Escena sexta

Acabo de darme un buen golpe en el dedo del pie e intento no gritar, pero el esfuerzo me hace sudar entre bambalinas. Juliet y el belga revolotean por el escenario. Creo que han mejorado, pero es difícil saberlo. El belga sigue pronunciando mal las cosas y solo falta una semana para el estreno.

—¿Puedes pasarme el guion? —susurra Len.

He estado sentada sobre él, y cuando tiro para sacarlo del asiento de mi silla, la primera página se me pega a la pierna con obstinación. Me arqueo hacia atrás y trato de despegarlo, y cuando lo consigo, veo que Len me está mirando, con una chispa divertida en los ojos.

—Estás muy apegada a esta representación, ¿eh?

—¡Qué gracioso!

La señora Barch da un descanso y Juliet se desploma en un asiento y agarra una botella de agua, como si fuera una atleta marginada.

Len está jugueteando con algún accesorio, pero las palabras brotan de mi boca antes de que tenga la oportunidad de filtrarlas.

—Sobre esa cita... —suelto de golpe. Len me mira con los ojos entrecerrados, pero no dice nada—. Ya sabes, lo que dijiste el viernes por la noche, junto al piano.

Len se endereza.

—No lo he olvidado, pero ¿recuerdas lo que dije sobre que la paciencia es una virtud? —susurra. Está sonriendo, con las comisuras de la boca curvadas hacia arriba.

—Creo que está sobrevalorada.

—¿Ah, sí? —replica Len, enarcando las cejas—. ¿Qué te ha hecho cambiar de opinión?

Tengo que pensar mucho antes de hablar para construir frases coherentes y sensatas, porque estar tan cerca de él hace que todas las palabras salgan a borbotones de mi cabeza como el agua que vuelve al océano.

—Llevas una camiseta —explico.

—Son mis bíceps —dice—. No puedo enseñarlos muy a menudo. Demasiada gente quiere ver mis músculos. —Se aparta el rizo de los ojos y me mira—. Bueno, ¿significa esto que puedo sacarte esta noche?

—¿Esta noche?

—Tú lo has dicho; la paciencia está sobrevalorada.

Pone su mano sobre la mía y vuelvo a sentir esa descarga eléctrica en el acto. Solo que esta vez no reacciono apartándome. Reacciono acercándome. Su mano sigue sobre la mía y hace que una corriente recorra mi brazo hasta mi pecho.

—No te aferras con fuerza a tus creencias —digo.

—A las que hay que cambiar, no. —Clava la mirada en mí.

Hace que la respiración se me quede atascada en la garganta y tengo que soplar y empezar de nuevo.

—Vale —digo—. ¿Me recoges a las seis?

—Allí estaré —dice. Levanta mi mano y se la lleva a la mejilla—. Vuelvo enseguida. Tengo que recoger algo de Cooper House.

Le veo irse, con una sonrisa de oreja a oreja en mi cara. Como si llevara un par de esos labios de cera que Rob y yo solíamos comer cuando éramos pequeños. Y no hay nada que pueda hacer al respecto. No hay nada que quiera hacer al respecto. De hecho, estoy tan pendiente de Len que tardo otro minuto en darme cuenta de que hay alguien gritando.

Rob se ha lanzado al escenario como una pelota de tenis y está frente a Juliet, con los puños cerrados. El belga ha desaparecido y también la señora Barch. Aparte de algunos miembros del reparto que rondan por los laterales del auditorio, son los únicos a los que se ve.

—¡¿Tú sabías esto?! —grita.

—Se supone que no deberías estar aquí —dice Juliet. Su voz es tranquila y cansada, y sigue sentada.

—¡¿Sabías esto?! —vuelve a gritar.

Juliet se cubre la cara con las manos, igual que hizo anoche en el suelo de mi cocina. Quiero correr y ponerme entre ellos, recogerla y protegerlos a los dos del otro.

—Contéstame —brama Rob. Puedo ver las venas de su cuello abultadas. Tiene una vena junto a la oreja izquierda que se le hincha cuando se enfada. Solo la he visto una vez, cuando nos peleamos sobre si el blanco era o no un color primario. Una auténtica estupidez, pero se alteró tanto que la vena casi le explota. Casi temo por ella.

—Lo siento —dice Juliet. Es poco más que un susurro, pero hay tanto silencio en este auditorio que se podría oír la caída de un alfiler.

—Debería haberlo sabido —aduce—. Pensé que podía confiar en ti. Creía en nosotros, a pesar de todo lo que decía la gente. Pero todos tenían razón: no eres más que una mentirosa.

Juliet exhala, levantando la cabeza.

—Vamos a hablar de esto —dice.

—¿De qué hay que hablar? Me has traicionado.

—Intentaba protegerte.

—¿De qué? De la verdad. —Retrocede y se sujeta la cabeza con la mano derecha.

—Tu familia... —empieza Juliet, pero Rob la interrumpe.

—No hagas eso. No hables de mi familia como si la conocieras. —Tiene la cara en tensión, como si fuera a perder los papeles por completo si no se controlara.

Y entonces Juliet se pone de pie, y aunque sé que él le saca más de treinta centímetros, desde aquí arriba parecen estar nariz con nariz.

—Lo siento —repite—. Siento no conocer mejor a tu familia. Siento no poder apoyarte de la manera que necesitas. Siento no ser ella.

—Esto no es por ella —replica Rob. Parece un poco cohibido ahora y echa un vistazo al auditorio.

—Por supuesto que es por ella —dice Juliet, alzando la voz—. Sigues enamorado de ella.

Un millón de pensamientos rebotan en mi cabeza a la vez. Juliet está hablando de mí, eso lo sé, pero también me he dado cuenta de otra cosa. Rob está enamorado de Juliet. Está furioso y dolido porque le importa de verdad. ¿Cómo es que mi prima no se da cuenta de eso?

—No se te ocurra utilizar esto como excusa para volver a hacer una estupidez —dice Rob entre dientes. Juliet abre los ojos como platos y da un paso atrás. Rob estira la mano y la agarra por el hombro—. No puedes irte sin más.

Juliet mira al frente, y cuando la mano de Rob llega a su hombro, veo que cierra los ojos un instante.

—Suéltame —dice y luego se va, apretando más el paso a medida que sale corriendo del auditorio.

Rob se deja caer en un asiento, con la cara entre las manos. Algunos de los estudiantes de menor edad empiezan a reírse, tratando de distender la tensión que acaba de invadir la sala. Parecen muñequitos cabezones entre bambalinas. Cabezas diferentes, cuerpos iguales. Como si todos fueran intercambiables. Como si se pudiera cambiar todo el reparto sin que nadie se diera cuenta.

Entonces Rob levanta la vista. Parece que nuestros ojos se cruzan, aunque sé que estoy sumida en las sombras aquí arriba y las luces hacen imposible que me vea. Rob sigue mirando hacia arriba, hacia mí, casi como si enviara una oración. Luego se pone de pie, volcando la silla de Juliet, y se marcha del auditorio tras ella.

Escena séptima

—Sé que estás de bajón por lo de Rob y preocupada por el último circo de Juliet, pero no creo que flirtear con el payaso de la clase sea la solución —dice Charlie. Me está llevando a casa y gesticula sin parar.

Me inclino sobre el asiento y le doy un apretón en el brazo.

—¿Flirtear? ¿En serio? —me burlo.

—Así no me vas a ablandar —dice, haciendo un intento poco entusiasta de apartarme.

—Pero puedo intentarlo.

Proyecta la barbilla hacia delante y frunce el ceño.

—Puede que rompan por esto, ya sabes.

—Tal vez.

—Solo digo que es un problema bastante serio. No es fácil de arreglar.

—Sí, lo sé —aseguro. Sigo sin creer que vaya a suceder. Mi prima le importa de verdad. —Me acuerdo de Juliet en el auditorio, tan pequeña y casi indefensa. No puedo evitar sentirme mal por ella. Tampoco es que tenga amigos con los que hablar. Han estado solo Rob y ella contra el mundo desde que llegó aquí.

—Da igual —dice Charlie—. Es posible que pase. Y entonces, ¿qué?

—También es posible que haya una Navidad blanca, pero no veo que nadie corra a comprar un trineo —replico.

Charlie se desvía hacia la entrada de mi casa y apaga el motor. Se desploma en su asiento, pero sigue mirando al frente.

—Puede ser. No lo sé. Parece que todo está cambiando. —Suspira y me mira—. ¿Alguna vez te sientes así? ¿Como si creyeras que lo tienes todo resuelto y resulta que estabas completamente equivocada en todo?

—Pero ¿qué me estás contando? —pregunto—. Esa es la historia de mi vida.

Charlie se encoge de hombros.

—Solía pensar que sabía lo que hacía.

Empieza a temblarle el labio inferior y se lo muerde para controlarlo.

—¿Esto es por Jake?

Charlie niega con la cabeza, pero parece que al hacerlo provoca que las lágrimas empiecen a resbalar por sus mejillas, salpicando su camiseta.

Me desabrocho el cinturón de seguridad y me arrimo a ella para rodearla con los brazos.

—Es que la echo de menos —me dice contra el hombro y las palabras suenan amortiguadas.

—Lo sé —digo. Siempre doy por sentada la fuerza de Charlie. A veces olvido que ella también puede sufrir. A veces incluso más que el resto.

Se aparta y se pasa el dorso de la mano por las mejillas.

—No se vuelve más fácil. A veces siento que vuelvo a estar donde empecé.

—Pero no lo estás. Eres mucho más fuerte.

Charlie pone los ojos en blanco y se rodea el pecho con los brazos.

—Tal vez —dice—. ¿Quién se acuerda?

—Yo sí. —Me sorprende la fiereza con la que salen las palabras, pero ahí están, brotando de mi boca—. Yo estuve allí y recuerdo lo duro que fue y lo mal que lo pasaste. Ya no es así. Te tropiezas y te caes, claro. Pero ahora te vuelves a levantar. Ahora lo haces. Lo has estado haciendo. Y a veces también me levantas a mí.

—Gracias. —Estira el brazo hacia atrás y saca la gran bolsa de CAK. Hay un pañuelo de papel flotando en la parte superior de la bolsa y se suena la nariz con él.

—Hablo en serio —aseguro—. Supongo que mi trabajo como tu mejor amiga es ese. Recordarte que las cosas ya no son como antes. —Me mira y sonríe. Incluso con la cara roja y congestionada, sigue siendo toda una belleza—. Si necesitas que te lo recuerde, llámame —digo—. Siempre estoy aquí. —Luego tomo su mano y la aprieto. Dos veces.

—¿Sabes quién me puso el apodo de Charlie? —me pregunta.

—No —digo, negando con la cabeza—. Nunca lo he pensado.

—Fue ella. —Charlie sonríe y mira a lo lejos a través del parabrisas, como si prestara más atención a lo que ocurre dentro de su cabeza que fuera—. Es el nombre que quería ponerme en un principio. Dijo que pensaba que, si lo conseguía, sería algo espectacular.

—Bueno, lo eres —aseguro—. De eso no cabe duda.

—Lo sé —replica, recuperando ese timbre familiar. Parpadea un par de veces de forma rápida y vuelve a centrarse en mí—. ¡Gracias a Dios!

Las dos nos reímos a carcajadas con tanta fuerza que casi tenemos que sujetarnos los costados.

—Pero, si lo piensas, es mi verdadero nombre —dice Charlie entre jadeos.

—Igual que Rosaline. —Durante un instante me viene algo a la cabeza, pero se va con una risa hipada.

—Te llamaré como quieras, siempre que no me obligues a llamarte Rosaline Stephens —replica.

—Oye, estoy progresando —dice—. Avanzando.

—No creo que salir con Len sea un progreso —alega Charlie. Y entonces suspira, lanzando la bolsa atrás por encima del asiento—. Pero si insistes en hacerlo, al menos será mejor que hagas que se corte ese pelo.

***

La casa está en silencio y vacía cuando llego. Dejo el bolso junto a la puerta, entro en el estudio y, sin pensarlo mucho, me acomodo junto al piano. Hubo un tiempo en el que solía venir aquí todos los días después de clase. Mis padres me traían a casa y yo entraba corriendo, me sentaba y tocaba. Era como darse una ducha. Se me relajaban los músculos, se me despejaba la cabeza y el día se esfumaba.

Elijo una pieza de memoria. Es algo de Tchaikovsky que siempre me ha gustado mucho. Un tema de amor. Estoy oxidada y empiezo despacio, pero mis dedos recuerdan el camino mejor que yo y no tardan en volar, deslizándome sobre las teclas. Lo que siempre me ha gustado de tocar es que no hay espacio para nada más. Desde el momento en que mis manos tocan las teclas, solo somos el piano y yo. Somos lo único que existe en todo el universo.

De hecho, son casi las seis cuando me aparto, lo que significa que he pasado casi dos horas aquí. Cuando me yergo, casi espero que Len esté sentado a mi lado, sonriendo para darme ánimo. Y entonces me levanto de un salto, porque Len va a llegar en cualquier momento y todavía tengo que prepararme.

Lo malo de haber crecido en el sur de California es que te pones lo mismo todo el año. Aparte de la posible incorporación de una chaqueta de punto o de un abrigo en invierno, el vestuario es bastante estándar.

Cuando llego a mi habitación, abro el armario. Huele a lavanda por culpa de esas bolsitas de popurrí que mi madre guarda en los cajones de los calcetines y de las camisetas y respiro hondo, disfrutando de la calma momentánea. Después de un momento me siento más tranquila y considero las posibles opciones de vestuario para esta cita.

Saco algunas prendas y miro mis opciones. Está el vestido que compré y llevé para el cuarenta cumpleaños de la madre de Rob, el que llevé para ver *El fantasma de la ópera* en Nueva York. Hay un vestido de verano que me puse cuando montamos juntos en bicicleta el año pasado y uno que todavía tiene una mancha de helado de cuando se le cayó su cucurucho de chocolate encima de mí hace dos veranos. Cada vestido parece contar algún tipo de historia sobre Rob.

Vuelvo a mirar, decidida a hacerlo mejor. Hay un vestido azul escondido en la parte de atrás que mi madre y yo compramos la primavera pasada. Es de algodón azul y un poco vaporoso, con manga casquillo y que llega justo por encima de la rodilla. Nunca me lo había puesto, así que me lo pongo. Es cómodo y creo que me hace parecer mayor. Elijo un par de pendientes de lágrima que me regaló Charlie por mi decimosexto cumpleaños y me aplico colorete y rímel. No es tan increíble como el vestido plateado que llevé en el baile de «Vuelta al insti», pero creo que este me hace parecer yo misma.

El timbre suena a las seis en punto. No esperaba que fuera el tipo de chico que aparece en punto, pero Len no deja de sorprenderme. Meto en el bolso algo de dinero que hay en mi tocador y me miro por última vez en el espejo. Estoy emocionada. Saber que Len está abajo me hace sentir bien. No como un sueño, sino mejor. Es real.

Me muero de ganas de tomarle de la mano esta noche y quizá de que me bese. Me muero por saber cuál es su color favorito y a qué se refería con lo de Juilliard, con lo de que no había terminado aquí. Quiero saber más sobre su hermana y si está unido a su padre. Quiero saber qué opina de la comida tailandesa frente a la japonesa y cuál es su película favorita. El futuro parece mejor que el pasado, más grande y más vivo, y mientras bajo las escaleras, lo único que puedo pensar es que estoy emocionada por lo que está por venir.

Abro la puerta un poco sin aliento, pero no es Len quien está al otro lado. Es alguien con vaqueros y una camiseta verde que me resulta familiar. Es Rob. Tiene la cara roja y jadea, como si hubiera estado corriendo. Resuella y está inclinado, con las manos en las rodillas. Y apesta.

—¿Qué estás haciendo? —le suelto. Mantengo la puerta cerrada un poco, con la mano en el pomo.

—¿Puedo entrar? —Frunce el ceño y mira detrás de mí—. Solo un momento.

—No. Mis padres están en casa —miento—. ¿Qué pasa?

Sacude la cabeza.

—Tenía que verte —dice entre dientes.

—¿Estás borracho?

—Un poco.

—Estás hecho un desastre —digo.

—Mi vida es un desastre.

Me mira y tiene los ojos rojos, enloquecidos. Ha estado llorando.

—Mi madre me mintió, Juliet me mintió, mis amigos son todos unos mentirosos. Tú eres la única que... —Se mira los pies—. Has sido la única que está en su sano juicio.

—Rob...

—Te echo de menos.

Es todo lo que quería oír. Durante meses solo quería que volviera a presentarse en mi puerta y dijera que todo era un error, que era a mí a quien quería en realidad. Pero ahora, al verle borracho y destrozado, no quiero caer en sus brazos.

—Es un poco tarde para eso, ¿no crees?

Rob parpadea y me mira.

—Yo... Yo... No sé —tartamudea—. Creo que me he equivocado. —Se pasa una mano por el pelo.

—Oye, Rob, no sé qué quieres de mí —digo.

—Te quiero a ti —dice en voz baja—. Quiero que vuelvas. Te echo de menos. ¿No lo ves?

Me mira con sus ojos marrones como el chocolate caliente. Los ojos que me han visto dormir, han visto mis recitales de piano y que no pestañearon cuando aprendí a montar en bicicleta por primera vez.

—¿Qué pasa con Juliet?

La vena de su cuello se abulta.

—No lo sé. Ni siquiera puedo confiar en ella.

Lo que digo a continuación nos sorprende a los dos.

—No fue culpa suya, ¿sabes? No deberías hacerla responsable.

Parece sorprendido y tarda un momento en responder.

—Aun así, mintió —logra decir. Se apoya en el marco de la puerta, pues se le doblan las piernas.

—No mintió. Solo te ocultó algo. No quería hacerte daño. —Lo que no le digo es que, fuera quien fuese el responsable al principio, todos hemos participado en esto.

—¿Qué? —Entrecierra los ojos, como si intentara concentrarse en juntar las palabras, pero al final sacude la cabeza y se rinde—. ¿Me has oído? He dicho que te echo de menos.

Me cruzo de brazos. Sigo esperando que se me acelere el corazón, que me empiecen a sudar las manos, pero no es así. Por sorprendente que parezca, en realidad me siento tranquila.

—Ya lo has dicho.

—No quiero a Juliet. —Suspira y se mira los zapatos—. Ella no es tú. Nunca ha sido tú. Le he dicho que iba a venir aquí esta noche y ni siquiera se ha opuesto.

—¿Se lo has dicho?

—Sí —dice con cara de culpabilidad.

—No deberías estar aquí —declaro—. Deberíais... —trago saliva— solucionar las cosas. —Ahora mi corazón se acelera. De repente recuerdo las palabras de Rob en el auditorio esta tarde. «No vuelvas a hacer ninguna estupidez.»

—¿Qué? ¡No! —Se arrima de golpe, pero doy un paso atrás—. Quiero estar contigo. Somos amigos desde siempre, Rosie. Te conozco de toda la vida.

—Las cosas cambian.

—Jamás debimos cambiar.

—Así es la vida —digo—. Son cosas que pasan.

—Metí la pata —alega—. Pensé que ella era algo que no era y lo he perdido todo. Quiero compensártelo. Haré todo lo que sea necesario. —Hace un gesto con la mano, como si abarcara el mundo entero—. Eres mi alma gemela, Rosie. Por favor. —Toma mi mano entre las suyas con un movimiento rápido y un tanto torpe. Hacía tanto tiempo que no hablábamos, que había olvidado lo que era estar con él—. Por favor —repite.

Le miro, sus ojos son tiernos y le suda la frente. Es Rob. El único Rob que habrá jamás. Con nadie me sentiré nunca tan cómoda ni conocerá mi vida como él. Quizá merezca la pena darle otra oportunidad. Aunque solo sea para ver si podemos volver a ser amigos de nuevo.

Pero entonces pienso en Len. En la clase de Biología, en la obra de teatro, en el piano, en sus manos sobre las mías, en los regalices compartidos en mi habitación y en que mi cabeza parece zumbar siempre que él está cerca.

—Tengo que pensarlo —digo.

Me suelta la mano.

—Lo entiendo —dice, pero parece decepcionado—. Y ahora, ¿qué?

—Creo que tienes que volver con Juliet —digo—. Tienes que arreglar las cosas.

Asiente con la cabeza.

—¿No puedo quedarme contigo un poco más? Podríamos ver una película o algo.

—Ahora mismo, no —le digo—. Tienes que irte a casa.

—No puedo ir a casa —aduce con tristeza—. Ya ni siquiera sé dónde está. —Rob se pellizca el puente de la nariz con el pulgar y el dedo índice. Parece cansado y noto que tiene ojeras, del color del polvo de carbón.

Alargo la mano y la poso en su brazo, y él me atrae hacia sí en un abrazo. Pero ya no es como antes. No hace que me sienta feliz ni emocionada, ni siquiera reconfortada. No me hace sentir nada en absoluto.

Me aparto de sus brazos, cierro la puerta y me siento en el suelo cuando vuelvo a estar dentro. Oigo sus pasos por las escaleras y luego todo queda en silencio, tan silencioso que puedo oír mi propia respiración. Cuando era más joven, solía darme miedo estar sola. Me convencía de que a mis padres les había pasado algo terrible, que habían tenido un accidente de coche o algo así y que nunca iban a volver. Me sentaba en un rincón de mi cocina, aterrorizada y con los nudillos en blanco, y esperaba a que aparcaran en el camino de entrada. Pero ahora mismo quiero estar sola. Quiero todo el tiempo del mundo para pensar en lo que Rob acaba de decir y en lo que debería hacer. ¿Podría volver a haber un nosotros?

El timbre vuelve a sonar. Me incorporo, sobresaltada y molesta. No puedo creer que haya vuelto. Le he dicho que me diera un poco de espacio. No tiene paciencia, nunca la ha tenido.

Abro la puerta de un tirón, ya hablando, pero por supuesto no es Rob. Es Len. Lleva unos vaqueros y una camisa blanca y está tan adorablemente sexi que me gustaría saltar a sus brazos aquí mismo.

Sujeta un ramo de violetas a un lado, con las flores apuntando hacia el suelo. Son mis flores favoritas. Solía recogerlas en el jardín de Famke y llevárselas a mi madre. Rob cree que las que más me gustan son las rosas y nunca le he corregido porque es muy tierno cuando dice: «Rosas para Rosie». Excepto que en realidad mi nombre no es Rosie y no me gustan las rosas. No me gustan desde que me pinché con una espina cuando tenía ocho años.

—Hola —empiezo, pero Len se limita a sacudir la cabeza. Me mira de esa forma que me dice que, sea lo que sea lo que vaya a decir, él ya sabe lo que es.

—¿Tienes que pensarlo? —dice.

Su coche está aparcado en mi entrada, justo al lado de la casa. Ha estado aquí todo el tiempo. Lo ha oído todo. Me quedo sin aliento al percatarme de ello.

—Lo siento —contesto—. Por favor, entiéndelo. Es complicado.

Quiero decirle lo mucho que lo siento. Que Rob es una fuerza en mi vida a la que no puedo dar la espalda. Quiero decirle que es confuso, sobre todo ahora. Que se suponía que Rob era el elegido, pero que estar aquí, con él, hace que desee olvidar eso. Olvidarme por completo del pasado. El problema es que no sé muy bien cómo hacerlo.

—En realidad no lo es —replica. Toma aire y me mira. De forma penetrante. Como si sus ojos pudieran atravesar la carne—. Así está la cosa. Me importas. Siempre ha sido así. Veo quién eres. Una chica increíble, que es lista y bonita, inteligente y con talento, y que le preocupa demasiado lo que piensan los demás. Me ignoraste durante años y entonces, este año, ocurrió el milagro y te fijaste en mí de verdad. ¿Sabes por qué? Porque por un maldito minuto no estabas pensando en Rob. —Entrecierra los ojos, pero no se detiene. Habla alto y claro, pero no hay enfado en su voz, solo firmeza—. Soy una persona paciente. Te he esperado durante lo que parece una eternidad. Pero no voy a quedarme a ver cómo vuelves a elegir a la persona equivocada. Lo cierto es que en realidad no es tan complicado, Rosaline. Cuando lo piensas, es muy sencillo.

Me da las flores y se encamina hacia su coche. Quiero gritarle y decirle que se quede, pero tengo los pies pegados al suelo. En su lugar me quedo de pie en los escalones de la entrada, sujetando su ramo de violetas, mis violetas, pensando en lo que acaba de decir mientras le veo marcharse. Hasta que no se ha ido y me quedo sola, no me doy cuenta de que esta vez no es eso lo que quiero.

ACTO V

Escena primera

—¡Espera! —grito. Agito los brazos y las piernas de forma frenética, pero él es mucho más rápido que yo, da la impresión de que ni siquiera me mueva, que solo me mantenga a flote.

—Date prisa, tortuga —dice, poniéndose de espaldas y dando patadas altas como esas nadadoras de natación sincronizada de las Olimpiadas.

—No es justo —digo—. Tienes ventaja.

—¡Al que madruga, Dios le ayuda! —exclama, pero se le oye de manera clara porque se ha dado la vuelta y tiene la boca llena de agua. Tose y se ahoga, y me acerco un tanto alarmada, pero cuando llego, tiene los mofletes hinchados y me escupe agua a los ojos y a toda la cara.

—¡Para! —grito, y entonces se aleja de mí, pateando con tanta fuerza que me pierdo en sus salpicaduras.

—Ven a buscarme —dice Rob, y luego desaparece bajo el agua.

He oído que cuando se experimenta un *shock* emocional, algunas personas tienen la sensación de que el mundo entero deja de girar y que el tiempo se detiene. Pero a mí no me ocurre eso. En su lugar, me veo catapultada a través del tiempo, como si una fuerza me arrastrara hasta antes de que todo esto comenzara. Solo puedo recordar aquel verano en el campamento. Nos recuerdo a Rob y a mí en bañador, chapoteando. Con el sol en el cielo, la promesa de una limonada y su voz bajo el agua. «¡Ven a buscarme!»

Lo sé antes incluso de que mis padres me lo comuniquen. Lo sé en cuanto entran en mi habitación para despertarme. Tal vez lo haya soñado. Tal vez tenga algo que ver con que Rob viniera anoche y me dijera que quería estar conmigo de nuevo. Y que, al decirle que tenía que pensarlo, cambiara el curso de los acontecimientos. Sea lo que sea, no me sorprende. No me revelo contra ellos como imaginaban que haría. Ni siquiera grito «¡No!» ni «¿Por qué?», ni ninguna de las cosas que la gente suele hacer en las películas. En lugar de eso, me quedo tumbada en silencio. Me retraigo a mis recuerdos en la piscina. Tan lejos que sus palabras llegan hasta mí amortiguadas y sus rostros parecen borrosos, como si los estuviera viendo desde debajo del agua.

Me dicen que Rob nos ha dejado. Pero no como hiciera ayer. En absoluto. Esta vez se ha ido para siempre.

Un accidente de coche. El alcohol. El acantilado. Las palabras me llegan como pequeños haces de luz que atraviesan la oscuridad, cegadores y fulminantes.

No miro la cara llena de lágrimas de mi madre ni la expresión sombría de mi padre, sino que fijo la vista en el techo.

Está plagado de estrellas adhesivas de las que brillan en la oscuridad. Como son las cinco de la mañana y, por lo tanto, no ha amanecido, brillan en lo alto. Rob y yo las coleccionábamos de pequeños en las máquinas expendedoras del supermercado. Mi techo no es ni mucho menos alto, pero en aquella época no alcanzábamos a tocarlo de pie en la cama. Así que sujetábamos las estrellas en las palmas de las manos, con la cara que pegaba hacia arriba, y saltábamos. De esa forma las pegamos todas. Debe de haber cientos.

Por mi cabeza desfilan imágenes de Rob con absoluta nitidez. Mi memoria funciona a la perfección; es el presente lo que me planeta problemas.

Veo a Rob en el camino de entrada de mi casa, gritándome que le quite las ruedecillas a la bicicleta. Rob y yo en el porche trasero, tostando malvaviscos. Rob y yo haciendo cola en el mostrador de Macy's, intentando colar bisutería en la compra de mi madre.

—Vamos a ir a casa de sus padres para estar con ellos —dice mi madre.

Vuelvo en mí de golpe y levanto la cabeza. Juliet. ¿Alguien la ha llamado? ¿Cómo se está tomando esto?

—¿Dónde está Juliet? —pregunto por fin. Pero entonces veo la forma en que me mira mi madre y comprendo que ella también se ha ido. Juliet iba en el coche con Rob. Los dos están muertos.

Por alguna razón, el impacto de esta noticia hace que me incorpore en el acto. Mi madre está sentada y mi padre está de pie junto a nosotras. El reloj marca las 5:25. Yo nací a las 5:25 y mi madre dice que era la hora a la que siempre me despertaba durante los diez primeros años de mi vida, como si fuera la hora a la que tenía que volver a entrar en el mundo.

Ni Rob ni Juliet volverán a entrar en mi mundo. Él nunca se presentará en la puerta de mi casa. No volverá a ver una película conmigo ni a abrazarme. Juliet no volverá a ser mi amiga. Ya nunca me perdonará.

Recuerdo que en la fiesta que Olivia celebró en septiembre pensé que, para el caso, bien podría haber muerto, que sería más fácil si estuviera muerto porque al menos no tendría que verle. Me equivocaba. La muerte es muy diferente; no alcanzo a entender del todo su carácter definitivo. Rob ya no está en este mundo. No está en Italia con sus padres, ni en el campamento de verano ni siquiera con Juliet. Ha dejado de existir y no va a volver.

—¿Quieres venir con nosotros? —Oigo que me pregunta mi madre.

—¿Puedo llamar a Charlie?

Me siento como una niña pequeña pidiéndoles permiso a mis padres para comprar un helado, pero no sé de qué forma actuar. ¿Qué hay que hacer en estos casos? Cuando tu mejor amigo y tu prima mueren, ¿qué se supone que debes hacer?

—Por supuesto —responde mi madre—. Lo que quieras.

Pero no es eso lo que quiero. Lo que quiero es que el día de hoy transcurra con normalidad. Que vayamos al instituto. Hoy tenemos ensayo general de la obra. Rob y Juliet deberían estar en el escenario y Len y yo deberíamos estar arriba, ajustando los focos.

Len.

Siento que una nueva emoción empieza a abrirse paso en medio del dolor, hasta que llega a mi pecho y alcanza mi corazón. Es la culpa, tan inmensa que me forma un nudo en la garganta y hace que me cueste respirar.

Jamás debí salir con Len. Debería haberle dicho que sí a Rob. Tendría que haberle hecho entrar en casa, obligarle a meterse en la ducha, haberle consolado diciéndole que estaba a su lado para lo que necesitase. Estaba borracho y dolido. ¿Cómo pude darle la espalda?

Busco a tientas el teléfono en la mesilla de noche y marco el número de Charlie de manera frenética. Contesta al primer tono.

Adoro eso de ella. Siempre tiene el teléfono encendido. Nunca lo tiene en vibración ni en silencio. Ni siquiera baja el sonido. Siempre a todo volumen. Una vez nos echaron del cine mientras estábamos viendo una comedia romántica porque Jake no paraba de llamarla y ella se negaba a apagarlo. Siempre está disponible, sin importar la hora de la noche o del día, y durante un segundo me siento muy agradecida por que así sea.

—Hola, cariño —dice, como si no estuviera durmiendo. Como si no estuviera cansada.

—¿Puedes venir?

—Pues claro —contesta—. ¿Crees que te obligaría a pasar por el trauma de tener que conducir? De ninguna manera.

—¿Puedes venir ya? —pregunto. Mi madre me pone la mano en la pierna por debajo de las sábanas y yo parpadeo para contener las lágrimas. El sonido de la voz de Charlie y el tacto de mi madre a la vez son demasiado—. Por favor.

—Sí —dice, y puedo imaginarla asintiendo, ya fuera de la cama—. ¿Qué ha pasado?

—Tú ven.

Charlie y yo nos hicimos amigas en el cajón de arena el primer día de clase de primero, pero nos conocimos antes. Sin embargo, no nos enteramos de eso hasta el año pasado. Estábamos revisando viejos álbumes de fotos en su casa y de repente vimos una foto en la que estábamos las dos cuando éramos pequeñas, con el bañador en la playa con nuestras mamás.

También hay otras personas. Asara Dool, una chica que se mudó antes del instituto, y algunos más, así que está claro que no habían quedado para que nosotras dos jugáramos, pero ahí estamos, juntas en una foto. Charlie mandó hacer un duplicado de esa foto y me la regaló enmarcada el año pasado. En el reverso había escrito con un rotulador dorado una palabra: «prueba».

Ahora me acuerdo de eso. Pienso en su vestido colgado en mi armario, en mis pendientes en su cajón, en las gominolas de mi mesa y en el millón de pequeñas cosas que nos recuerdan que somos amigas desde antes incluso de que tengamos memoria, que ella estaba ahí antes de que yo la conociera.

—Va a venir —le digo a mi madre cuando cuelgo. Lo digo con firmeza, despacio, como si eso fuera a cambiar algo. Como si lo único necesario es que Charlie lo sepa.

Miro a mi padre. Está callado, con la mano en la frente y el brazo sobre el pecho. Por lo general, cuando el ambiente se tensa, hace una broma. Mi madre dice que siempre puede contar con él para distender el ambiente, incluso cuando no quiere que sea así, pero hoy no hay absolutamente nada que podamos decir para mejorar las cosas.

Suena el teléfono y por un segundo pienso que es Charlie, pero ni siquiera he colgado el auricular. El tiempo está haciendo cosas raras. Va hacia atrás y eso hace que cueste saber cuándo han ocurrido las cosas. Siento que mis padres llevan años sentados en mi cama, que siempre he sabido que Rob está muerto. Lo que significaría, y no puedo creer que esté pensando esto, que nunca existió.

Sin embargo, espero que entre bailando por mi puerta y que sugiera que nos saltemos el último día de clase y vayamos a ver una película.

Mi madre se levanta. Solo entonces me percato de que está vestida. Lleva unos pantalones negros, un jersey de color crema y hasta un collar de perlas que nunca se pone. Me la imagino eligiendo su ropa esta mañana, un conjunto que le sirva para todo lo que le depare hoy el día. No parece ella y sé que se ha puesto esta ropa después de enterarse de lo que había pasado con Rob y con Juliet. Que se ha tomado su tiempo para estar presentable, para recuperar la compostura a fin de hacer frente al dolor que estaba a punto de causarme. Antes de venir aquí y decirme que Rob había muerto.

—Deja que te ayude con eso —dice, y mira a mi padre. Le pone una mano en el hombro, le da un apretón y él se levanta.

—Te acompaño —se ofrece mi padre.

Mi madre desvía la mirada de mí a mi padre y me doy cuenta de que le preocupa dejarme sola.

—Solo voy a vestirme —digo—. Después bajaré.

Mi madre parece aliviada, aunque no mucho, y me da un beso en la mejilla antes de desaparecer con mi padre por el pasillo.

Cuando estoy sola, empiezo a tomar conciencia de lo ocurrido, me invaden todas las sensaciones. Tengo la impresión de estar asfixiándome, ahogándome. Una vez leí que si estás en un edificio en llamas debes ponerte a cuatro patas porque el aire ahí todavía es respirable. Así que eso es lo que hago. Cuando entra Charlie, estoy en el suelo de mi habitación, tosiendo y resollando.

—¡Oh, Dios mío! —exclama desde la puerta, y acto seguido se arrodilla en el suelo a mi lado para abrazarme.

Escena segunda

Los funerales tienen lugar tres días después. El de Rob es por la mañana; el de Juliet, por la tarde. No estamos invitados al de Juliet. Mi tío llamó para decirle a mi padre que no quería verlo allí. Culpan a la familia de Rob por el accidente. Y, por asociación, a la mía.

Sin embargo, los padres de Juliet son los únicos que piensan que fue culpa de Rob. Hay claras marcas de derrape donde el coche de Rob se salió de la carretera y se despeñó por el acantilado y no hay pruebas que indiquen que hubiera algún vehículo circulando en el sentido contrario. Los rumores que corren por el instituto son que Juliet agarró el volante y los sacó de la carretera, haciendo que se precipitaran al mar. Una trágica y tormentosa historia de amor. O, al menos, eso es lo que dijo Olivia. Lo peor es que los rumores van a más, incorporando pequeños fragmentos de verdad que retuercen y distorsionan hasta volverlos irreconocibles. Juliet no podía soportar que Rob aún sintiera algo por mí. Descubrió que nos estábamos viendo. Si ella no podía tenerle, nadie lo tendría...

Charlie me ayuda a elegir un vestido. Uno negro de Macy's que al ponérmelo me da la sensación de ir envuelta en plástico. Me resulta demasiado pegado y sofocante.

—Estás muy guapa —dice Charlie con una sonrisa triste. Prácticamente ha estado viviendo en mi casa desde que vino a verme la otra mañana. Creo que solo ha salido una vez para ir a por un cepillo de dientes y una muda de ropa, pero eso es todo.

—Gracias. —Sonrío con desgana. Me pregunto si a Rob le gustará el vestido, pero luego expulso ese pensamiento. No puedo pensar en eso. No puedo pensar en nada.

Todo el mundo está ya sentado cuando llegamos a la iglesia. Mis padres se dirigen a las primeras filas y toman asiento detrás de los padres de Rob. Veo que mi madre rodea con sus brazos los hombros de la madre de Rob de la misma forma que Charlie haría conmigo. Me pregunto qué piensan mis padres de todo esto. Si ellos también sospechan que fue un suicidio. Los hermanos pequeños de Rob se sientan junto a ellos, con las manos en el regazo y cara lívida. Le hago un gesto a Charlie para que nos sentemos en el último banco y ella lo hace. No pregunta por qué no quiero sentarme delante ni sugiere otra cosa. Se limita a sentarse. Y Olivia se sienta a nuestro lado unos segundos después.

Todos los asistentes visten de negro y de gris, por lo que es imposible distinguir a nadie. Sé que John Susquich y Matt Lester están en algún lugar. Y seguro que Lauren también, con Dorothy Spellor y quizá con Brittany Fesner. Becky Handon, Taylor y puede que hasta Jason. El señor Davis, la señora Barch y el señor Johnson. Pero no puedo distinguir a nadie. Me recuerda al primer día de clase, cuando me senté en la última fila de la zona de los mayores con Rob y me di cuenta de que estábamos conectados al verlos a todos. Pero aquí nadie se siente conectado. No formamos un conjunto. Solo somos pequeñas partículas de polvo anónimas que se cruzan en la oscuridad. Tenemos suerte si alguna vez nos topamos unas con otras.

La misa es bastante bonita. Jake se levanta y dice unas palabras. Me sorprende lo bien que habla. Parece que se convierta en otra persona allí arriba y me pregunto por qué no se comporta siempre así en vez de aderezar todas sus frases con un sinfín de palabras que no significan absolutamente nada. Pero tal vez ha sido necesario que perdiera a su amigo para que espabilara.

Mi madre me preguntó si quería hablar hoy. Imagino que lo sugirieron los padres de Rob, aunque tal vez se le ocurriera a ella, no lo sé. En cualquier caso, me negué. No es que no tenga nada que decir. Es que no sé qué compartir. Me refiero a las historias. Supongo que no sé muy bien de qué forma recordar a Rob. ¿Como mi mejor amigo o como el chico que me rompió el corazón? ¿Como mi novio o como el vecino de al lado? Quiero levantarme y decir que era mi alma gemela, la persona con la que se suponía que iba a pasar toda mi vida. Pero no puedo hacerlo. Murieron juntos, así que siempre les recordarán juntos. Que así sea. Rob le pertenecía a Juliet. Los rumores no importan; acabarán por olvidarse. Dentro de un año o dos, los detalles y las circunstancias ya no importarán. Es posible que la gente recuerde la historia del suicidio, pero mi nombre no estará ligado a ella. Tan solo recordaran a los dos amantes, unidos para siempre por la muerte. Mientras estoy en la iglesia, escuchando a Jake hablar de Rob, no puedo evitar hacerme una pregunta: ¿Cómo se llora algo que nunca fue tuyo de verdad?

Siento que Charlie trata de agarrarme la mano, pero la meto debajo de la pierna para impedir que lo haga. No quiero un contacto tan estrecho con nadie en este momento. No sé por qué, pero me cabrea la idea de que me dé un par de apretoncitos en la mano. Está bien cuando se trata de un desengaño amoroso o de no tener la mochila adecuada, pero esa costumbre no debería aplicarse a algo tan serio. Ninguna de nuestras teorías sirve con la muerte. De hecho, ¿no fue Charlie la primera que se dio cuenta de esto?

—Ha estado bien —dice Charlie cuando salimos. Hace un día soleado, demasiado para un funeral. Todos lleva puestas las gafas de sol, como si estuviéramos en la playa. Olivia ha ido a consolar a Ben y solo estamos nosotras dos.

—¿Bien? —No era mi intención hablar con tono glacial, pero enseguida me doy cuenta de que no me arrepiento. Todos actúan como si esto fuera muy triste, muy trágico, pero ni una sola persona ha dicho que es muy injusto. Que jamás debería haber ocurrido.

—Lo que digo es que a Rob le habría gustado —empieza Charlie.

—Era su funeral —espeto—. No creo que le hubiera entusiasmado.

Por extraño que parezca, Charlie no lleva sus gafas de sol y me mira con los ojos entrecerrados.

—No quería decir eso —susurra—. Lo que intento decir...

—Ahórratelo.

Estamos en el borde del cementerio, en la cima del acantilado. A mi izquierda puedo ver las dos rocas que sobresalen sobre el mar. Las rocas donde Rob y yo pasamos tantas noches. Donde me besó. Las rocas donde murió. Me invade un fugaz deseo de acercarme y saltar, de precipitarme también por el acantilado. No me equivocaba al tener tanto miedo a caerme. Hay un millón de cosas en este mundo que pueden acabar contigo, que pueden acabar en una milésima de segundo con la vida a la que tanto nos aferramos. Vivimos tratando de eludir la muerte. Es lo que pretendemos conseguir al comer, al dormir, al mirar a ambos lados antes de cruzar la calle. Todo, absolutamente todo, para evitar lo inevitable. Bien pensado, no tiene ningún sentido. No hay nada más irónico. Dedicamos toda la vida a eludir la muerte a pesar de saber que es lo único de lo que no podemos escapar.

Pero la muerte no debería haber llegado tan pronto.

No hice lo único que podría haber hecho para salvar a Rob. Podría haberle invitado a entrar, haberle creído cuando me dijo que me echaba de menos. Podría haber prestado atención a los rumores sobre Juliet y haber buscado ayuda. Tal vez entonces no se habría subido al coche esa noche. No habría conducido borracho. No habrían muerto.

—Esto no es culpa tuya —dice Charlie a mi lado. Tiene los brazos cruzados y puedo ver que tiene el vello erizado de su pálida y pecosa piel—. No me importa lo que pasó en el coche aquella noche ni si tuvo algo que ver contigo. Tú no tienes la culpa.

—¿Cómo narices lo sabes?

Charlie se echa hacia atrás como si acabara de abofetearla. Al principio no dice nada, sino que se limita a mirar la hierba a nuestros pies y a sacudir la cabeza.

—¿Crees que podrías haberlo evitado? ¿Que tú manejas los hilos? —Me mira con severidad y por un momento me recuerda a la Charlie que quiero. La Charlie fuerte, poderosa, que no tolera tonterías a nadie.

Tal vez por eso se lo cuento.

—Volvió a mí.

No parece sorprendida. Ni siquiera descruza los brazos.

—¿Y qué?

—¿Cómo que y qué? —Me doy cuenta de que estoy elevando el tono de voz. Algo se quiebra en el fondo de mi garganta. Como la cuerda de una guitarra que acaba de romperse.

—Quería volver conmigo y le dije que no. Debería haber estado en mi casa esa noche. No debería haber pillado el coche.

Charlie sacude la cabeza, pero es un movimiento tan leve que resulta casi imperceptible.

—Habría dado igual —aduce.

—¿Porque Juliet agarró el volante? —la desafío.

—No del todo.

—Entonces ¿tú no lo crees? Pero has oído que estaba enamorado de mí, ¿verdad? ¿Que eso la llevó a acabar con la vida de los dos? —arguyo entre dientes, como una serpiente que escupe veneno—. Anda, explícame por qué yo no tuve la culpa. Porque, lo mires por donde lo mires, podría haberle dicho que se quedara.

Charlie parpadea y dirige la vista hacia la iglesia antes de volver a mirarme a mí.

—Tú crees que me apasiona la historia porque me fascinan las posibilidades, el «qué habría ocurrido si...», pero te equivocas. Me gusta porque es lo único de lo que podemos estar seguros en esta vida. Se puede confiar en el pasado. El presente y el futuro son una incógnita.

—¿A dónde quieres ir a parar?

—A que hay cosas que escapan a nuestro control. Hay cosas que van a suceder sin que podamos impedirlas. No hay nada que podamos hacer.

—Tenemos la capacidad de elegir —declaro. Saboreo la palabra y la repito: «elegir». No tiene que ver con la suerte ni con el destino. Es el libre albedrío.

—Sí, pero no se aplica a todo —sentencia Charlie

—Entonces, ¿a qué? ¡Dime! —Ya no miro a Charlie.

El nudo que tengo en la garganta se hace más grande y puedo sentir que las lágrimas ardientes empiezan a anegarme los ojos. Pero no voy a llorar, aquí no. He llorado delante de Charlie cientos de veces, pero si lo hago ahora, sería igual que darle la razón. Si lloro, estaré reconociendo que se ha ido de verdad.

—Puedes elegir ser feliz —aduce Charlie. Pronuncia las palabras con firmeza, como si me tendiera su mano—. Tú misma me lo has recordado esta semana. Ser feliz es una elección, Rose. —Me acuerdo de que el lunes estuvimos sentadas en su coche, hablando de su madre. Parece que hayan pasado años de aquello—. Creo que tú también puedes elegir no sentirte culpable.

—Hola, chicas —nos saluda Olivia.

Ben y ella se acercan a nosotras por detrás. Él la aprieta con firmeza contra sí y ella tiene la cabeza apoyada en su hombro. Lleva el mismo vestido negro que se puso para el baile de graduación del año pasado. Sé que tiene un desgarrón en la cremallera porque Taylor tiró con demasiado entusiasmo porque ella no conseguía subirla.

A Charlie le tiembla el labio inferior y Ben suelta a Olivia y abraza a Charlie con fuerza durante un rato. A veces olvido que son hermanos. Que la madre de Charlie era también la madre de Ben. Es abrumador y casi resulta insoportable pensar que la muerte nos ha tocado a todos de cerca.

—¿Queréis ir a Cal Block? —pregunta Olivia.

Espero que Charlie se dé la vuelta y le diga lo insensible que está siendo. Que no podemos pedir el especial S como si todo siguiera igual, cuando Rob y Juliet están muertos, pero le brinda una sonrisa a Olivia.

—Me parece perfecto —dice—. ¿Rose?

Pero no los estoy mirando ni estoy pensando en el queso. Miro a alguien que acaba de salir de la iglesia. Viste traje negro y corbata azul y está de pie junto a la puerta, manteniéndola abierta para que la gente salga.

Len también me ve y por un fugaz instante parece que el mundo se plegara y el suelo bajo nuestros pies nos uniera, como si en el universo solo existiéramos nosotros dos. Pero no intenta acercarse a mí. Ni siquiera me saluda. En su lugar, se limita a agachar la cabeza. Y ese rizo le cae sobre la frente.

Luego se da la vuelta y se dirige al aparcamiento. Me pregunto si debería sentir algo, pero parece que me hayan arrebatado todas las emociones, dejándome vacía por dentro.

Cierro los ojos con fuerza y, cuando los vuelvo a abrir, Charlie me está mirando.

—¿Tú qué dices? —me pregunta con suavidad—. ¿Vamos a Cal Block?

Me encojo de hombros para decir: «Claro, da igual. Nada importa. Todo ha desaparecido ya». Pero no estoy segura de que mis hombros funcionen. Ni siquiera sé si estoy respirando.

—Vamos. —Charlie me pone las manos en los omóplatos y me insta a dirigirme hacia el aparcamiento.

Mis padres están a unos metros, hablando con los padres de Rob. Mi padre tiene la mano en la espalda de su amigo y ambos asienten con la cabeza, con la cara demacrada y tensa. Quiero salir de aquí. Quiero irme lo más lejos posible de todo. Del cadáver de Rob, de mis padres, de mi prima muerta e incluso de Charlie y de Olivia. Pero dejo que Charlie me lleve hasta el Big Red. Como siempre. Me monto en el asiento del copiloto y Olivia y Ben se montan en su coche. Como siempre. Vamos a Cal Block, nos sentamos en nuestra mesa en el rincón y pedimos el especial S. Como siempre. Olivia amontona sus patatas fritas y se queja del aire acondicionado. Charlie pone los ojos en blanco y pide más agua con gas. Como siempre.

—Jake me ha dicho que quería estar en el mar. —Charlie se agacha y bebe un buen trago con su pajita—. Hemos quedado más tarde.

—Es lógico. —Olivia suspira y me mira—. ¿Tú cómo estás?

—Bien.

Olivia mira a Charlie y luego vuelve a mirarme a mí.

—Lo siento mucho —dice—. Que quede claro que creo que la gente debería meterse en sus propios asuntos. Todos sabemos que Juliet tenía problemas, pero...

Me cabrea la forma en que mira Charlie, como si estuviera pidiendo permiso. La sangre ruge en mis oídos y me resulta imposible oír. He aguantado sus miradas de lástima, sus lágrimas, su compasión y sus teorías, como si todas estas rutinas garantizaran que todo va a ir bien. Actúan como si solo tuviéramos que decir lo que toca en cada momento, llevar la ropa adecuada al funeral, dar un par de apretoncitos con la mano o hacer otros gestos parecidos, seguir yendo a los mismos restaurantes y continuar con nuestras vidas, y será como si nada de esto hubiera pasado. Como si Rob no hubiera muerto.

Pero ha muerto y eso no va a cambiar por mucho especial S que pidamos.

—No tengo hambre —digo—. Yo me voy.

—¿Podemos terminar? —Charlie señala el plato que tiene delante con una mano y con la otra señala hacia el coche.

—No te pido que me lleves.

Ella apoya la espalda en el asiento.

—Vale.

Olivia se muerde las uñas.

—Me voy andando —les comunico a las dos.

Me levanto y Charlie me detiene con su mano. La apoya por completo sobre la mía, como si fuera el papel envolviendo la piedra.

—Todo va a salir bien —dice.

Al salir se me llenan los ojos de lágrimas y deseo más que nunca poder creerla.

Escena tercera

Cuando salgo de Cal Block, regreso a pie a la iglesia. Sé que es allí a donde voy antes de ponerme en marcha. No luché lo suficiente por nuestra amistad cuando éramos niñas y me perdí diez años con ella. No me esforcé lo suficiente cuando estaba aquí y ahora no tendré otra oportunidad. Lo menos que puedo hacer es despedirme de ella.

Llego cubierta de polvo y de sudor. El aparcamiento está abarrotado y hay fotógrafos fuera que intentan capturar una imagen de la afligida familia. Me dirijo a la entrada y me abro paso a empujones hasta la puerta, donde un guardia de seguridad me pregunta mi nombre.

—Rosaline —digo.

—Rosaline ¿qué más?

—Caplet. Soy su prima.

Comprueba la lista y sacude la cabeza.

—Lo siento, señorita, aquí no hay ninguna Rosaline.

—Pero soy su prima —declaro.

—Solo cumplo órdenes —dice—. No se permite la entrada a nadie que no esté en esta lista.

Aturdida, retrocedo tambaleándome. En el interior, mujeres con enormes gafas de sol y escotados trajes negros se apiñan unas con otras, aferrando sus bolsos de Chanel contra el pecho como si fueran niños. Esta gente ni siquiera la conoce. Pero, claro, yo tampoco.

Saco el móvil, pensando en llamar a Charlie con el rabo entre las piernas, cuando veo a mi padre fuera. Está apoyado en un árbol a unos tres metros de la iglesia, con los ojos para protegerse de la luz del sol.

—¿Papá?

Me ve y sonríe.

—Las grandes mentes piensan igual.

—Siento que no te hayan dejado entrar —digo.

Mi padre sacude la cabeza.

—No pasa nada. No me lo merezco.

—Sí lo mereces. Quieres estar ahí.

—A veces eso no es suficiente, cielo. —Me rodea con el brazo y apoyo la cabeza en su hombro—. Siento todo esto —dice—. ¿Cómo lo llevas?

—Genial.

—Esa es mi chica.

—Creo que aún no lo he asimilado. No puedo creer que ya no esté.

—Lo sé —dice—. Yo tampoco. Cuando pienso en el padre de Rob... —Se aclara la garganta—. Ningún padre debería perder a un hijo.

—La gente piensa que Juliet hizo que se mataran, ya sabes. Que fue un suicidio.

Mi padre hace una pausa.

—¿Y tú qué crees?

Entonces se me ocurre lo que he estado pensando desde aquella noche sentada en el suelo de mi cocina con Juliet. Y cuando las palabras se forman y brotan, sé que son ciertas.

—Fue un accidente. Ella jamás le habría hecho daño. Le quería.

Mi padre asiente con la cabeza y mira hacia la iglesia. Los fotógrafos se han instalado y las puertas están cerradas. Nos quedamos así, él rodeándome con el brazo, mirando al frente, hasta que salen los primeros dolientes.

—Dulces sueños —susurro mientras ambos intentamos despedirnos a nuestra manera.

Los días se convierten en semanas, pero sigo teniendo la sensación de que el tiempo no avanza. Voy al instituto, asisto a clase. Asiento con la cabeza, sonrío y saludo, pero en realidad no siento nada. Me estoy hundiendo y sé que debería tender la mano en busca de ayuda, intentar agarrarme a algo, pero no puedo ver nada a mi alrededor. No es que esté ciega, sino que más bien tengo los ojos cerrados. Y por más que lo intento, no sé cómo abrirlos.

Lo único que ayuda es la música. Solo me siento viva cuando me pongo al piano después de clase. Cuando el silencio reina en la casa y mis padres están fuera, en el trabajo o haciendo recados, puedo olvidarme de todo. Las notas me llevan lejos de aquí. No al pasado, sino a otro lugar.

Aquí me siento cómoda. Completa. Como si no faltara nada.

Charlie y Olivia suelen venir y traen juegos de mesa, café de vainilla y un montón de chucherías. Vienen temprano y se quedan hasta tarde. A veces Charlie se pasa por aquí y me escucha tocar. Cree que no sé que se sienta en el porche y espera a que termine, pero la oigo en cuanto llega. Tiene la costumbre de cerrar el coche de un portazo y de agitar las llaves. Nunca ha sido una persona discreta. Pasar desapercibida no es lo suyo.

No hablamos de lo que dice la gente en el instituto; de los murmullos en el baño, los susurros cuando paso por los pasillos. Cada vez hay más silencio, pero es un proceso lento. Casi temo el día en que la gente deje de hablar. Como si Rob desapareciera en la oscuridad y todo el mundo dejara ya de pensar en él y de recordarlo. No deseo que llegue ese momento.

—¿Por qué no salimos? —propone Olivia. Hoy está tumbada junto a mí en mi cama, hojeando una revista que ha traído.

Charlie está sentada en el suelo, estirándose.

—¿Rose? —murmura Charlie.

—No me apetece mucho.

—Vamos, hace semanas que casi no sales de casa. —Charlie se levanta del suelo y se tira en la cama con nosotras.

—Esto no es como una ruptura —digo—. No necesito salir a emborracharme para superarlo. Nunca lo superaré.

—¿Quién ha hablado de beber? —aduce Olivia—. Yo solo hablaba de comer. De ir al cine. De hacer algo.

—Cualquier cosa —añade Charlie.

—Bien, una película. Nada de comer.

—¿Ni siquiera palomitas? —pregunta Olivia, pero me doy cuenta de que está bromeando y no puedo evitar sonreír.

—No hay problema, siempre que sean de plástico.

—¿Qué peli vemos? —pregunta Charlie mientras bajamos las escaleras.

—¡Qué más da!

Mis padres están en la cocina tomando café.

—Hemos conseguido que se levante —le dice Charlie a mi madre—. ¿Dónde está nuestra medalla?

Mi madre se acerca y me abraza. Últimamente lo hace mucho. Como si abrazándome con fuerza pudiera evitar que me rompa en pedazos.

—Bueno, me alegro —dice, tratando de no parecer dolida cuando me aparto—. Diviértete.

Mi padre alza su taza como si estuviera brindando por nosotros, pero parece cansado. Y triste. Creo que esto ha sido más duro para él.

Charlie intenta tomarme de la mano en el coche, pero yo mantengo las palmas de las manos en mi regazo con firmeza. Pone música con su teléfono y nos quedamos en silencio. Olivia intenta jugar al «¿Te acuerdas cuándo...?» unas cuantas veces, pero todas nuestras historias nos recuerdan a Rob y no tardamos en darnos por vencidas. El cine está al lado de la cafetería Grandma's y aparcamos justo enfrente, como hace siempre Olivia todos los miércoles por la mañana. Hemos venido a la cafetería todas juntas unas cuantas veces, sobre todo cuando celebramos una fiesta de pijamas la noche anterior, pero creo que este año no he venido ni una sola vez. Tras la barra está la misma mujer de siempre, y mientras cerramos las puertas del coche y nos dirigimos al cine, me doy cuenta de que no sé su nombre. Es posible que llevemos viniendo aquí diez años y nunca me he molestado en preguntarle.

Olivia compra las entradas para la película de la chica pelirroja que sale en una serie con la que está obsesionada. Charlie compra palomitas y dos tipos de gominolas y tomamos asiento al fondo a la izquierda. Nos sentamos siempre ahí desde que empezamos a ir al cine solas, sin nuestros padres, cuando íbamos a séptimo. Meto la mano en las palomitas y me llevo unas cuantas a la boca, pero me saben a cartón. Las gominolas también están insípidas. Hasta la película parece insulsa. Como si fuera en blanco y negro en lugar de en color. Me recuesto en la butaca y me dejo llevar por la pantalla, dejo que me arrulle, así que al menos durante las dos horas siguientes me sumerjo en una especie de estupor.

Cuando termina la película, les digo a Charlie y a Olivia que me esperen fuera. Voy al baño y me echo un poco de agua en la cara. No debería reconocer mi reflejo. Hace semanas que no me miro al espejo y aún más que no me ducho como es debido, pero aquí estoy. La Rosaline de siempre. Ni siquiera la muerte de Rob ha podido hacerme desaparecer.

Cuando salgo del baño, veo a Len y a Dorothy comprando entradas. Ella ríe y él está pagando. ¿Están saliendo? Dorothy lleva una caja de palomitas y acerca la boca y saca una con la lengua. Mi parte racional sabe que solo son amigos, pero mi otra parte, la que confiaba en él, está furiosa. No vino a darme el pésame. Tampoco me llamó después de la muerte de Rob. Y ni siquiera me ha preguntado si estoy bien. Apenas cruzamos dos palabras en clase de Biología, hacemos las actividades como si fuéramos dos extraños y no hemos mencionado lo que pasó en mi casa. Casi no me presta la más mínima atención.

En cuanto me ve, mira hacia otro lado de inmediato. ¡Qué bien! Así que me está ignorando de nuevo. Como hizo en el funeral. Es verdad que el resto del instituto me trata de la misma manera, pero creía que Len era diferente. Confiaba en él. Y ha demostrado no ser mejor que los demás.

Me acerco a ellos y le agarro del brazo con fuerza.

—Hola —digo.

—Hola —responde. Su mirada asciende de mi mano a mi cara y vuelve a bajarla.

—¿No pensabas saludar? ¿O ibas a seguir ignorándome? —Dorothy se ríe de forma nerviosa, pero él no la mira. Se limita a mirar la mano con que le sujeto el brazo—. Creía que éramos amigos —continúo—. Creía que te importaba.

Él levanta la vista y sus ojos buscan los míos.

—Y me importas —dice.

—Bueno, pues mi amigo acaba de morir y también mi prima —espeto como si las palabras estuvieran podridas.

—Lo sé —replica—. Estaba allí.

—¡Oh! ¿Te refieres al funeral? ¡Quién lo diría! Ni siquiera me saludaste.

Len menea el brazo para zafarse de mí.

—Para serte sincero, pensé que sería la última persona a la que querrías ver —alega con voz serena mientras mantiene el brazo contra su pecho—. Por eso no he dicho nada. Ni en el instituto ni en ninguna otra parte. Creía que no querrías que lo hiciera.

—Pues pensaste mal —digo. Y luego, antes de salir para ir al coche, añado—: En fin, ya da igual.

—¿Quieres que entremos? —pregunta Charlie.

Niego con la cabeza.

—No pasa nada. Estoy cansada.

Charlie asiente y Olivia me da un apretón en el hombro desde el asiento trasero.

—Estamos aquí —dice—. Te queremos.

—Ya lo sé.

—Tienes que dejar que te ayudemos —dice Charlie—. Por favor.

—Gracias —digo—. Hablamos mañana.

Me desabrocho el cinturón de seguridad y agarro mi bolso. Me bajo del coche y cierro la puerta.

—Hoy no podré venir a oírte tocar —dice Charlie por la ventanilla.

Esboza una sonrisa mientras los últimos rayos del sol poniente se reflejan en su pelo rojo.

—Eres una acosadora —la acuso.

—Y tú eres muy buena, Rosie. Sabes que no me sentaría a escuchar si fueras mediocre y no tuvieras talento. —Me lanza besos al aire mientras sale del camino de entrada para llevar a Olivia a su casa.

Cuando me acerco, veo un sobre en el porche. Se le ha debido caer a mi madre mientras echaba un vistazo al correo. Lo recojo y entro. No tiene remitente, pero la letra me resulta familiar. Me siento en las escaleras y meto el dedo bajo la solapa del sobre, moviéndolo de lado a lado para despegarla poco a poco. Sale una foto. El reverso está amarillento y la esquina está rasgada, como si la hubieran arrancado de un álbum.

En la foto se ve a dos niños, un chico y una chica, al piano. Están sentados en el banco, de espaldas al instrumento. La niña lleva un vestido blanco y rosa y el niño unos pantalones caqui y una camisa. Ninguno está pendiente de la cámara, sino que se miran el uno al otro, enfrascados en su propia conversación. Y cada uno tiene un regaliz metido en la boca. La niña soy yo y el niño es Len. Es una foto de un recital en casa de Famke.

Le doy la vuelta a la foto y hay una nota en el reverso, escrita con la misma letra que ahora conozco tan bien después de tantas horas en el laboratorio de Biología, de tantos ejercicios y de corregir los exámenes.

Rosaline:

Siento todo lo que he dicho. Algunas cosas las dije en serio, pero no todas. Todavía me importas. Siempre que quieras, aquí me tienes.

Len

Agarro la foto y me pongo de pie. Luego subo las escaleras, recorro el pasillo y me meto en mi habitación. Cuando me meto en la cama me doy cuenta de que tengo la foto apretada contra mi corazón.

Escena cuarta

Este año mi cumpleaños llega en un abrir y cerrar de ojos. Antes de que calendario haya podido recuperarse de la agitación de la Navidad ya es 1 de enero. El día suele empezar con las tortitas de plátano y trocitos de chocolate que mi madre prepara en la cocina. Es una tradición que se remonta hasta donde me alcanza la memoria. Después prepara chocolate caliente que adereza con café expreso y nos sentamos todos en bata mientras fingimos que está nevando fuera, cosa que nunca ocurre.

—Por una vez me encantaría tener una Navidad blanca, pero me alegraría lo mismo si ocurriera en tu cumpleaños —dice mi padre todos los años.

Eso es lo que siento por Rob. Casi esperaba que apareciera en Navidad. Suelo despertarme antes de las seis. Es una de esas costumbres que me quedan de la infancia. La emoción de ver qué regalos hay debajo del árbol. Este año bajé las escaleras y me quedé de pie en medio del salón, mirando su casa a través de las puertas de cristal del jardín. Me quedé allí durante horas, hasta que vino mi madre, me envolvió con una manta y me obligó a sentarme en el sofá. De alguna manera estaba convencida de que le vería si miraba lo suficiente. Que, si esperaba lo suficiente, el universo se cansaría y dejaría que volviera conmigo.

También tengo la costumbre de madrugar el día de mi cumpleaños, pero esta vez no me despierto a las nueve. Mi habitación está a oscuras. No tendría ni idea de qué hora es si no fuera por el despertador que tengo en la mesita de noche. Mi teléfono parpadea en el suelo, avisándome de que tengo tres nuevos mensajes de texto.

Dos son de Olivia. Ha copiado el texto de una tarjeta de cumpleaños y el primero se le ha cortado. Antes de leerlo sé que el tercero es de Charlie. Siempre me envía lo mismo cada mañana de cumpleaños: «¡Feliz cumpleaños, cacho perra! ¡Que empiece la fiesta!».

Me vuelvo a tumbar en la almohada al leer estas frases tan familiares. Los cumpleaños anteriores acuden a mi memoria como hojas arrastradas por el viento. Imágenes y recuerdos se arremolinan a mi alrededor. El mensaje de Charlie y la visita de Rob, siempre a tiempo para comer tortitas. El chocolate caliente con mi familia, los regalos, las risas, la promesa de lo que está por llegar. El tiempo que pasamos jugando con nuestros regalos de Navidad y correteando con el estómago lleno. La cena juntos y, a veces, incluso el ligero dolor de cabeza por el champán de la Nochevieja. El comienzo del nuevo semestre en el instituto. Momentos en los que la eternidad parecía un hecho. En los que el tiempo parecía un paseo por la playa de Olivia en Malibú; relajado y sin prisas.

El año pasado, Rob vino a comer. Mi madre preparó sus tradicionales tortitas y todos nos sentamos a bromear sobre el tiempo que tardaría mi padre en configurar el nuevo DVR que mi madre le había regalado por Navidad. Después mis padres se pusieron a cocinar una elaborada cena de cumpleaños y Rob y yo fuimos a casa de Olivia. Charlie, Ben y Jake estaban allí, y los seis pasamos la tarde preparando brownies y viendo *Casablanca*. La primera tanda se nos quemó porque nos olvidamos de que la teníamos en el horno, pero la casa olió a chocolate durante el resto del día. Recuerdo que me tumbé en el sofá de Olivia y pensé que no había ningún otro lugar en el mundo en el que quisiera estar. Fue perfecto.

Mi madre llama con suavidad a mi puerta y entra. Se sienta en el borde de mi cama y luego se acerca y me pone una mano en la frente.

—Feliz cumpleaños, cariño. ¿Vas a bajar? —Empieza a acariciarme el pelo como solía hacer cuando era pequeña y estaba enferma.

—Sí —respondo—. Solo estaba pensando.

Ella asiente y me indica que me incorpore. Me deslizo hasta que mi espalda queda apoyada en el cabecero de la cama.

—Oye, Rosaline...

Por lo general, mi madre solo utiliza mi nombre completo cuando está enfadada conmigo, pero es mi cumpleaños y la forma en que lo dice me hace pensar en Len.

—Nunca me llamas así.

Mi madre baja la barbilla y me besa en la frente.

—Es tu nombre, cariño. Es quien tú eres en realidad. —Me alisa el pelo con el dorso de la mano—. A veces pasan cosas en la vida que no entendemos. Que son injustas y crueles. —Se detiene y me toca la mejilla. Sus manos están calientes. Seguramente ya ha empezado a cocinar—. Pero eso no significa que te hagas un ovillo y te rindas. ¿Lo entiendes? —Parpadeo y ella se levanta y se acerca a la ventana. Descorre las cortinas y la luz entra a raudales en mi habitación—. Todavía quedan algunas sorpresas —dice—. Ven a ver.

—¿El qué?

No responde; sigue mirando fuera. Aparto las sábanas y me doy cuenta de que hace un poco de frío en mi habitación. Me pongo la bata y voy a colocarme detrás de ella. Cuando llego, me quedo boquiabierta.

Un delicado manto blanco de nieve cubre todo el césped, el mobiliario exterior y la terraza.

—Es precioso —digo.

—Igual que tú —añade mi madre.

Me rodea con el brazo y esta vez no la aparto, sino que apoyo la cabeza en su hombro. Es la primera vez que acepto la cercanía de alguien desde que Charlie me recogió del suelo de mi habitación hace semanas. Y quizá porque me siento protegida, se me suelta la lengua durante un instante.

—Yo tuve la culpa —susurro. Parpadeo mientras mis ojos tratan de adaptarse a la entrada de luz—. Sé que no fue Juliet quien provocó el accidente, sino Rob. Estaba borracho. Vino a verme y le dije que se fuera. No debería haber estado en el coche. Yo tuve la culpa de que muriera.

—¿Es eso lo que piensas? —Mi madre me suelta y cruza los brazos.

—Es la verdad —replico—. Debería haber estado conmigo. Podría haber evitado todo esto.

—No, las cosas no funcionan así —aduce mi madre. Se aleja de la ventana y se acerca a mi escritorio. Alcanza una foto y la vuelve a dejar—. Soy consciente de que no sé lo que pasó entre vosotros dos con exactitud. Y todo ese asunto con Juliet... —Gira un dedo en el aire un par de veces, como si eso le ayudara a ir más rápido—. Pero lo que sí sé es que no podemos elegir cuándo dejamos este mundo. Y tampoco podemos elegir cuándo se van los demás. —Deja caer las manos a los lados y suspira—. Cariño, fíjate en tu padre. No se ha hablado con su hermano desde hace diez años. —Cierra los ojos como si tratara de acertar con las palabras—. Él tomó esa decisión y se ha perdido la posibilidad de conocer a su sobrina. Todos nos la hemos perdido.

—Es que no pensé que fuera a suceder de esa manera.

—Lo sé, cariño, pero así es la vida —alega—. No podemos planearla; sucede sin más. Lo único que podemos elegir es cómo reaccionar ante ella.

Pienso en Charlie y en lo que me dijo. «Podemos elegir ser felices. Puedes elegir no sentirte culpable.» Entonces lo entiendo. Y creo que hay otra cosa que también podemos elegir.

Saco mi teléfono y le devuelvo el mensaje. «¿Cena en mi casa? Te quiero.» Recibo la respuesta de inmediato: «Pues claro. Yo *tb t* quiero, pimpollo».

—Entonces, ¿vas a bajar para celebrar tu cumpleaños con nosotros? —pregunta mi madre.

—Dentro de unos minutos. Primero tengo que hacer una cosa.

Mi madre asiente con la cabeza y sonríe a mi padre, que acaba de entrar. Lleva un gran sobre blanco en la mano.

—Feliz cumpleaños, cielo —dice—. Con tanto jaleo, se nos olvidó darte esto.

Se miran y luego me miran a mí mientras mi padre deposita el sobre encima de la cama. En la parte de delante está grabado el logotipo de Stanford. ¡Pues claro! Me había olvidado de mirarlo en internet.

—Adelante —dice mi padre—. Ábrelo.

Lo agarro y le doy la vuelta. He estado esperando este momento durante diez años. Incluso más tiempo. He imaginado cómo sería un millón de veces. Llamaba a Rob, sin aliento por la emoción, y él venía. Nos sentábamos en el suelo de mi habitación y yo me tapaba los ojos con una mano y le daba el sobre a él.

—No puedo hacerlo —le decía—. Dímelo tú.

Él lo abría y lo leía por lo bajo con expresión impávida, asintiendo con seriedad. Luego levantaba la vista sin revelar nada y decía:

—En fin, Rosie. —Hacía una pausa y el corazón se me salía del pecho. Y entonces se dibujaba una sonrisa de oreja a oreja en su cara y exclamaba—: ¡Te han admitido! —Me ponía el papel en las manos y yo lo leía mientras la carta no paraba de agitarse porque me temblaban los dedos.

Pero ahora solo estamos el sobre y yo. Sin la presencia de Rob. Ni siquiera estoy nerviosa. Le doy la vuelta entre mis manos, sujetándolo sin más, y acto seguido lo vuelvo a dejar sobre la cama.

Mi padre me mira con el ceño fruncido, pero mi madre esboza una ligera sonrisa, esa pequeña sonrisa que dice que lo entiende.

—Estaremos aquí cuando estés lista —dice, y sale con mi padre de la habitación.

Estoy recuperando esa fuerza vital que me ha faltado desde que murió Rob, quizá incluso desde hace más tiempo. En realidad, es probable que desde antes incluso, ya que tengo la impresión de que siempre me he dejado llevar por los acontecimientos, abordando una cosa tras otra, como si mi vida fuera una lista con tareas pendientes que voy tachando a medida que las llevo a cabo. Me parecía algo seguro, cómodo. Nada malo podía pasarme si me ceñía a la lista. Pero ahora comprendo que es algo que me limita. No quiero vivir como si supiera todo lo que va a pasar.

Me meto en el cuarto de baño. Me cepillo el pelo y hago gárgaras con un poco de enjuague bucal. Tengo mejor aspecto, pero no me importa. Estoy llena de energía, palpitando de emoción por lo que estoy a punto de hacer.

Me pongo unos vaqueros y una camiseta de manga larga. Luego me pongo un jersey. Al fin y al cabo, está nevando. Por primera vez comprendo lo que me ha dicho mi madre; es mi cumpleaños y el comienzo de un nuevo año. Soy muy afortunada por tener la oportunidad de hacer las cosas de forma diferente. Es increíble que, en un día, en un momento, todo pueda cambiar.

Mis padres están en la cocina cuando bajo. La otra noche fueron a casa de los padres de Juliet. No sé si harán las paces, pero creo que lo están intentando, y me llena de optimismo. A veces las cosas salen como salen, y aunque ocurra lo impensable, de todo sale siempre algo bueno. Las familias pueden dejar el rencor a un lado y se pueden reconciliar. Los amigos pueden cambiar y madurar. A veces tú también puedes. La vida es una incógnita que brinda un sinfín de posibilidades y ya no me asusta tanto esta asombrosa realidad, ni lo mucho que puede cambiar todo en un momento. Me infunde esperanza. Resulta abrumador, pero muy emocionante. Los límites de la vida ya no parecen perderse en la distancia, sino que en cierto modo se cargan de energía. No se trata de pasar por la vida sin más, sino que debemos tomar las riendas. Formamos parte de algo. Tenemos la capacidad de elegir. Está muy bien hacer planes, pero a veces acabas dándote cuenta de que te has olvidado de incluir lo más importante en la lista.

—Volveré pronto —digo, y me despido.

Me pongo las botas y salgo a la calle. Mi coche está aparcado en el garaje, donde siempre está, y un miedo familiar se aloja en mi garganta durante un momento, pero hoy no me dejo vencer por él. Es ahora o nunca y no quiero esperar más. Toco con la palma de la mano el carné de conducir que no he utilizado mientras subo al coche y meto la llave en el contacto. Cuando el coche arranca, me repito una y otra vez que puedo hacerlo, que no tengo miedo, que todo va a ir bien.

Y así es. El miedo se va desvaneciendo poco a poco en cuanto empiezo a conducir. Mis manos se relajan en el volante y avanzo por la autopista, sin el menor esfuerzo. Paso de largo la cafetería Grandma's, la casa de Charlie, el instituto, el lugar donde me caí el año pasado mientras iba en bicicleta con Olivia y me raspé la rodilla, y la cala a la que Jake y Rob solían ir a surfear. En fin, necesito un nuevo siete. Porque el miedo a conducir ya no me define. Y ya no estoy tan segura de que haya una cosa que nos defina a cualquiera de nosotros. Porque el hecho de que Lauren esté en el CE, que a Olivia le guste el color morado o que Charlie tenga el Big Red en realidad no nos dice nada sobre ellas. O, en todo caso, no nos dice lo suficiente. El siete de Lauren debería ser que asume cualquier responsabilidad, sin exigir nunca que se le reconozca el mérito; el de Olivia, que defiende a sus amigos cuando de verdad importa; y el de Charlie, que es tenaz y fuerte, y que será tu apoyo cuando tú no puedas seguir adelante. Esas son las cosas que nos definen. El amor que profesamos a las personas que nos rodean y la forma en que lo demostramos. Eso es lo que nos hace ser quienes somos.

A medida que avanzo siento que una fuerza gravitatoria me empuja cada vez más hacia el acantilado, como si llevara puesto el piloto automático. No necesito pensar. Ahora hay una fuerza superior que lo hace por mí.

Cuando entro en el aparcamiento, está vacío. Por un momento me siento decepcionada y empiezo a dudar de mi intuición, pero entonces veo a alguien a un lado, junto a las rocas. Cierro la puerta y me acerco. Está tal y como me lo imaginaba. Camiseta y vaqueros, familiar y estimulante. Me aproximo a él por detrás. Está ocupado, inclinado mientras estudia algo. Quiero acercarme y rodearle con mis brazos, apoyar mi cabeza en su hombro y decirle que sabía que le encontraría aquí. Que, de estar en algún sitio, por supuesto sería aquí. Conmigo. Y que tengo que decirle una cosa.

—Hola —digo. Len deja lo que está haciendo, pero no se gira enseguida. Se endereza y se pasa una mano por la frente—. Sabía que estarías aquí.

Entonces Len se da la vuelta despacio y mientras lo hace me acuerdo de todas las veces que he estado aquí antes. Cuántas cosas han pasado en este mismo lugar. Y en el tiempo que tarda en volverse hacia mí me doy cuenta de que me alegro de estar aquí, ahora. Que estoy eligiendo ser feliz. Y que es la mejor decisión que he tomado en mi vida.

—Hola —dice—. ¿Cómo sabías dónde encontrarme? —Tiene el ceño fruncido y eso me desconcierta. Pensaba que estaría sonriendo. Pensaba que solo con verme lo entendería.

—La hierba —murmuro, porque es lo único que se me ocurre—. Estabas haciendo un proyecto sobre la hierba.

Su rostro se suaviza.

—¿Has venido para hablar de la hierba?

—No —digo—. Quería decirte una cosa.

—¿Sí? —dice. Se cruza de brazos y me mira.

—Yo... Yo... —tartamudeo—. Por fin lo entiendo. Tenías razón.

—¿Sobre qué? —pregunta. Se ha acercado a mí y puedo sentir su calor. Quiero apretarme contra él, que me abrace, pero me obligo a quedarme quieta y a terminar lo que tengo que decir.

—Me dijiste una cosa hace meses. Algo sobre renunciar a alguien. —Len descruza los brazos y el rizo le cae sobre la frente. Esta vez no me detengo. Esta vez me acerco y se lo aparto al tiempo que le digo—: Tenías razón. No estaba hecho para mí. Y no solo porque ya no esté aquí. —Siento que Len toma aire, con mi mano aún en su frente. Me permito acariciarle el cabello, tan suave como los jerséis de cachemir que mi madre guarda envueltos en papel de seda en su armario—. Pero también te equivocaste en una cosa.

—¿Ah, sí? —dice.

También se ha acercado a mí y me toca el brazo con una mano. El contacto hace que un estremecimiento me recorra la espalda. No lleva chaqueta a pesar de que está nevando y yo también le toco el brazo y recorro despacio con mis dedos su marca de nacimiento, que es una de las muchas cosas maravillosas que le hacen ser quien es.

—Sí.

—¿En qué? —susurra.

Solo unos centímetros separan su boca de la mía y tengo que morderme el labio para no estirar la mano y tirar de su cara hacia abajo en ese mismo instante.

—Renunciar a alguien no es la parte más difícil. Lo más difícil es tomar la decisión de hacerlo. Después, todo es fácil.

Len asiente.

—Entonces, ¿es eso lo que has hecho?

—Sí —respondo.

—¿Y qué has elegido? —Su voz es grave y profunda, y cuando habla, parece que sus palabras vibran a través de mí como si fueran música.

—A ti.

No puedo estar segura de quién se mueve primero, pero de repente nuestros labios se encuentran, y es como si el mundo entero estuviera a oscuras porque toda la luz del universo existe solo entre nosotros. Como los fuegos artificiales del 4 de julio. Una luz tan intensa que hasta se puede oír.

Cuando nos separamos, ambos respiramos con dificultad. Len me rodea con un brazo y con el otro señala el cielo.

—¿Ves eso? —dice.

—Ahí no hay nada —susurro—. Solo nubes.

Len niega con la cabeza.

—Es Andrómeda —dice—. Una princesa de la mitología griega. La encadenaron a una roca en el océano para que muriera y Perseo la salvó. Es una galaxia en espiral, como la Vía Láctea.

—Pero aún no es de noche —comento—. No han salido las estrellas.

—Por supuesto que sí. —Sonríe y me aprieta contra sí—. Que a veces no puedas ver las cosas no significa que no estén ahí.

Pienso en las cosas que no vi y en lo mucho que han cambiado. Hace seis meses pensaba que lo tenía todo resuelto. Estaba muy segura del curso que iban a seguir los acontecimientos. Recuerdo que Len me dijo que aún no había terminado el instituto y creo que ahora sé a qué se refería, porque yo tampoco he terminado.

—Me ha llegado la carta de Stanford.

Sonríe.

—¿Te van a pagar para que vayas?

—No lo sé. No la he abierto. Ya ni siquiera sé si es lo que quiero.

Len lo considera mientras me acaricia el pelo con la mano.

—¿Sabes? La Universidad de Nueva York tiene un magnífico programa de música —dice—. Y no es demasiado tarde para solicitar plaza.

Me inclino hacia atrás y le miro.

—Esto no tendrá nada que ver con que Juilliard esté en Nueva York, ¿verdad?

Len se burla y pone los ojos en blanco.

—¡Por favor! —dice—. Tengo mejores cosas que hacer que sentarme a fantasear con que pasamos los años de Universidad juntos, tocando música, sentados en cafeterías...

—Lo más probable es que ni siquiera nos viéramos —digo en broma—. Seguro que estaríamos muy ocupados.

—Además, para ser un auténtico rebelde tengo que salir con una chica con tatuajes. —Se ríe—. Aun así, creo que podríamos hacer que funcionara.

—¿Sí?

Me mira y apoya la frente en la mía.

—Estamos aquí, ¿no?

Sí, estamos aquí. En este lugar que ha visto el principio y el final de una historia, y que ahora será testigo de un nuevo comienzo. Me acerco a él, y cuando nuestros labios se encuentran, las infinitas posibilidades de la vida explosionan como si fueran fuegos artificiales, imbuidas de la asombrosa energía del universo, que da vida a las raíces, a las hojas, a las estrellas e incluso a la delicada, blanca y frágil nieve. Sonrío contra su boca.

—Y ¿qué va a pasar ahora? —pregunto.

Me besa la nariz y puedo ver sus hoyuelos.

—Lo que tú quieras, Rosaline —dice—. Todo lo que tú quieras.

Epílogo

Olivia tenía razón. El objetivo de los libros de «Elige tu propia aventura» era justo ese: elegir. No se trataba de dónde acababas, sino de las decisiones que tomabas para llegar allí. Y ya no quiero ir directa al final porque es imposible saber qué nos depara la vida real. No hay garantías. Puedes emprender un camino y descubrir que no era el que en realidad querías recorrer. O puedes cambiar de rumbo y terminar dándote cuenta de que este nuevo camino lleva exactamente al mismo lugar que el anterior. Y es ahí donde entran en juego las elecciones. Porque si bien no puedes saber dónde vas a terminar, puedes cambiar tu camino hasta el último momento. Puedes desviarte a la izquierda, girar a la derecha y acabar en un lugar en el que jamás imaginaste que terminarías. Si algo he comprendido es que el azar y el destino no lo son todo. Puede que determinen cómo empiezan las cosas, pero no cómo terminan. El destino puede dejarte en algún lugar, pero de ti depende buscar tu camino, decidir tu propio final y el momento en el que quieres bajar el telón. Así que supongo que al final Shakespeare no se equivocó. La verdad es que hay muchos finales posibles para la misma historia.

Y este es el mío.

Agradecimientos

En primer lugar, quiero dar las gracias a mi estupenda agente, Mollie Glick. Gracias por creer en mí, por tu compromiso y por tus increíbles habilidades con el iPhone. Haces que todos los días me sienta apoyada, desafiada y emocionada. Tengo el mejor trabajo del mundo gracias a ti.

A mi increíble editora, Anica Rissi, que amó a Rosaline desde el principio. Gracias por luchar por este libro; por el chocolate; por tu genial e increíble asesoramiento editorial, y por hacerme sentir siempre y en todo momento la chica más guay del barrio.

A Brad e Yfat Gendell, que han hecho de Nueva York un hogar desde mi primer instante aquí. Yfat, nada, absolutamente nada de esto, sería posible sin ti. Gracias por ver algo en esa chica que yo aún no veía y gracias por acogerme en la familia.

Para Hannah Brown Gordon: jamás podré agradecértelo lo suficiente. Gracias por ayudarme a entender que esta era mi historia y por tomarme de la mano mientras descubría la forma de contarla. Entre las dos utilizamos muchas palabras, pero solo necesitamos una: «amor».

A mi chiflada compañera de escritura y maravillosa amiga, Leila Sales, que estuvo a mi lado y se sentó frente a mí durante todo el proceso. Me enseñaste que este extraordinario sueño era posible y me desafías cada día a ser digna de él.

A Melissa Seligmann, que ha vivido conmigo este y muchos otros libros. Nunca he estado sola, porque te tenía a ti.

A todas las personas de Pulse que me hicieron sentir como en casa desde el primer día. Bethany Buck, Mara Anastas, Jennifer Klonsky y Guillian Helm, gracias. No podría imaginar un hogar mejor.

A Katie Hanson por compartir su piso conmigo todos los domingos y por celebrar estos triunfos como propios.

A todos mis amigos, ya sabéis quiénes sois: os quiero.

A Yes Giantess, por ayudarme a escribir mi entrada. Échales un vistazo en: www.myspace.com/yesgiantess.

Mi más profundo agradecimiento a todos en Foundry, en particular a Stephanie Abou y a Stephen Barbara. Stephen, tú fuiste quien me introdujo en el maravilloso mundo de la literatura infantil. Siempre te estaré agradecida por ello.

Y, por último, a mis padres, a quienes está dedicado este libro. Siempre habéis creído en mí, incluso cuando yo no lo hacía. Me siento muy afortunada por teneros a los dos.

Sobre la autora

REBECCA SERLE se licenció en Filosofía y Letras en la New School de Nueva York y es una autora y guionista de televisión que vive en Nueva York y en Los Ángeles. Serle desarrolló la exitosa adaptación televisiva de su serie juvenil *Famous in Love* y también es autora superventas de *The New York Times* con *La vida que no esperas* y *Una cena perfecta,* y de las novelas juveniles *The Edge of Falling* y *When You Were Mine.*

¿TE GUSTÓ ESTE LIBRO?

escríbenos y
cuéntanos tu opinión en

f /Sellotitania   **🐦** /@Titania_ed

📷 /titania.ed

#SíSoyRomántica